Berti Fischer ist Coach in Lebensfragen, Spezialgebiet Beziehungen. Sie ist selten um einen klugen Ratschlag verlegen, wenn sich ihre Klientin Rosa in Bertis kleiner Praxis in Zürich über ihren unaufmerksamen Partner beschwert. Aber als Bertis eigener Ehemann Heinrich aus heiterem Himmel erklärt, er werde sie verlassen, weil sich die Ehe mit ihr wie ein Paar alte Pantoffeln anfühle, fällt ihr kein passender Therapeutenspruch ein. Aber so einfach will sie nicht aufgeben. Sie entdeckt, dass Heinrich seinen Charme wie ein Meisterjongleur einsetzt und so gleich bei mehreren Frauen erfolgreich den Eindruck erweckt, sie sei die wichtigste Person in seinem Leben.
Bertie beschließt, dass sie nicht mehr länger Heinrichs Spielball sein will. Und sie überlegt, was wohl passieren könnte, wenn auch die anderen Frauen von Heinrichs Doppelzüngigkeit erfahren. Ein Racheplan entwickelt sich, in dem erst nach und nach herauskommt, wie viele Geheimnisse die Frauen um Heinrich hüten. Und wie explosiv es werden kann, wenn die Frauen sich verbünden …

Alexandra Holenstein lebt und arbeitet im Tessin. »Das Heinrich-Problem« ist ihr erster Roman. In ihrem Leben ist ihr der eine oder andere Heinrich über den Weg gelaufen. Zum Glück in gemäßigten Varianten und ohne zu verweilen.

Weitere Informationen finden Sie auf www.fischerverlage.de

Alexandra Holenstein

Das Heinrich-Problem

ROMAN

FISCHER Taschenbuch

MIX
Papier aus verantwortungsvollen Quellen
FSC® C083411
FSC
www.fsc.org

Originalausgabe

Erschienen bei FISCHER Taschenbuch
Frankfurt am Main, März 2019

Satz: Dörlemann Satz, Lemförde
Druck und Bindung: CPI books GmbH, Leck
Printed in Germany
ISBN 978-3-596-70169-8

Meinem Mann

I

»KEIN CROISSANT, kein Cappuccino! Das nimmt mir jede Freude am Aufstehen.« Bei jedem bekümmerten Kopfschütteln schaukelten Rosa Hallhubers Bernsteinohrgehänge, als nähmen sie regen Anteil an der trostlosen Vision.

Berti bezweifelte, dass der Verzicht auf das Frühstückscroissant bei ihrer Klientin zum gewünschten Gewichtsverlust führen würde. »Und, haben Sie das Ihrem Mann gesagt?«

»Nein. Wenn er mich schlanker haben möchte, dann muss ich mich eben beherrschen.«

Seit einer halben Stunde, und nicht zum ersten Mal, besprachen sie das mangelnde Interesse von Rosas Mann an seiner Ehefrau. Seine jüngste Feststellung, sie sei auch nicht mehr so eine Augenweide wie in früheren Jahren, hatte Rosa völlig entmutigt.

Berti Fischer war Coach für Lebensfragen im Allgemeinen und Beziehungsfragen im Besonderen. Ihre mit Abstand treueste und glücklicherweise auch gutbetuchte Klientin nahm eineinhalb der zwei Plätze des blauen Sofas ein, das sich in therapeutischer Distanz zu Bertis Sessel befand. Noch mehr Klienten von Rosa Hallhubers

Kaliber – auf ihr zweimaliges wöchentliches Erscheinen war Verlass – wären für den Coaching-Betrieb in Bertis Studio wünschenswert gewesen

Männer verirrten sich selten in die Räumlichkeiten in der Löwenstraße und wenn, dann meist auf Geheiß ihrer Partnerinnen.

»Rosa, möchten *Sie* denn schlanker sein? Oder geht es Ihnen nur um die Wünsche Ihres Mannes?«

»Das kommt doch aufs Gleiche raus. *Er* oder *ich*. Ein paar von den Kilos müssen runter, fertig.« Das klang fast trotzig. Sie zupfte an ihrem Kaftan, unter dessen lilafarbenem Crepe de Chine sich die mehr schlecht als recht verborgene Masse befand, die Gegenstand des heutigen Gesprächs war.

»Das ist nicht egal. Es geht um *Ihre* Bedürfnisse, Rosa!« Berti äugte verstohlen auf ihre Armbanduhr. Ob sie es noch schaffte, den Braten fürs Abendessen rechtzeitig in den Ofen zu schieben? Heinrich wollte um halb acht zu Hause sein. Er wartete nicht gerne.

2

VIELLEICHT DOCH noch eine Scheibe Brasato? Zwei hatte sie sich schon genehmigt. So beiläufig wie möglich säbelte Berti ein schmales Bratenstück ab, beförderte es auf ihren Teller und träufelte ein wenig von der Weinsauce darüber. Heinrich nahm keine Notiz davon. Er goss sich vom Barolo nach, ohne ihrem leeren Glas Beachtung zu schenken.

»Ups!« Etwas von der tiefroten Kostbarkeit war daneben gegangen und er beeilte sich, die Leinentischdecke aus der Provence, Mitbringsel aus ihren letzten Ferien, mit der Serviette zu bearbeiten. Der Fleck ließ sich nicht wegreiben.

Heinrich rubbelte noch vehementer. »Ich werde ausziehen«, sagte er zur Tischdecke.

Dem Augenschein zum Trotz war die Mitteilung an Berti gerichtet und ließ sich so wenig ignorieren wie der Weinfleck.

»Salz!«

»Wie bitte?«

»Da muss Salz drauf.« Sie griff nach der Mühle mit dem Himalaya-Salz. Den unschönen Fleck ließ sie unter einer Decke zermahlener Kristalle verschwinden.

»Ende dieses Monats.« Heinrich faltete seine Serviette mit Sorgfalt. »Du kannst selbstverständlich hier in der Wohnung bleiben. Vorläufig jedenfalls. Danach müssen wir eine Lösung finden.«

Was redete Heinrich da? Wer war *wir* und welche *Lösung*?

Berti schob den Teller mit der Bratenscheibe von sich weg. Ihr war übel. Nacken und Schultern fühlten sich so steif an, als trüge sie eine Rüstung. »Wer ist es?«

»Alberta, wer ist *wer*?« Heinrich klang gereizt. Er schaute sie nun endlich direkt an. »Unsere Ehe ist doch schon lange nicht mehr das, was sie mal war. Das kann dir nicht entgangen sein.«

»Deshalb willst du ausziehen?« Und überhaupt, hatte sie Heinrich um eine Diagnose ihrer Ehe gebeten?

»Alberta, in den letzten zehn Jahren war unsere Beziehung, unser … Bündnis, wie ein Paar alte Pantoffeln. Bequem meinetwegen, aber ausgetreten und abgenutzt.«

Ihre Ehe zu einem Neutrum reduziert? Zu einem Pantoffel-Bündnis? Berti schluckte, wollte die Hand heben, ihm Einhalt gebieten. Aber Heinrich war nun in Fahrt. »Unattraktiv, ja, unattraktiv«, deklamierte er lauter als nötig. »Ich möchte nicht bis an mein Lebensende in diesen, na ja, Latschen rumlaufen.«

Berti stand auf und trug ihren Teller zur Kücheninsel. Die Fleischscheibe ließ sie in den Mülleimer gleiten. »Und nun hast du ein neues Paar Hausschuhe gefunden?« Sie musste sich am Rand der Spüle abstützen, so weich waren ihre Knie. Wieso Heinrich sie plötzlich Alberta nannte? In den zwanzig Jahren ihrer Ehe war sie immer Berti für ihn gewesen. Fast immer jedenfalls. »Wie sehen sie denn aus, die neuen Pantoffeln? Rosa Plüsch mit Pailletten oder eher Birkenstock?«

Berti wusste, wie sinnlos das war. *Sarkasmus ist ein Kommunikationskiller*. Das war es, was sie ihren Klientinnen immer sagte.

Aber die alten Latschen, in die Heinrich ihre Ehe gerade verwandelt hatte, waren vor ihrem inneren Auge zu einem gigantischen Paar abgewetzter Filzpantoffeln geworden, grau-braun kariert. Sie verwehrten ihr jede Sicht auf kluge Gedanken. »Oder ist sie eher der Barfußtyp? Und nenn mich nicht Alberta!«

So schrill war ihr der letzte Satz entfahren, dass Nixon, rabenschwarzer Beo und unerwünschtes Erbstück aus dem Haushalt von Heinrichs unlängst verstorbenen Mutter, aufgeregt krächzend auf der Stange seiner Voliere hin und her hüpfte.

Nein, so ging es nicht. Sie musste sich zusammenreißen. Und Ich-Mitteilungen formulieren. *Nur wenn Sie in der ersten Person über Ihre Gefühle sprechen, kann der andere Ihre Bedürfnisse erschließen.* Hatte sie nicht genau das letzthin in einer ihrer Sitzungen zum Besten gegeben?

»Ich fühle mich elend.« Ihre Stimme war jetzt nur noch ein Flüstern.

Nixon hörte auf zu hüpfen und legte den Kopf schief. »Scratch«, sagte er und drückte sich gegen die Gitterstäbe. »Scratch!« Bertis Schwiegermutter hatte ihn aus Sri Lanka mitgebracht und Englisch mit ihm gesprochen, wie es schon sein vorheriger Besitzer getan hatte. Aber niemand kam heute seiner Aufforderung nach, ihn zu kratzen.

Heinrich trat zu Berti an die Spüle und legte seine

Hand auf ihren Arm. »Das kann ich gut verstehen«, sagte er.

Gegen einen solchen Satz war an sich nichts einzuwenden. Berti hätte zustimmend genickt, hätte sie die letzten zehn Minuten aus ihrer Coach-Rolle heraus verfolgen können.

»*Nichts* kannst du verstehen«, rief jemand in der Küche mit sich überschlagender Stimme. »Null und nichts!« Der Jemand war sie.

3

»Was ist es, was Sie Ihrem Mann wirklich sagen möchten, Rosa?«

Es fiel Berti schwer sich zu konzentrieren. Ihre Gedanken schweiften unaufhörlich zu Heinrich und seiner unsäglichen Eröffnung beim Abendessen vor drei Tagen.

Für Rosas Dauerbrenner, den abwesenden und auch bei Anwesenheit unaufmerksamen Ehemann, konnte sie heute nicht das geringste Interesse aufbringen. Mehr noch, Rosas Lamentieren ging ihr auf die Nerven.

»Er sieht mich nicht. Ich bin unsichtbar für ihn geworden.«

Das war unmöglich. Wer sollte ihre vollbusige Klientin

in ihrem zeltartigen Gewand, königsblau und zinnoberrot, übersehen können?

»Gut, das sagten Sie bereits. Aber gäbe es eine Möglichkeit, Ihrem Mann Ihren Wunsch mitzuteilen? *Direkt* mitzuteilen?«

Die Sitzung war fast zu Ende. Berti konnte es kaum abwarten, Rosa aus ihrem Studio hinauszubefördern. Sie wollte etwas gegen ihre immer stärker werdenden Kopfschmerzen einnehmen und dann nach Hause gehen.

»Du siehst mich nicht!«

Berti stutzte. Was hatte es mit dem plötzlichen *Du* auf sich? Und warum sollte sie Rosa nicht *sehen*? Es dauerte einen Moment, bis sie in ihre Beratungsstunde zurückgefunden hatte. »Das ist kein Wunsch, Rosa. Das ist eine negative Formulierung. Heinrich wird darauf bestenfalls mit Verteidigung reagieren.« Das kam gereizter als beabsichtigt.

Rosa stand auf und strich sich ihr Gewand glatt. Mit pikierter Miene und klirrenden Armreifen griff sie nach ihrer Handtasche. »Helmut.«

»Wie bitte?«

»Mein Mann heißt Helmut, nicht Heinrich.«

»Natürlich. Entschuldigung.« Sie musste sich wirklich zusammenreißen.

4

Die Kopfschmerztablette hatte zu wirken begonnen. Nur gegen Herzschmerz konnte sie nichts ausrichten.

Nachdem Berti ihr Studio verlassen hatte, war ihr die Aussicht, in die leere Wohnung zurückzukehren, bedrückend erschienen.

Da wäre es doch viel besser, noch ein bisschen ins rege Treiben der Bahnhofstraße einzutauchen und dann an der Limmat die letzten Sonnenstrahlen zu genießen.

Der ungewöhnlich milde Oktobertag hatte die Leute aus den Häusern gelockt.

Am Paradeplatz beschloss sie, noch schnell einen Abstecher zu *Sprüngli* zu machen. O ja, ein Pappschächtelchen voll mit pastelligen *Luxemburgerli*! Von jeder Sorte eins.

Im Laden schien es ihr einen kurzen Moment lang so, als sähe sie aus der Menge der wartenden Kundschaft Heinrichs missbilligenden Blick auf sich gerichtet. Aber der Geisterheinrich war schnell verbannt.

»Und geben Sie mir bitte noch fünf von den Champagnertrüffeln dazu!«

Was ist es, was Ihnen die Schokolade geben kann? Ist das angenehme Gefühl von Dauer? Die Kurzlebigkeit des Trostes durch Naschereien war ein wiederkehrendes Thema in ihren Sitzungen. Und im Moment nur graue

Theorie. Dann dauerte der Genuss eines Bisses in ein Macaron eben nur drei Sekunden. Sie nahm ein zartgrünes aus der goldenen Schachtel – Pistazie, ihre liebsten – und ließ es auf der Zunge zergehen.

Um sie herum Mütter und Väter mit Kinderwagen, schlendernde Pärchen, Bahnhofstraßen-Shopper, eilige Geschäftsleute mit ihren Handys am Ohr. Berti ließ sich in der Menge treiben. Für einen Moment gehörte sie wieder dazu.

Am Weinplatz wollte sie die Limmat in Richtung Rathaus überqueren, als sie plötzlich Heinrich sah. Diesmal war er nicht imaginär, sondern saß an einem der Tische des Boulevard-Cafés vom »Storchen«. An seiner Seite, ihm zugewandt, eine um einiges jüngere Rothaarige.

Berti trat vor die Auslagen einer der teuren Boutiquen am Weinplatz. Durch die Spiegelung des Schaufensterglases hatte sie die zwei im Visier. Ihr war, als müssten die wenige Schritte von ihr entfernten Amerikanerinnen, die die Auslagen im Gegensatz zu ihr tatsächlich begutachteten, ihr Herz pochen hören wie den einsetzenden Glockenschlag des nahen Fraumünsters.

Heinrich, dieser miese Kerl! Es war mitten am Nachmittag, gerade mal vier Uhr.

Für sie war er nie bereit gewesen, auch nur eine halbe Stunde Arbeitszeit zu opfern. Wie hätte sie sich über seine Begleitung gefreut, als sie sich vor drei Wochen für einen ambulanten Eingriff ins Spital begeben musste! *Wirklich keine Zeit, meine Liebe* hatte er ihr mitgeteilt. *Glaub mir, niemandem tut das mehr leid als mir.*

Stattdessen war dann ihre Freundin Lara mitgekommen und hatte den fürsorglichen Part übernommen. Aber klar, mit der schönen Rothaarigen konnte sie es nicht aufnehmen. Wie sie da saß, ihre schwarzbehosten Beine elegant übereinandergeschlagen, mit einem Fuß lässig wippend. Das war also das neue Paar *Hausschuhe*, das sich Heinrich für die kommenden Lebensjahre ausgesucht hatte!

Die zwei waren in ein angeregtes Gespräch vertieft, wobei sich bei der Rothaarigen zunehmende Aufregung zeigte. Sie gestikulierte und fegte dabei um ein Haar eines der beiden Proseccogläser vom Tisch. Ihre Stimme wurde lauter. Leider nicht laut genug für Berti, um etwas zu verstehen. Aber doch laut genug, um ihr einen kurzen Moment der Genugtuung zu bescheren. Sie stritten sich!

Wenn Heinrich etwas mehr verabscheute als Szenen, so waren es Szenen in der Öffentlichkeit. Die Rothaarige sprang nun heftig auf. Ihr Stuhl kippte nach hinten. Heinrich gelang es gerade noch, ihn aufzufangen.

Mit wehendem Trenchcoat stürmte sie in Richtung Storchengasse davon. Mit den hochhackigen Stiefeletten, die nicht fürs Stürmen auf Pflastersteinen gemacht waren, sah sie dabei einem staksenden Storch überraschend ähnlich.

Passt, dachte Berti und musste trotz allem lächeln. Und hatte sie richtig gesehen? Tränen im Gesicht der Rothaarigen? Nein, das musste eine Täuschung gewesen sein. Oder Wunschdenken. Sie war zu weit weg für solche Feinheiten.

Bei ihrer Heimkehr saß Heinrich bereits in seinem *De Sede*-Relaxsessel. Er war in die Lektüre der *Neuen Zürcher Zeitung* vertieft und blickte nicht auf, als Berti das Wohnzimmer betrat. Nach der Episode im Boulevard-Café musste er gleich nach Hause gefahren sein.

»Was gibt's zum Abendessen?« Er richtete die Frage an die Zeitung. Seit wann schaute er sie eigentlich nicht mehr an, wenn er mit ihr sprach? Und warum war ihr das bisher nie aufgefallen?

Berti schloss die Tür zur Dachterrasse. Die Oktobersonne hatte sich zurückgezogen, jetzt wehte ein kühler Wind.

Sie ging durch den Wohnbereich zurück in die Diele, ohne dass Heinrich auch nur einmal von der Zeitung aufsah. In der Tasche ihres Mantels, sie hatte sich noch nicht mal die Zeit genommen ihn auszuziehen, bemerkte Berti die *Sprüngli*-Schachtel mit den Resten des Konfekts. In zerdrücktem Zustand.

»Warum bist du nicht in der Kanzlei? Und Abendessen um *fünf*?«, rief sie ihm zu.

Er kam ihr so fremd vor, dieser Mann, der sich da in ihr

Wohnzimmer verirrt hatte, nachdem er sich noch kurz vorher mit einer jungen Frau getroffen hatte. Eine junge Frau, von deren Existenz Berti bis zu diesem Moment keine Ahnung gehabt hatte und die mit größter Wahrscheinlichkeit der Grund für seine Auszugsabsichten war. Aus der schützenden Dunkelheit des Flurs betrachtete sie den seelenruhig im Sessel sitzenden Heinrich.

Sie erinnerte sich, erst schemenhaft, dann mit klareren Konturen. Es musste vor knapp zwanzig Jahren gewesen sein. Oder weniger. Jedenfalls waren sie noch nicht lange verheiratet. Wie heute war sie nach ihm nach Hause gekommen. Nicht in diese Wohnung, eine bescheidenere. Heinrich hatte in einem Sessel gesessen. Nicht *De Sede*, auch da ein paar Nummern schlichter. Er hatte sie zu sich gerufen und dann an sich gezogen. Sie hatten sich mit einer akrobatischen Gewandtheit geliebt, zu der weder sie noch er heute in der Lage wären. Kurz vor dem Höhepunkt, ihrem oder seinem, hatte Heinrich einen Frauennamen gerufen, der eindeutig nicht der ihre war.

Beide – oder doch eher nur sie? – waren darüber so erschrocken gewesen, dass die Stimmung im Bruchteil einer Sekunde von ganz oben auf Null gesunken war. Heinrich hatte dann behauptet, er hätte sich *in einem Augenblick der den Umständen zuzuschreibenden Verwirrung* – ach, nur er konnte sich so ausdrücken – in verzerrter Form ihres Namens bedient. Was eine dreiste Lüge war. Das wusste er und das wusste sie.

Berti hatte es dann dabei bewenden lassen, wenn auch nicht sofort. Damals hatten so gut wie handylose Zeiten geherrscht. Da mussten noch Aktentaschen durchwühlt und Hosentascheninhalte nach außen befördert werden. Das Suchen nach Hinweisen zu einer … – verflixt, was war es nur für ein Name gewesen? – hatte sich erheblich aufwendiger gestaltet, als es dies mit den heutigen Möglichkeiten war. Und so war die Recherche denn auch ergebnislos geblieben.

Berti dachte an einen der vielen Wahlsprüche ihrer Großmutter. *Appetit dürfen sie sich draußen holen* (gemeint waren Ehemänner und sonst in irgendeiner Weise Angetraute), *aber gegessen wird zu Hause*. Heinrich hatte sich gewiss hin und wieder außer Haus Appetit geholt, den allergröbsten Hunger vielleicht mit, na ja, einem Salamirädchen oder einer Salzmandel gestillt, aber den Hauptgang hatte er bisher, so hatte sie gerne geglaubt, immer bei ihr eingenommen.

»Gnocchi mit Butter und Salbei gab's schon lange nicht mehr.« Heinrichs Stimme durchdrang Bertis Reminiszenzen. Er hatte es natürlich nicht für nötig gehalten, auf eine ihrer Fragen zu antworten.

Bertis Großmutter war Italienerin gewesen. Aus den Abruzzen. Neben mehr oder weniger verlässlichen Lebensweisheiten und der Freude am Kochen mediterraner Gerichte hatte Berti von ihr die Angewohnheit übernommen, brodelndem Ärger hin und wieder auf pointierte Weise Luft zu verschaffen. Auf Italienisch. Und so mochte es Heinrich zwar erschrecken, aber letztlich doch wenig überraschen, als sie die zerdrückte Pralinenschachtel schwungvoll auf den Beistelltisch neben seinem Thron schmetterte. »Eccoti qua! Comincia con l'antipasto!«, zischte sie ihm ins Ohr.

Versuchen Sie konstruktiv zu bleiben! An ihren Coaching-Wahlspruch erinnerte sich Berti erst, als ihre Zimmertür knallend hinter ihr ins Schloss fiel.

Aber es gab ja auch dies: *Ein Wutausbruch kann wie ein Gewitter sein. Es verfügt über eine kurzfristig reinigende Wirkung.*

Mehr noch, es leitete in den meisten Fällen einen Wetterumschwung ein.

5

»Und du hast ihm die Gnocchi tatsächlich noch gemacht?« Lara schüttelte den Kopf.

Berti nickte beschämt. »Aber keine selbstgemachten!« Wem wollte sie eigentlich etwas vorgaukeln?

»Und wann zieht er aus? Hoffentlich bald. Dann bist du diesen Egomanen endlich los!« Ihre Freundin Lara war die Erste gewesen, der Berti von Heinrichs Absicht erzählt hatte.

Sie hatte sie getröstet, schien aber selbst schockiert. Nach Bertis Resümee von der Episode am Weinplatz war sie sogar minutenlang verstummt.

»Komischerweise hat er in den letzten Tagen nichts mehr dazu gesagt. Ende des Monats, das wäre in drei Wochen. Im Moment tut er, als wenn nichts wäre.«

»Dann liegt es nun an dir, die Dinge in die Hand zu nehmen. Stell ihm die Koffer vor die Tür und fertig! Oder willst du der Spielball seiner Launen und Regungen sein?« Lara war wieder in alter Form.

Nein, natürlich wollte Berti das nicht. Aber ihre Freundin hatte gut reden. Sie lebte allein, hatte gelegentlich eine Verabredung und seltener auch mal eine Beziehung, die sich meistens nicht allzu lange hinzog und von der Berti trotz Laras sonstiger Redefreude immer nur wenig erfuhr.

So richtig betrübt schien Lara über ihr Singledasein nicht zu sein. Immer wieder betonte sie die Vorzüge ihrer Unabhängigkeit. Berti beschlich manchmal der Verdacht, ihre beste Freundin verstünde sich einfach in der Kunst, aus der Not eine Tugend zu machen. Aber was wusste sie schon? So wie die Dinge gerade standen, konnte sich Berti nicht mit den Wonnen der Ehe brüsten.

Klar war, Lara hatte kein Gefühl dafür, dass sich eine zwanzigjährige Beziehung nicht einfach so über Bord werfen ließ. Egal, was sich Heinrich gerade leistete.

Andererseits, hätte Berti ihre Klientinnen nicht auch zu mehr Entschlossenheit angeregt? Hätte sie ihnen nicht die mehr als berechtigte Frage gestellt, was sie zu tun beabsichtigten?

»Wir müssen rausfinden, wer die Rothaarige ist.« Lara rutschte von ihrem Hocker am Küchentresen und ging zu Nixons Voliere. Vorsichtig nahm er mit dem Schnabel das Bröckchen Parmesan, das sie ihm hinhielt und ließ sich anschließend den Hals kraulen.

»Com'on, com'on«, knarzte er leise. Es klang wie ein wohliges Seufzen.

Keiner konnte Nixon in so sanfte Stimmung versetzen wie Lara.

»Und dann, wenn ich es weiß? Soll ich sie zur Rede stellen oder am Kragen packen? Was würde es ändern, ihren Namen zu kennen?«

»Tu nicht so abgeklärt, Berti! Das nimmt dir sowieso niemand ab. Es ist immer gut, seinen Gegner zu kennen.« Lara spielte mit dem Ende ihres dicken, fast schwarzen Zopfes, den sie sich über die Schulter herangezogen hatte. Berti, selbst mit feinem, hellbraunem Haar ausgestattet, beneidete sie um ihre dunkle Pracht.

»Und was sagt Juliane zu den Absichten ihres Vaters? Hast du es ihr schon erzählt?«

Juliane war Heinrichs Tochter aus erster Ehe. Seit Berti Heinrich kannte, wurde sie immer wieder Zeugin von Julianes unermüdlichen Versuchen, die Aufmerksamkeit und Zuwendung ihres Vaters zu erringen. Nur selten mit Erfolg.

Am Anfang hatte Berti diese Tatsache mit stiller Genugtuung erfüllt. Als wäre es ein Ausdruck dafür, wie wenig ihm die Vor-Berti-Zeit bedeutete. Als stünde damit eine zusätzliche Portion Liebe für sie zur Verfügung. Liebe wie eine Geldsumme. Wenn man etwas an einer Stelle einsparte, konnte man an anderer Stelle mehr ausgeben. Nein, so funktionierte das mit den großen Gefühlen natürlich nicht.

Zu dieser Erkenntnis hatte sich nun eine neue gesellt: Heinrich hatte vermutlich gar nicht so viel von der *Währung* Liebe zu verteilen, weder um sie in ein Sparschwein zu stecken noch zur üppigen Verschwendung.

»Noch nicht«, antwortete Berti. »Ich will Juliane nicht beunruhigen, bevor klar ist, was passiert.«

»Wer sagt dir, dass es sie beunruhigen würde? Außer auf dich müsste sie doch auf niemanden verzichten.«

Berti sah Lara erstaunt an, sagte aber nichts zu der unerwarteten Provokation.

Sie hatte ihre Stieftochter Juliane über die Jahre liebgewonnen. Nicht nur, weil sie begriffen hatte, dass diese entgegen ihren ursprünglichen Befürchtungen nichts von Heinrichs Gefühlen abbekam, was in der Folge ihr abhanden gekommen wäre, sondern weil sie ein ganz kleines bisschen zu der Tochter geworden war, die sie selbst nicht hatte.

»Noch ein Limoncino?« Ohne die Antwort der Freundin abzuwarten, goss Berti ihr ein drittes Gläschen vom selbstgemachten Zitronenlikör ein. Auch sich selbst gönnte sie noch einen. »Zum Glück gibt's dich!« Sie verbannte den nachhallenden Missklang – Lara hatte manchmal eine eigene Art von Humor – und hob ihr Glas. »Mit wem sonst könnte ich das alles besprechen?«

Lara lachte ihr raues Lara-Lachen. »Auf unsere Freundschaft!«

6

Leben Sie nach Ihren Bedürfnissen, nicht nach denen Ihres Mannes! Seine Aufmerksamkeit können Sie sich nicht erkaufen.«

Berti schaute auf ihre neuen Schuhe. Sie hatte sie am Vortag in einem kleinen Laden im Niederdorf erstanden. Der Anblick ihrer Beine, wie sie sich ihr so übereinandergeschlagen präsentierten, mit den schmalen roten Pumps als Krönung, versetzte sie in erstaunlich gute Laune.

Sie saß Rosa Hallhuber gegenüber, die auch heute wieder an ihrem Dauerthema strickte, dem lieblosen Mann. Dies seit einer Dreiviertelstunde.

Im Gegensatz zur vorhergehenden Sitzung war Berti heute in alter Form, einfühlsam und voller Sendungsbewusstsein. Ihre Klientin sollte spüren, wie sehr ihr deren seelisches Wohlbefinden am Herzen lag.

Rosa trug eine weitgeschnittene, vorhangartige Bluse mit Tigermotiv, die durchaus für Aufmerksamkeit sorgte. Nicht zuletzt, weil der Tiger beim Beben ihres üppigen Busens zu nicken schien.

»Nur wenn Sie ganz Sie selbst sind, kann Ihr Mann Sie neu erleben. Als eigenständige, interessante Persönlichkeit. Bleiben Sie bei sich! Und vor allem: Nehmen Sie ihr Leben in die Hand!«

Rosa seufzte. Der Tiger nickte. »Sie sagen das so leicht. Für Sie mag das einfach sein. Eine selbständige Frau, die erhobenen Hauptes und selbstbewusst ihren Weg geht.«

Was war *das*? Berti schaute ihre Klientin misstrauisch an. Sie fühlte sich durchschaut. Andererseits, Rosa lagen Doppelbödigkeit oder Ironie fern.

»Das Maß aller Dinge sind Sie selbst, Rosa. Vergleichen Sie sich nicht mit anderen!«

Vielleicht trug sie nun doch ein wenig zu dick auf. Sie klang ja wie eine Wanderpredigerin.

Eine Weile schwiegen sie beide, was ungewöhnlich war. Rosa starrte gedankenverloren aus dem Fenster. Auch das kam selten vor. Zumindest hatte Berti bisher keine kontemplative Seite an ihr entdecken können.

»Die Karibik!« Rosas Stimme durchschnitt die Stille. Es klang, als hätte sie eine wundersame Erscheinung.

Aber draußen waren weder karibische Kumuluswolken noch sich im Wind wiegende Palmwedel zu erspähen, nur trübes Novembergrau und das nasse Dach des gegenüberliegenden Hauses.

»Hm, wie meinen Sie das?« Berti war ein wenig ratlos.

Rosa blickte nun wieder zu ihr hin. Ihre Augen funkelten. »Eine Kreuzfahrt in die Karibik! Ich werde eine Kreuzfahrt machen. Ohne Helmut! Wie viele Jahre habe ich ihn zum Golf begleitet. Nach Schottland, nach England, nach Bayern. Golf hinten, Golf vorne. Das viele Grün! Immer habe ich das mitgemacht. Habe mich in karierte Hosen gezwängt und hässliche Schnürschuhe mit Fransen getragen.« Ihrer beider Blicke glitten zu Rosas zierlichen Lacklederballerinas, dem Gegenentwurf zu derbem Schuhwerk, die so gar nicht für die Masse bestimmt waren, die sie beherbergen mussten.

»Und wofür?« Rosa sah Berti so empört an, dass sie sich fast mitschuldig fühlte für den derart vergeudeten Einsatz.

Mit Schwung und verblüffender Leichtigkeit erhob sich Rosa Hallhuber und eilte zur Tür, als wenn die karibischen Rumcocktails und Calypsoklänge nun wirklich nicht mehr länger warten dürften.

»Ich werde mich melden«, rief sie noch über die Schulter weg, als sie aus dem Studio rauschte.

»Rosa, Moment!« Berti starrte auf die bereits wieder geschlossene Tür. Wie stellte sich ihre Klientin das vor? Ließ sie hier einfach so sitzen.

Und wofür? Rosas aufgebrachte Frage klang in Berti nach.

Wofür, was jetzt, wohin? Das musste auch sie sich überlegen.

7

UNSCHLÜSSIG STAND SIE vor der schweren Eichentür mit den Messingbeschlägen in der Bellerivestraße. Sollte sie tatsächlich hoch in den dritten Stock gehen?

Den langen Weg von der Altstadt bis hierher war Berti zu Fuß gegangen. Das Laufen hatte ihr gut getan an diesem grauen aber milden Nachmittag. Zu grau, um allzu viele Spaziergänger an die Seepromenade zu locken, wo sie sich eine Weile auf einer der grünen Bänke niedergelassen und den Schwänen und den schaukelnden Booten auf dem See zugeschaut hatte. Das rhythmische Gurgeln der gegen die Quaimauern schlagenden Wellen hatte sie schläfrig gemacht. Sie hatte die Augen geschlossen und ihre trüben Gedanken von den Wellen aufsaugen lassen. So war es ihr zumindest für eine kurze Weile erschienen. Aber der Trübsinn war nicht im graublauen Wasser verschwunden, sondern hatte sich zu ihr zurückgeschlichen wie ein aufdringlicher Bekannter.

Früher hatte sie öfter mal bei Heinrich in der Kanzlei vorbeigeschaut. Er hatte sich über ihre Besuche gefreut und, wenn gerade nichts Dringendes anstand, mit ihr einen Kaffee am Konferenztisch getrunken, von dem aus sie ein Stück vom See und dem gegenüberliegenden Ufer erhaschen konnten.

Ist vielleicht doch nicht so gut, hatte er dann irgendwann mal gesagt. *Nicht, dass meine Mandanten noch auf die Idee kommen, ich hätte nicht genügend zu tun.*

Sie konnte sich nicht erinnern, dass in all der Zeit ein Mandant Zeuge dieser kleinen Pausen geworden war. Trotzdem war sie immer seltener zu ihm in die Bellerivestraße gekommen. Und irgendwann gar nicht mehr.

Aber jetzt war sie hier. Kurz vor den Pforten zu Heinrichs Reich. Unschlüssig und nervös wie eine Bittstellerin. *Reiß dich zusammen!* Eine Lebensberaterin, die anderen auf die Sprünge helfen sollte und es selbst nicht mal schaffte, ihren Mann um ein klärendes Gespräch zu bitten? Sie drückte auf den Klingelknopf.

Dr. Heinrich Fischer – Rechtsanwalt – Handel- und Wirtschaftsrecht, Arbeitsrecht, Steuerrecht

Und gleich noch ein zweites Mal.

Der Türöffner surrte, das Schloss gab nach. Hatte Martha Spiess früher nicht immer durch die Gegensprechanlage nachgefragt, wer um Einlass bat? Mit entschlossenem Schritt stapfte sie in den dritten Stock und verzichtete auf ein erneutes Läuten an der Eingangstür zur Kanzlei.

Heinrichs Sekretärin saß wie gewohnt an ihrem

Schreibtisch im Empfangsraum, schaute aber nur kurz auf und machte keine Anstalten, Berti zu begrüßen. Vor ihr stand eine Packung Kleenex, die sich gerade im Großeinsatz befand. Gebrauchte Tücher lagen nachlässig zerknüllt daneben. Martha Spiess betupfte sich schniefend die Nase. Um die Augenpartie hatte sich das Mascara-Schwarz unschön verschmiert. Ob Berti sie darauf hinweisen sollte? Sie hatte Spiesschen, wie Heinrich seine Sekretärin manchmal nannte, noch nie auf irgendetwas *hingewiesen*.

Sie kannte die Regentin des Vorzimmers nur in Perfektion. Widerspenstige Haare, Knitterfalten oder Flecken gab es bei ihr nicht. Heute jedoch hing die Schleife ihrer perlweißen Seidenbluse schlaff nach unten und ihr blondgesträhnter Pagenschnitt wies kuriose Eigenwilligkeiten auf.

»Guten Tag, Frau Spiess!« Das kam etwas zu beschwingt daher. »Ich wollte zu meinem Mann. Hat er Termine mit Mandanten in der nächsten Stunde?«

Martha Spiess' Manieren waren für gewöhnlich von der gleichen Untadeligkeit wie ihre äußere Erscheinung. Aber statt Berti zu antworten, stand sie auf, ging zur Kaffeemaschine und machte sich immer noch schniefend an die Zubereitung eines Kaffees. »Auch einen?«

»Gerne, danke.«

Heinrich zeigte sich nicht. Vermutlich hatte er gar nicht mitbekommen, dass sie hier war. Vielleicht konnte sie in Erfahrung bringen, was Martha Spiess so aus der Fassung gebracht hatte.

»So ein gemeiner Kerl!« Martha schob die zweite Tasse unter den Auslauf und drückte auf den Knopf für *Café Creme*. Zischend wurde der Kaffee in die Tasse gespien.

Hatte sie richtig gehört? »Meinen Sie meinen Mann?« Berti tat ein paar Schritte zu Martha hin.

»Hm, hm.«

Seit fünfzehn Jahren war Heinrichs Sekretärin die Seele der Kanzlei. Auch wenn Berti nicht mehr oft hierher kam, war ihr doch nicht entgangen, mit welcher Loyalität und Effizienz sie sich einbrachte. Seit dem Tod ihres Mannes, vor sieben Jahren, hatte sich noch eine Extraportion Aufopferung hinzugesellt. Heinrich war für Martha, so war es Berti oft vorgekommen, mehr als nur ihr Arbeitgeber. Er war …, ja, er war fast ein Gebieter. Was hatte er sich nur zu Schulden kommen lassen, um nun zu einem *gemeinen Kerl* zu mutieren?

Martha schaute ratlos auf die zwei gefüllten Tassen in ihren leicht zitternden Händen. Ihr Zorn musste sie ordentlich durchgeschüttelt haben.

»Wie wär's da drüben am Fenster?«, sprang Berti ein. Sie wies auf die zwei Freischwinger am kleinen Glastisch, die für wartende Mandanten gedacht waren. Martha stellte die Tassen so heftig auf dem Tisch ab, dass ein wenig ihres Inhalts auf die Untertassen schwappte. Es war heute nicht wie immer.

»Er will mich loswerden.«

»Was? Äh … wie bitte?«

»Ich bin altes Eisen.« Martha, die sich auf ihren Stuhl hatte fallen lassen, rührte mechanisch in ihrer Tasse.

»Das müssen Sie mir jetzt aber …« Berti konnte ihren Satz nicht fertig sprechen, denn die Tür von Heinrichs Büro wurde schwungvoll aufgerissen. Fragend blickte Heinrich auf die zwei Frauen am Fenster.

»Was machst *du* denn hier, Alberta? Waren wir etwa verabredet?« Natürlich wusste er, dass sie nicht verabredet waren. Sein Auflachen, als amüsierte er sich über diese eventuelle Vergesslichkeit, erinnerte Berti für einen Moment an den zu Hause wartenden Nixon, dessen Repertoire auch ein hyänenhaftes Keckern umfasste.

»Nein, Heinrich. Das waren wir nicht.« Berti leerte ihre Tasse zur Hälfte, stand auf und griff nach ihrer Tasche. Sie hatte nicht mehr das Bedürfnis, mit ihrem Mann zu sprechen. Zumindest nicht hier und heute. Zuvor wollte sie herausfinden, was es mit der derangierten Martha und dem *fiesen Kerl* auf sich hatte, auch wenn sich das nicht jetzt bewerkstelligen ließ. Heinrichs fragenden Blick ignorierend, wandte sie sich Martha zu. »Das mit dem Kaffee müssen wir unbedingt wiederholen. Mal in aller Ruhe.« Sie zwinkerte dabei konspirativ, was zwar nicht zu der Beziehung passte, die sie mit Martha Spiess unterhielt, ihr aber schon deshalb gefiel, weil es Heinrich sichtlich nicht behagte. Sie bedachte ihn mit einem sparsamen Lächeln, bevor sie die Kanzleitür hinter sich schloss.

Im Treppenhaus blieb sie erst mal stehen.

Was in drei Teufels Namen ritt Heinrich eigentlich, dass er sogar Martha gegen sich aufbrachte? Martha, die doch alles für ihn tat oder tun würde. Fast alles, zumindest.

Ein gerittener Heinrich, eine Martha mit schlaffer Blusenschleife und zittrigen Händen? *Bring es in Erfahrung, Berti*, wies sie sich selbst an.

8

»DASS DU IHM tatsächlich noch seine Klamotten bügelst! Unglaublich.« Lara war streng wie immer. Manchmal tat Berti das gut. Heute fand sie die Freundin überheblich. Was wusste Lara schon?

»Der grast auf anderen Weiden und du stehst derweil am Bügelbrett und faltest seine blauen Unterhosen zu schrankfertigen Quadraten.«

Das stimmte. Heinrich hatte vornehmlich hellblaue Boxershorts, die sie ihm tatsächlich bügelte. Da hatte Lara einen Zufallstreffer gelandet, denn drei dieser Exemplare lagen bereits säuberlich gestapelt auf der Ablage.

Berti hatte ihr Telefon neben sich liegen und auf Lautsprecher gestellt. So plauderten sie seit einer Viertelstunde

»Ich bügle gerne. Das ist eine Art Meditation.« Das Bügeleisen spie gar nicht meditativ Dampf aus seinen Düsen, wie ein verärgerter Drache.

»So, so.« Laras Schnauben klang nicht unähnlich. »Du musst dich nicht rechtfertigen. Tu, was du willst.«

Die Wahrheit war, Berti brachte es einfach nicht fertig, seine Wäsche *nicht* zu waschen, *nicht* zu bügeln.

»Ich muss jetzt Schluss machen, hab noch eine Klientin. Tschüss, Lara.«

Ein Druck auf die rote Hörerikone und Ruhe herrschte. Das mit der Klientin war gelogen, aber Laras Kritik ging ihr heute auf die Nerven.

Sie griff nach Heinrichs Jeans und legte sie aufs Bügelbrett. Röhrenjeans! Auch nicht irgendeine Wald-und Wiesenmarke, sondern ein Exemplar, das *7 for all Mankind* hieß und knapp dreihundert Franken gekostet hatte. Das Preisschild hatte sie aus dem Abfalleimer im Bad gefischt. Der Himmel wusste, warum eine Jeans so viel kosten und einen derart überkandidelten Namen haben musste. Dabei hatte Heinrich einen knochigen Hintern und dürre Beine, was von dem modischen Teil eher ungünstig betont wurde. Ein Tatbestand, der ihm selbst allerdings zu entgehen schien, hatte Berti ihn doch vor zwei Tagen beobachtet, wie er mit der neuen Hose vor dem Spiegel posiert hatte.

Erste Anzeichen von Bauchwölbungen bekämpfte Heinrich rigoros mit Muskeltraining an seiner Kraftstation, mit gutem Ergebnis. Aber vom jugendlichen Verführer, für den er sich selbstgefällig gockelnd zu halten schien, war er nun mal weit entfernt.

Berti griff noch mal nach der fertig gebügelten Jeans und legte sie aufs Brett zurück. Dabei lächelte sie hinterhältig. Wenn schon Bügelfalten, dann überall. Mit Hingabe und Extradruck verpasste sie der *Mankind* messerscharfe Kanten. Ein modisches Unding. Sie probte schon mal den unschuldigen Gesichtsausdruck, den sie aufsetzen wollte, falls Heinrich sie zur Rechenschaft ziehen würde. *Aber du sagst doch immer, du möchtest, dass deine Sachen akkurat gebügelt sind!*

Eigentlich war heute ein Rosa-Hallhuber-Tag, aber ihre sonst so unermüdliche Klientin hatte ihren Termin am Vorabend abgesagt. Nicht ganz aus heiterem Himmel, wenn Berti an Rosas energischen Abgang bei der letzten Sitzung dachte, auch wenn sie Zweifel an Rosas Entschlossenheit gehegt hatte.

»Am Sonntag geht's los in die Karibik. Einschiffung in Genua. Außenkabine, Luxusklasse. Drei Wochen.« Rosa hatte getrillert wie ein Grünfink.

Berti hätte sich mit ihr freuen sollen, aber es gelang ihr nicht recht. Was war los mit ihr?

»Haben Sie nicht Lust mit mir shoppen zu gehen, meine Liebe? Sie haben doch so einen guten Geschmack.

Meiner Kreuzfahrtgarderobe fehlen noch ein paar spritzige Teile.« Rosa ließ sich von Bertis Zurückhaltung nicht beirren.

»Nein, dafür bin ich nicht geeignet«, hatte Berti leicht pikiert geantwortet. Schließlich war sie Beziehungscoach und kein Personal Shopper.

»Ich lebe jetzt nach meinem Begehren«, hatte Rosa dann noch resümiert. »Wie Sie es mir geraten haben.«

Berti hatte ihr zu dem Entschluss gratuliert und eine gute Reise gewünscht. Auch das war ein wenig knapp geraten.

Jetzt hatte sie also mehr Zeit, als ihr gerade lieb war. Die gebügelte Wäsche war in den Schränken versorgt, das Bügelbrett verstaut. Nun konnte sie eigentlich mal den Gewürzschrank ausräumen, auswischen und neu sortieren, was sie schon längst hatte tun wollen.

9

IM FLUR, auf dem Weg zur Kücheninsel, hielt Berti inne. Jemand war im Begriff, die Haustür aufzuschließen. Heinrich, um diese Zeit? Er kam am Mittag selten nach Hause und wenn, dann nicht vor zwölf Uhr.

Die Tür wurde vorsichtig geöffnet. Nein, Heinrich war das nicht. Berti zog reflexartig einen Regenschirm aus dem Schirmständer. Dummerweise den mit der defekten Automatik, der sich, kaum aus dem Ständer befreit, zu voller Größe aufspannte.

»Was wollen Sie hier?« Berti schaute in das erschrockene Gesicht der Rothaarigen. Den geöffneten Schirm hielt sie in der Hand wie Mary Poppins.

»Ich …, ich dachte … Wieso sind Sie hier?«

»Ma, andiamo proprio bene!« Da war sie wieder, ihre Sprache des Affekts. »Wieso *ich* in *meiner* Wohnung bin?« Bertis Furcht, es mit einem Einbrecher zu tun zu haben, war beim Anblick der jungen Frau vom Boulevard-Café am Weinplatz in Ärger übergeschwappt.

»Erklären Sie mir auf der Stelle, weshalb Sie einen Schlüssel haben und was Sie hier suchen!« Das hätte vermutlich souveräner geklungen, hätte sie nicht nebenher einen Kampf mit dem widerspenstigen Regenschirm ausfechten müssen, der sich nicht mehr bändigen ließ. Wütend stopfte sie ihn zurück in den Ständer.

»Heinrich sagte, Sie wären nicht zu Hause.« Es schien nicht viel zu fehlen und die Rothaarige würde die Flucht ergreifen.

Berti begann an der Rolle der unrechtmäßig behelligten Wohnungsbesitzerin Gefallen zu finden. Das war ein Heimspiel! »Ach, und das ist ein Grund, dass Sie sich hier widerrechtlich Zutritt verschaffen? Das ist Hausfriedensbruch.«

Die Wohnung gehörte Heinrich und ihr zusammen,

und wenn Heinrich seiner Flamme den Schlüssel gegeben hatte, und danach sah es aus, dann war das nicht *widerrechtlich* und auch kein *Hausfriedensbruch*. Aber dreist war es allemal und Berti gerade so richtig in Fahrt.

»Ich sollte seinen Rollkoffer für ihn holen.« Die junge Frau trat auf Berti zu und streckte ihr die Hand entgegen. »Ich heiße übrigens Sylvia. Sylvia Bächthold. Ich vermute, Heinrich hat Ihnen … nichts … von mir erzählt.«

War das nun Flucht nach vorne, Unverschämtheit oder einfach nur Naivität? In Berti fuhren die Gefühle und Gedanken Achterbahn.

Sollte sie nach der ausgestreckten Hand greifen? Gängige Benimmregeln für solche Fälle waren ihr nicht bekannt. Sie entschied sich für eine reduzierte, schlaffe Form des Händeschüttelns, die sie eigentlich hasste. Vorstellen brauchte sie sich natürlich genau so wenig, wie das floskelhafte *Freut mich* nicht rausrutschen durfte, das sich schon auf ihrer Zungenspitze befunden hatte.

Und ob sie von Sylvia wusste, ob Heinrich ihr von seiner Geliebten erzählt hatte oder nicht, darüber würde sie die junge Dame gewiss nicht aufklären.

Berti beschloss jedoch, sich die eigenartige Situation zunutze zu machen. Warum sollte sie nicht mit einem Gespräch ein wenig Licht in die Angelegenheit bringen? »Wenn Sie schon mal hier sind, dann trinken Sie doch einen Tee mit mir«, knurrte sie.

Ohne eine Antwort abzuwarten, steuerte sie in Richtung Kücheninsel. Sylvia folgte ihr.

»Scratch, scratch«, krächzte Nixon begeistert und drückte sich anbiedernd – Verräter! – gegen das Gitter seines Reichs. Kannte er Sylvia etwa? Normalerweise verfiel er in Schweigen, wenn Fremde in die Nähe kamen.

»Ein Beo?«

»Mmhm. Heinrichs Mitgift. Ohne den kriegen Sie meinen Mann nicht.« Warum machte sie plötzlich dümmliche Witze?

»Sie mögen ihn nicht?«

»Wen, Heinrich?«

»Nein, den Beo.« Sylvia lächelte.

»Vögel sind nicht so mein Ding.« Nun aber fertig mit dem Geplänkel! Auch wenn sie es selbst vom Zaun gebrochen hatte. »Setzen Sie sich, Frau Bächthold.«

Und während sie das Wasser aufsetzte: »Jetzt würde ich doch gerne wissen, weshalb Sie für Heinrich Botengänge machen.«

»Fürs Wochenende, für Mailand.« Das kam leise.

So war das also. *Ihr* hatte Heinrich erzählt, er wolle für zwei Tage zu seinem Freund Jakob. Stattdessen sollte es also nach Mailand gehen. Mit Sylvia.

Nicht, dass das allzu viel änderte. Wie die Dinge standen, konnten Berti seine Unwahrheiten eigentlich egal sein. Aber das waren sie trotz allem nicht. »Aha, und seinen verdammten Koffer kann er nicht selber holen?«

Heinrich hatte ihr beim Frühstück mitgeteilt, er wolle gleich nach Feierabend direkt von der Kanzlei zu Jakob nach Davos aufbrechen. Offenbar hatte er den Koffer zu Hause vergessen und in alter Heinrich-Manier eine willfährige Dienstbotin fürs Herbeischaffen gefunden.

Seine Frau wähnte er schließlich außer Haus, wie jeden Mittwochvormittag.

Das Wasser kochte, und Berti übergoss die Grünteeblätter, die eigentlich kein siedendes Wasser vertrugen. »Zucker?« Sie stellte die Teegläser und die Kanne auf den Tisch.

Sylvia schüttelte den Kopf. »Nein, danke.« Und dann, fast nahtlos, als habe es was mit dem Zucker zu tun: »Es tut mir leid. Das ist eine schreckliche Situation.«

»*Was* ist eine schreckliche Situation?« Berti tat, als hätte sie keine Ahnung, was ihr Gegenüber meinen könnte.

Sylvia stand auf und ging zu Nixons Voliere. Wieder drückte sich der Treulose dicht an die Stäbe und ließ sich die aufgeplusterte Stelle unterhalb des gelben Halsstreifens kraulen.

»Heinrich und ich haben eine Aff…, äh, ein Verhält…, also eine Beziehung. Wir …«

»Scratch!«, exklamierte Nixon erneut und Sylvia erfüllte ihm seinen Wunsch. »Das tut mir alles wirklich sehr leid«, sagte sie zu Nixon, dem ihre Schuldgefühle völlig egal waren.

»Das erwähnten Sie bereits.« Dieses Dauer-Bedauern

ging Berti auf die Nerven und ihr Ärger kam wieder hoch.

Sylvia setzte sich nochmals an den Tisch und nippte an ihrem Tee. Es hatte den Anschein, als begänne sie, sich hier heimisch zu fühlen, was nun wirklich nicht in Bertis Sinne war.

Aber offenbar wollte sie noch etwas loswerden: »Es ist nicht einfach mit Heinrich«, druckste sie.

Was sollte das? Suchte die Geliebte Trost bei der Ehefrau oder erwartete sie, dass diese dem heimlichen Paar mit Coaching zur Seite stand? Berti verbrannte sich mit einem hastig genommenen Schluck des heißen Getränks die Zunge. »Nicht einfach? Da dürften Sie recht haben. Es gibt da nämlich noch ein kleines Hindernis: meine Wenigkeit.«

Sylvia zuckte zusammen. Die ungewöhnliche Situation – *Geliebte trinkt mit Ehefrau Tee, nachdem sie sich zuvor Zutritt zu deren Wohnung verschafft hat* – wurde ihr jetzt wohl auch wieder bewusst. »Ja, natürlich. Ich gehe jetzt wohl besser.« Auf einmal hatte sie es eilig.

Berti blieb am Tisch sitzen. Nein, zur Tür brachte sie Sylvia Bächthold nun doch nicht. Ob Freiherr von Knigge Benimmregeln für eine solche Situation vorgesehen hatte?

Sie hörte, wie die Wohnungstür ins Schloss fiel.

Seinen Koffer musste Heinrich wohl doch selber holen.

10

»Das glaube ich dir nicht!« Juliane hatte ihren strengen Blick aufgesetzt. Das Kinn vorgereckt, die Lippen schmal. Einer der seltenen Momente, in dem sie ihrem Vater ähnelte. Das *dir* war nicht zufällig gesetzt, denn es war mehr als nur ein Nicht-Glauben. Sie glaubte *Berti* nicht.

Zürich war im Novembernebel verschwunden. Er hatte sich wie ein Tuch über die Stadt und das Limmattal gelegt und die Welt in oben und unten geteilt. Sie hatten die Sonnenseite für sich und den Ausblick auf die Alpen. Die unten hatten das Grau.

»Und warum nicht?« Im Grunde kannte Berti die Antwort auf ihre Frage: Weil Heinrich ein guter Mensch war und sie Heinrich nicht anschwärzen durfte.

»Du hättest dich mehr um ihn kümmern müssen. Er hat es verdient!«

Hatte sie richtig gehört? Kümmern? Oder war das etwa ironisch gemeint? Dann könnten sie nun gemeinsam lachen. Aber Ironie passte nicht zu Heinrichs Tochter.

Sie saßen schon eine Weile auf einer Bank am Uetliberg. Die Plauderpause im Sonnenschein bei immer noch angenehmen Temperaturen und der gewaltige Ausblick waren die Krönung ihrer zweistündigen Walking-Tour.

Juliane hielt den Kopf gesenkt und flocht Zöpfchen aus den Fransen ihres selbstgestrickten Schals. Ein Vorhang ihrer dunklen, schulterlangen Haare verdeckte jeden Einblick auf das nach unten geneigte Profil, so dass Berti nicht erraten konnte, wie das mit dem *Mehr Kümmern* nun gemeint war.

An Juliane war alles *selbst*: selbstgestrickt, selbstgenäht, selbstgefärbt, selbstgeschnitten.

Sie beglückte ihren Vater mit nicht versiegendem Elan mit Produkten ihres kreativen Tuns. Weder die Tatsache, dass sich Heinrich nicht mal die Mühe machte, für die gebatikten Krawatten und gestrickten Wollmützen Freude zu heucheln, noch dass er jemals etwas davon getragen hätte, taten ihrer Schenkfreude Abbruch.

»Du meinst also, ich hätte für deinen Vater nicht genügend getan? Was hätte ich denn deiner Meinung nach mehr oder besser machen sollen?« Berti war nun wirklich neugierig. Was konnte Juliane denn über ihre Ehe wissen? Es war Berti, die Heinrich darauf aufmerksam machte, dass es an der Zeit war, seine Tochter mal wieder einzuladen oder auch nur anzurufen. Wenn jemandem Nachlässigkeiten vorgeworfen werden konnten, dann doch ihm!

»Du zeigst kein Interesse für seine Arbeit und seine Sorgen. Und du gibst ihm nicht genügend zu verstehen, wie sehr du ihn schätzt ...«

Wie kam Juliane auf *die* Idee? Und überhaupt, aus welchem Jahrhundert waren die Vorstellungen dieser jungen Frau? Berti war erschrocken, aber auch verärgert.

»Papa ist ein wunderbarer Mann! Ich weiß nicht, Berti, ob du das begriffen hast.«

Nun war es aber genug! »So, und wo war dieser *wunderbare Mann* all die Jahre? Wo war er, wenn du am Telefon nach ihm gefragt hast? All die Male, an denen er aus nichtigen Gründen Verabredungen mit dir versäumt hat? *Ich* musste seine lausigen Ausreden zurechtfeilen.« Berti überschritt rote Linien, aber sie war nicht zu bremsen. »Dieser wunderbare Mann, für dessen Sorgen ich mich deiner Meinung nach nicht genügend interessiere, hat nicht die geringsten Skrupel, seine Frau nach zwanzig Ehejahren mit einer um einige Jahre jüngeren Geliebten zu betrügen. Die Sorgen, die er dir und mir bereitet, scheinen dir aber allem Anschein nach nicht wichtig zu sein.« Berti schnappte nach Luft. »Mehr Bewunderung! Dass ich nicht lache.«

Juliane schaute sie mit zusammengekniffenen Augen an.

»Wie gemein von dir, er ist mein Vater!« Sie sprang auf und stampfte davon, mit nur einem der Walkingstöcke. Nach zwanzig Metern machte sie noch mal kehrt. »Und«, sie griff nach dem zurückgelassenen Stock wie nach einem Degen zum Duell, »wenn es überhaupt so ist, wie du sagst: Wie war das überhaupt vor einundzwanzig Jahren? Warst *du* da nicht die Geliebte?« Sie wartete keine Antwort ab.

Bertis Unmut über die heftigen Vorhaltungen verflogen in der gleichen Geschwindigkeit, in der Juliane sich stockschwingend davonmachte, bis das abfallende Gelände sie ganz verschluckt hatte. Was auch immer Heinrichs Tochter dazu bewog, ihren wenig väterlichen Erzeuger so zu idealisieren, es war nicht an Berti darüber zu urteilen.

11

Die Nebeldecke über See und Stadt hatte sich fast völlig aufgelöst.

Wo Heinrich wohl gerade war? In seiner Kanzlei oder beim vormittäglichen Gläschen Prosecco mit seiner Sylvia?

Sie versuchte das Haus in der Bellrivestraße auf der gegenüberliegenden Seeseite auszumachen. Könnte sie die Arme ausbreiten und fliegen, sie wäre im Nu dort.

Nein, das Fliegen wäre schön, aber *dort* wollte sie gar nicht sein. Sie war hier, auf dem Uetliberg. Und hatte Hunger.

Auf den Nussriegel in ihrer Anoraktasche – vegan, glutenfrei und aus Julianes Produktion – hatte sie keinen Appetit. Etwas Deftiges musste her.

Sie machte sich auf den Weg zum Bergrestaurant. Unter der Woche war dort im November nicht viel los. Drei Rentner in Wandermontur, die einzigen Gäste außer Berti, amüsierten sich köstlich bei Bier, Bratwurst und

Rösti. Berti entschied sich für den Tisch mit dem größten Abstand zu dem fidelen Herrengrüppchen. Wie konnte man nur so penetrant guter Laune sein? Ihre strafenden Blicke bei jeder neuen Lachsalve blieben unbemerkt.

Eine Schale Bündner Gerstensuppe und ein Glas Hallauer Blauburgunder, das war es, was sie brauchte.

Julianes Satz über Bertis Rolle vor mehr als zwanzig Jahren hatte gesessen. Natürlich hatte sie das geflissentlich aus ihrem Gedächtnis gestrichen. Ja, sie war tatsächlich selbst einmal Heinrichs Geliebte gewesen.

Eine junge Frau von dreißig Jahren, mit abgebrochenem Psychologiestudium, wenig Glück bei der Wahl ihrer männlichen Begleiter und einem ermüdenden Job als Serviererin in einem Lokal an der Piazza von Ascona.

Heinrich hatte mit einem älteren Ehepaar, gutbetuchte Asconeser Klientel, wie sie häufig anzutreffen war, bei einem Glas Wein Geschäftliches besprochen. Berti hatte ihn für einen Immobilienhändler gehalten. Beim Weggehen hatte er sie angelächelt und ihr ein großzügiges Trinkgeld zurückgelassen. Am nächsten Tag war er wieder erschienen, hatte sie gefragt, wann sie denn Feierabend hätte und was sie von einem gemeinsamen Spaziergang hielte.

Er hatte ihr gefallen, groß und schlank wie er war. So hatte sie ja gesagt. Zum Spaziergang am See entlang und eigentlich zu allem, was dann folgte.

Anwalt war er, im Begriff eine eigene Kanzlei zu eröffnen. Und verheiratet, mit einer zweijährigen Tochter. Letzteres hätte bei Berti eine Alarmglocke auslösen sollen. Aber da war es wohl schon zu spät gewesen. Allein sein Lächeln reichte aus – von den bald folgenden Küssen und Liebesspielen in seinem Hotelzimmer ganz zu schweigen –, um ihr zittrige Knie, Herzflattern und die Gewissheit zu bescheren, für ihn alle ihre Prinzipien – nicht viele – über Bord zu werfen. Ach, und sein Lamento: zu jung geheiratet. Eine Frau, die kein Verständnis für seinen zeitintensiven Karriereaufbau aufbringen konnte. Ein Kind, zu dem er sich noch nicht bereit gefühlt hatte.

Vielleicht hätte sich eine andere Frau die Frage gestellt, was es bedeutete, wenn ein vierunddreißigjähriger Mann, verheiratet und gutsituiert, vorgab, noch nicht für ein Kind *bereit* zu sein.

Aber Berti hatte sich der Illusion hingegeben, genau die richtige Frau für diesen so attraktiven wie unverstandenen Mann zu sein. Sie, so hatte sie angenommen, würde den mausenden Kater bändigen. Die Zeit der Nagetiere war vorbei. Sie wollte der leckere Happen aus dem Aludöschen sein. Die Gold-Terrine, mit Petersilie garniert.

Aus dem Gourmet-Portiönchen war nun Trockenfutter geworden. Und der Kater jagte wieder. Diesmal hatte er ein rotfelliges Mäuschen zwischen den Pfoten.

Berti leerte das Glas mit dem Blauburgunder und überlegte, ob sie sich noch eins bestellen sollte. Nein. Nur nicht so eine werden, die mit rotgeäderter Nase und der Weinflasche vor sich über ihr Schicksal sinnierte.

Sie war tatsächlich die Nachfolgerin der ausrangierten Milena geworden. Das gelegentlich aufkeimende schlechte Gewissen über die ebenfalls zurückgelassene Juliane, deren Vater mit fliegenden Rockschößen zu Neuem aufgebrochen war, hatte sie effizient unter einem Berg von Plänen für *ihre* Zukunft mit Heinrich begraben. Zu diesen hatten eigene Kinder gehört. Nicht gleich, aber später. Heinrich hatte sie vertröstet, Jahr um Jahr. *Wir haben es doch so gut zusammen, wir zwei*, hatte er ihr immer wieder versichert und dabei an ihrem Ohr geknabbert, der hungrige Kater.

Als dann die biologische Uhr zu ticken begann, lauter und lauter, gab Heinrich vor, nichts davon zu hören. Auch nicht, als aus dem Ticken längst ein kräftiges Pendelschlagen geworden war.

Berti schob die nur halb ausgelöffelte Gerstensuppe von sich und stand auf. Das Wandertrio hatte inzwischen das Lokal verlassen, ohne dass sie es bemerkt hatte.

Einmal Ehebrecher, immer Ehebrecher hatte Lara kürzlich gesagt. Einmal Mäusefänger, immer Mäusefänger. Da war wohl was dran.

12

»Hm, Minestrone!« Heinrich legte den Deckel auf den Topf zurück, nachdem er den Duft mit Genießermiene und geschlossenen Augen eingesogen hatte. Er war früher als gewöhnlich nach Hause gekommen und schien bester Laune. »Wir sollten mal wieder ausgehen. Was hältst du von Kino?«

Berti hielt beim Brotschneiden inne. Was sollte das nun wieder bedeuten? Heinrich rieb sich die Hände, wie immer wenn er voller Tatendrang war. »Dann könnten wir danach von der Suppe essen.«

»Mit alten Hausschuhen?«

Sarkasmus bringt Sie nicht weiter! Aber sie war dem Drang einfach erlegen.

Heinrich schaute erstaunt auf seine Füße, dann auf Bertis. Erst dann fiel der Groschen. »Berti, ich bitte dich! Wir sind zwei erwachsene Menschen. Wollen wir uns nicht wie solche benehmen?«

Wie benahmen sich erwachsene Menschen? So wie Heinrich?

Die gerade mal drei Tage zurückliegende Sache mit Mailand war nicht thematisiert worden. Nicht von ihr und nicht von ihm, obwohl Sylvia ihm das missliche Zusammentreffen mit Berti in der Wohnung sicher nicht verschwiegen hatte. Oder vielleicht doch? Heinrich war am Sonntagabend spät nach Hause zurückgekommen, hatte seinen Koffer geleert und mit viel Gerumpel im Schrank verstaut. Mit keiner Silbe hatte er sich geäußert, nicht zur offiziellen Davos- und erst recht nicht zur Mailand-Version. Tags drauf hatte sie den Abstellraum zu einem Zimmer für sich umgestaltet: Ein Bett, ein Tisch mit ihrem Laptop drauf, eine Stehlampe aus der Leseecke, ein paar Blumen für die Wohnlichkeit. Heinrich hatte nichts zu diesem neuen Arrangement gesagt.

Und so bewegten sie sich umeinander herum wie zwei virtuose Balletttänzer, den anderen wohl neben sich wissend, im Auge behaltend und doch jeder mit dem eigenen Tanz befasst.

Sprechen Sie mit Ihrem Partner über das, was Ihnen wichtig ist! Wie leicht sich so manches sagte!

Bei Berti hatte sich Sprachlosigkeit eingestellt. Mehr noch, sie hatte sogar Gefallen gefunden an diesem Schweigen, das ihr ein Gefühl der Gefasstheit gab. Dabei war es doch eigentlich Heinrich gewesen, der sich mit seinen Auszugsabsichten zum Handelnden gemacht und sie damit in die Rolle der *Erleidenden* befördert hatte.

Manchmal beobachtete er sie, schien auf etwas zu warten. Vielleicht auf die verletzte, wütende Berti. Die Berti, die ihm lautstark eine Schachtel mit zerdrücktem Konfekt hinknallte. Die war ihm vermutlich lieber als eine wandelnde Sphinx. Eine *Sphinx*. Der Gedanke gefiel ihr. Eine Sphinx lächelte mysteriös. Oder doch nicht? War das etwa die Mona Lisa? Egal. Welche Schritte Berti von nun an auch immer unternahm, sie würde sie für sich behalten, undurchschaubar bleiben. Da konnte Heinrich rätseln, so viel er wollte.

»Und, Berti? Keine Lust auf einen angenehmen Abend? Ich schau mal, was es gibt.« Schon hatte er nach seinem Tablet gegriffen.

Sie beobachtete ihn aus den Augenwinkeln, während sie Kartoffelwürfel in den Topf gleiten ließ.

Wie er da saß, beflissen das Kinoprogramm durchforstend, als wenn nichts wäre. Sie dachte an den Heinrich von früher. Den Heinrich, in den sie sich verliebt hatte, der empfindlich, verletzlich sein konnte. Manchmal jedenfalls. Oder eher selten? So sicher war sie sich da auch nicht mehr. Nein, es hatte ihn gegebenen: den Mann, der ihr gefallen wollte und der ihr tatsächlich so sehr gefallen hatte. Berti rührte mit Hingabe in der Minestrone, die eigentlich gar nicht mehr gerührt werden musste. Ein paar Tränen tropften in den Topf. Wie viel Salz die wohl enthielten? Sie rührte und rührte. Nun weinte sie also, die Sphinx, die doch aus Stein sein sollte.

»Also?«

»Was *also*?« Sie drehte sich nicht zu ihm um, auch wenn die letzte Träne bereits in der Suppe verschwunden war.

»Ins Kino gehen, zum Beispiel. Im *Alba* zeigen sie einen Film von Buñuel. Den mochtest du doch immer. *Belle de Jour*.«

Belle de jour! Falsch, ganz falsch, dachte Berti. Aber das sagte sie nicht. Stattdessen nahm sie ihm das Tablet aus der Hand und scrollte durch das Zürcher Kinoprogramm. »Hier hab ich was«, rief sie, nun wieder ganz die ägyptische Löwenstatue mit dem Menschenkopf. »Im Arthouse, *Die Geliebte des Teufels*.«

Ihre Blicke trafen sich.

Nein, nun wurde es wohl doch nichts mit dem gemeinsamen Kinoabend.

13

Bewundernswert, diese Frau, stand da und schaute sich die Schaufenster an, schlenderte gemütlich von einem zum andern. Und dabei wusste sie doch, dass ihr Mann eine Geliebte hatte. Wirklich erstaunlich. Wenn Heinrich eine andere hätte, sie könnte nicht so seelenruhig durch die Gegend flanieren. Aber Heinrich hatte ja tatsächlich eine *andere*, durchfuhr es sie. Nämlich die, hinter der sie gerade herschlich. Seine Noch-Ehefrau. Aber diesem Gedanken wollte sie jetzt nicht nachhängen.

Lag es daran, dass diese Beziehungs-Coachin – sagte man Coach*in*? – die Besonnenheit zu ihrem Beruf gemacht hatte? Schon allein mit welcher Gefasstheit Berti Fischer reagiert hatte, als sie letzthin in Heinrichs Auftrag die Wohnung betreten hatte. Sie selbst wäre in einer vergleichbaren Situation zur Furie geworden. Während *ihr* sogar eine Tasse Tee kredenzt worden war.

Sylvia ging hinter einer Gruppe junger Asiatinnen in Deckung. Sie musste sich vorsehen. Die Bahnhofstraße war um diese Tageszeit eine Flut betriebsamer Menschen, die den Einzelnen aufsog, aber das Risiko, aufs Neue in einer peinlichen Situation ertappt zu werden, wollte sie dennoch nicht eingehen.

Am Bellevueplatz hatte sie Heinrichs Frau gesehen. Berti war gerade im Begriff gewesen, die Tram Nummer 8 zu besteigen. Sie selbst wollte in die Gegenrichtung fahren, um Tim bei ihrer Mutter abzuholen. Ohne nachzudenken hatte sie ihre Pläne über Bord geworfen und war kurz vor Abfahrt von der hinteren Tür aus in den Wagen gestiegen, in dem Berti bereits Platz genommen hatte. Schon nach drei Haltestellen, am Paradeplatz, war Berti wieder ausgestiegen, und Sylvia hatte es gerade noch geschafft, sich ebenfalls den Weg durch die dichtgedrängt stehenden Fahrgäste zum Ausgang zu bahnen.

Was versprach sie sich eigentlich von dieser Beschattung? Waren es in Romanen oder Filmen nicht immer die Betrogenen, die sich durch solche Manöver Klarheit zu verschaffen suchten?

Seit ihrem gemeinsamen Gespräch in Heinrichs und Bertis Wohnung hatte sich ihre eher mitleidige Herablassung gegenüber Heinrichs Frau in so etwas wie

Eifersucht verwandelt. Dabei gab es nicht die geringste Veranlassung, sich als Sechsunddreißigjährige vor der Konkurrenz einer Einundfünfzigjährigen zu fürchten. Nein, *sie* war es, die die Poleposition für sich beanspruchen konnte.

Diese Berti war nett anzusehen, gut erhalten und gewiss nicht auf den Kopf gefallen, keine Frage, aber über den Unterschied zwischen ihrem eigenen Körper, dem einer Gazelle, und dem eines gemütlich grasenden Braunviehs gab es nichts zu diskutieren.

Sie hatte Heinrich vor zwei Wochen nicht erzählt, dass seine Frau entgegen seiner Behauptung an jenem Freitag doch zu Hause gewesen war. Dass der Koffer immer noch da stand, wo sie ihn hätte holen sollen, hatte sie mit Zeitmangel entschuldigt. Murrend hatte er sich selbst auf den Weg gemacht.

Die zwei Tage und zwei Nächte mit ihm in Mailand waren ihr einfach zu kostbar erschienen. Sie wollte nicht mit Vorfällen aufwarten, von denen sie nicht wusste, wie sie seine Stimmung beeinflussen würden.

So hatten sie die ersten Stunden der raren Zweisamkeit im Bett eines kleinen Hotels im *Centro Storico* verbracht, waren am Samstagvormittag durch den Corso Vittorio Emanuele flaniert, hatten in der *Pasticceria Marchesi* Cappuccino getrunken und anschließend die zweihundert Stufen aufs Dach des Doms erklommen.

Heinrich, mitunter launisch und unberechenbar, war zu ihrer Freude bester Stimmung, ja geradezu ausgelassen gewesen. Vermutlich war das der Grund, dass sie es nach ihrem späten Mittagessen gewagt hatte, vermintes Terrain zu betreten. Vor einem Schaufenster mit einer Auslage überteuerter Kinderkleider irgendeines Mailänder *Stilista* hatte sie sich an ihn geschmiegt und ihm das Verhängnisvolle ins Ohr geflüstert: *Wie schön wäre es, wenn Tim jetzt bei uns wäre!*

War es die beim Essen geleerte Flasche Sangiovese, die sie so leichtköpfig und unbesonnen gemacht hatte? Heinrich war erstarrt, hatte sie fast grob von sich geschoben und sie mit eisiger Stimme daran erinnert, dass das Thema zur Genüge diskutiert worden sei. Danach war er schweigend neben ihr, nein, *vor* ihr hergelaufen, die Hände in den Jackentaschen. Leicht gebeugt und mit zusammengekniffenen Lippen. Das mit den Lippen konnte sie allerdings nicht sehen, nur vermuten.

Später, im Hotel, hatte er so getan, als hätte sich die Episode nie ereignet. Als sie das Zimmer betrat, hatte er in seinen Boxershorts auf dem Bett gelegen, sie angelächelt und die Hand nach ihr ausgestreckt, um sie zu sich zu ziehen. Aber eine Versöhnung in Heinrich-Manier hatte sie nicht gewollt. Schließlich ging es um ihren kleinen Tim. Den wollte sie nicht schon wieder verraten, auf dem getigerten Überwurf dieses Mailänder Designerbetts.

Dabei hatte ihr Heinrich mehr als einmal klargemacht, dass er für die nächsten ein, nein, eher zwei, vielleicht sogar drei Jahre kein Familienleben führen wollte. Dass es nicht das sei, wofür er seine Ehe – *beengend aber nicht zerrüttet*, hatte er gesagt – aufgeben wolle. Danach könne man weitersehen. Gegen gemeinsame Unternehmungen, hie und da, sei natürlich nichts einzuwenden. Das *Hie-und-da* hatte einen bitteren Nachgeschmack gelassen.

In Mailand hatte sie aber doch noch versucht, sich die ganze Sache irgendwie zurechtzurücken. Und Heinrich hatte zu diesem Zweck alle Register gezogen.

Liebste Sylvie – er sprach ihren Namen wie so oft französisch aus –, *wir werden irgendwann eine Familie sein. Versprochen. Du hast doch selbst gesagt, wie glücklich deine Mutter ist, den kleinen Bub bei sich haben zu dürfen. Und wie lieb er seine Oma hat. Das wollen wir doch jetzt nicht alles durcheinanderbringen. Kinder mögen keine Veränderungen.* Heinrich als Kinderpsychologe? Da war sie sich nicht so sicher.

Und dann noch: *Lass uns doch ein wenig Zeit für uns zu zweit!*

Das hatten sie am Sonntag dann ausgiebig getan. Sich Zeit gelassen. Mit Champagner und Snacks vom Roomservice und Heinrich in Bestform.

Bei der Gelegenheit hatte sie, nicht zum ersten Mal, mit ihren eigenen Mitteln in Heinrichs Zauderei hineingefunkt. Hatte ihn, als er die Verpackung der kleinen

Gummidinger aufreißen wollte, einfach fest an sich gezogen. Heinrichs Redekunst konnte man auf verschiedene Arten begegnen. Und Fakten konnten Einstellungen ändern.

Berti war rechts in die Augustinergasse abgezweigt. Hier gab es deutlich weniger Möglichkeiten, ungesehen zu bleiben. Was, wenn Berti sie doch noch bemerkte? Außerdem hatte sie bereits genügend Zeit damit vergeudet der Frau – Noch-Frau – ihres Geliebten, nein, ihres zukünftigen *Lebensgefährten*, hinterherzuschleichen.

Aber ihre Neugier, oder was auch immer es war, behielt die Oberhand. Sylvia schlug den Mantel ihres Trenchcoats hoch und tat, als würde sie die historischen Häuser mit ihren buntbemalten Erkern bewundern. Als Berti nochmals abbog, diesmal in die leicht ansteigende Widdergasse, blieb Sylvia nur noch die Brunnensäule des Münzplatzes als schützender Schild.

Berti war vor der Bar des Hotels *Widder* stehen geblieben. Sie schien nach jemandem Ausschau zu halten. Eine großgewachsene Frau, das dunkle Haar zu einem dicken Zopf geflochten, näherte sich Berti mit ausgebreiteten Armen. Freundinnen? Die auffallende Erscheinung in Schwarz-Rot-Bunt musste etwas jünger als Berti sein. Nach einer Begrüßungsumarmung im Lichtkegel der Straßenbeleuchtung verschwanden die Frauen im Inneren der *Widder-Bar*.

Sylvia trat den Rückweg über die nahe Rathausbrücke an. Der Limmat entlang würde sie in wenigen Minuten zurück zum Bellevue gelangen, wo die ganze unsinnige Aktion ihren Ausgang genommen hatte. Es war höchste Zeit zu Tim zu fahren, was sie längst hätte tun sollen.

Die zwei Frauen mussten gute Freundinnen sein, ging es Sylvia noch durch den Kopf, während sie sich ihren Weg durch die Passanten bahnte. Sie liehen sich gegenseitig ihre Kleidung aus oder erstanden wie Zwillinge das Gleiche. Die Bezopfte hatte genau so ein übergroßes, buntes Seidentuch über ihre Schultern drapiert, wie sie es letzthin auf dem Rücksitz von Heinrichs Lexus hatte liegen sehen. *Gehört meiner Frau* hatte er auf ihr Nachfragen hin kurz angebunden gebrummt.

14

»Unglaublich!« Lara sprühte vor Empörung. »Was will dieses rote Biest von dir?«

»Keine Ahnung.« Berti spießte noch eine Olive auf. Sie hatte der Freundin von der Observation erzählt. Allerdings erst, nachdem sie sich auf den roten Lederpolstern der Bar niedergelassen hatten. Es wäre der impulsiven Lara zuzutrauen gewesen, diese Sylvia unverzüglich zur Rede zu stellen. Ihr selbst war nicht danach zumute gewesen, auch wenn sie die Aktion eigenartig fand und gerne gewusst hätte, was die junge Frau antrieb.

Bereits vor dem Schaufenster von *Jimmy Choo*, gleich nach dem Aussteigen aus der Tram, hatte sie Sylvia Bächthold gesehen. Sie hatte deren Anwesenheit für Zufall gehalten und versucht, sich nicht aus der Ruhe bringen zu lassen, auch wenn ihr das schwerfiel. Sie wollte sich ungestört am Anblick der sündhaft teuren Highheels in den glitzernden Gold-, Silber- und Paillettenkreationen erfreuen, die sie ihren eigenen Füßen längst nicht mehr zumuten konnte, eigentlich nie zugemutet hatte. Natürlich gelang es ihr nicht. Der Spaß war dahin. Beim Weitergehen wurde ihr klar, dass Sylvia ihr folgte. Was bildete sich dieser Sherlock-Holmes-Verschnitt ein? Dass Berti das nicht merkte?

Neben der Irritation hatte sich aber auch so etwas wie Befriedigung eingestellt. Sie war also eine Beschattungstour wert. War sich die junge Dame ihrer Position in Heinrichs Ranking etwa nicht so sicher?

»Wieso *rotes* Biest? Wann hast du sie denn gesehen?«

»Das hast du mir doch erzählt!«

Hatte sie das? Berti konnte sich nicht daran erinnern. »Lass uns von was anderem reden.« Warum ritt Lara eigentlich auf der Rothaarigen rum? Was sie jetzt brauchte, waren herzliche Worte, den Arm der Freundin um ihre Schultern oder auch einfach nur Zerstreuung. »Wie geht es dem schüchternen Luis?«

Lara war, wie Heinrich, Anwältin. Vor zwei Jahrzehnten, während eines Jahrs, war sie dessen gelehrige Praktikantin gewesen, über die er nur lobende Worte zu sagen hatte. Berti, die zu der Zeit noch nicht lange mit Heinrich verheiratet war, fühlte sich zu Lara von Anfang an hingezogen. Die nur fünf Jahre jüngere Frau war ihr bald eine Freundin und blieb dies auch dann noch, als diese zusammen mit zwei Partnern die Kanzlei *Binder, Bortoloni und Schuster – Familienrecht und Mediation* gründete.

Der mit Schönheit nicht gerade gesegnete Sohn von Kanzleipartner Binder, Luis, machte der einiges Älteren in letzter Zeit unmissverständlich den Hof.

»Hat sich erledigt.« Lara rührte in ihrer *Bloody Mary* und schaute aus dem Fenster, als spielte sich draußen Spannendes ab. »Hat jetzt wohl was Passenderes gefunden.«

Nanu? Das Thema trug in anderen Momenten immer zur Erheiterung bei. Ihre nie um eine witzige Bemerkung verlegene Freundin wirkte missmutig.

»Und sonst? An der Männerfront?« Berti ließ nicht locker. Sie wollte unbeschwert plaudern, lachen, über Banalitäten reden.

»Ebbe.«

Ebbe. Heute musste sie Lara wohl die Worte einzeln entlocken. Ihre Gedanken schienen woanders zu sein. Berti verzichtete darauf, ein zweites Glas Chardonnay zu bestellen. Sie konnte, wie die Dinge standen, auch nach

Hause gehen. Eine misslaunige Lara war nicht das, was ihr jetzt guttat.

»In Zollikon wird eine kleine Wohnung frei. Winzig, aber erschwinglich. Zehn Minuten zu Fuß zum See.«

»Willst du umziehen?« Berti war überrascht. Nicht nur über den Themenwechsel, sondern auch, weil Lara in exklusiver Hanglage wohnte, unweit des Zoos und des *Fifa*-Hauptsitzes. Kein Mensch bei klarem Verstand würde eine solche Wohnung gegen eine andere auswechseln.

»Nein, für dich!«

»Wie kommst du darauf, dass ich ausziehen will? Und noch dazu nach Zollikon?«

»Wie ich darauf komme? Na du bist gut! Heinrich lässt sich alle Zeit der Welt nach seiner großartigen Ankündigung und du bleibst in Wartestellung? Warum kommst du ihm nicht einfach zuvor? Auszug, Scheidung, fertig! Fakten schaffen!«

»Fakten schaffen?« Berti konnte die Erregung ihrer Freundin nicht verstehen. »Also, nun weiß ich gerade mal seit vier Wochen Bescheid, Lara!« Berti gab sich keine Mühe mehr, ihren Unmut zu verbergen.

»Und dass du Heinrich nicht über den Weg trauen kannst, weißt du auch erst seit vier Wochen?«

»Nun übertreibst du aber. Das ist schon ein bisschen krass formuliert.« War es das? Und warum verteidigte sie Heinrich?

Lara schien zu spüren, dass sie übers Ziel hinausgeschossen war. »Tut mir leid. Ich mein es doch nur gut. Als Freundin fällt es mir schwer zuzusehen, wie dich Heinrich verletzt.« Sie legte Berti die Hand auf den Arm und ließ sie eine Weile da ruhen. »Komm, lass uns irgendwo was essen gehen. Der Abend hat noch nicht mal angefangen.«

Bertis Irritation ließ nach. So gefiel ihr Lara besser. Die Welt war wieder in Ordnung. Ein kleines bisschen zumindest.

15

Und wie hat er das aufgenommen?«

Rosa Hallhuber saß karibikgebräunt auf dem Sofa in Bertis Studio.

»Schlecht.« Sie strich sich über die frischgefärbten Locken. Das Zusammenspiel ihres heute zur Abwechslung rotblonden Haares mit dem schillernd grünen Cape und dem Meerblau des Sofas, auf dem sie wie eine Königin thronte, passte zum Paukenschlag der Eröffnung: Rosa wollte sich von ihrem Mann Helmut trennen.

»Belastet Sie das?«

»Nein. Warum sollte es?«

Ja, warum sollte es? Rosa sah gerade überhaupt nicht wie jemand aus, der an sich zweifelte oder unter der Last eines schlechten Gewissens litt. Auf dem Sofa, das hingegen durchaus unter der Schwere ächzte, saß die personifizierte Lebensfreude. Smaragdgrün und frisch verliebt.

Rosa hatte auf dem Luxusliner den guterhaltenen fünfundsiebzigjährigen Richie kennengelernt, der sie *auf Händen trug*. So hatte sie sich ausgedrückt.

Berti sah vor sich einen nicht mehr ganz so elastischen Texaner in bestickten Cowboystiefeln – Richie kam aus Dallas –, der die geschätzten neunzig Kilo seiner vierzehn Jahre jüngeren Angebeteten wankend über die Mahagoniplanken der *Queen Mary 2* balancierte.

Die Möglichkeit, dass er es auf ihre Züriberg-Villa und ihr fettes *Credit Suisse*-Konto abgesehen haben könnte, hatte Rosa ungefragt vom Tisch gefegt. »Geld ist bei ihm kein Thema. Er macht in Öl!« Damit war alles gesagt.

Und was sollte mit dem ausgebooteten Helmut geschehen?

»Er muss ausziehen.« Rosa zuckte nicht mit den sorgfältig getuschten Wimpern. In die Villa, so hatte sie blumig illustriert, hatte sich Helmut geschlichen und eingenistet wie *der Mops in den Paletot*. Nun musste er die wärmende Stätte verlassen. So war das Leben.

Der *Mops* war der Mann, um den sich so viele Sitzungen gedreht hatten. Dessen Zuwendung Rosa all die Zeit so unentbehrlich schien wie die Luft zum Atmen.

»Und, äh, Richie?« Durfte Berti den neuen Galan auch so nennen?

»Wissen Sie, wir nehmen es, wie es kommt. Das habe ich von Ihnen gelernt.«

»Oh!« An *die* Lektion konnte sich Berti gar nicht erinnern.

»Vielleicht zieht Richie hierher. *He loves Switzerland.*« Rosa hob ihr Wasserglas und hielt es Berti wie eine Champagnerflöte entgegen. »*Time will tell.* Stoßen wir darauf an! Ich verdanke Ihnen so viel.«

Betreten griff auch Berti nach ihrem Glas. Rosa Hallhuber hatte sich als wahre Lebenskünstlerin entpuppt. Warum konnte sie sich nicht mehr mit ihr freuen?

16

»Ha, hach, ha, hach ...« Sein Lachen war noch nie wohlklingend gewesen. Heute klang es nach Bronchitis und hatte nichts Fröhliches an sich.

Die Anwesenden, allen voran der Künstler mit Beanie-Mütze selbst, wendeten sich indigniert zu Heinrich, der mit dem Gebelle die kunstverständigen Gespräche der Vernissagebesucher durchschnitten hatte.

»Grenzerfahrung!« Er sprach, nach Luft schnappend, zu niemand Bestimmtem. »Grenz*wertig*, würde ich eher sagen. Vor allem der Preis!«

Juliane schaute ihn flehend an. »Bitte, Papa.«

Ihre erste Ausstellung. Eigentlich nicht ganz die ihre. Sie durfte ihre eigenwilligen Tonfiguren mit den dicken Bäuchen zwischen den Ölgemälden des bereits besser vernetzten Kommilitonen aus der Kunsthochschule präsentieren. Die Ankunft ihres Vaters hatte sie mit Ungeduld erwartet. Der war zu spät gekommen, wie so oft.

Heinrich schätzte Kunst durchaus, vor allem, wenn es sich dabei um eine solide Geldanlage handelte.

Zugegeben, der rote Farbstrich auf der ansonsten schmuddelig weißen Leinwand mit dem Titel *Grenzerfahrung* hatte auch Berti, die pünktlich um sieben eingetroffen war, ratlos zurückgelassen. Der Preis von dreitausendfünfhundert Franken schien ihr so willkürlich wie die furiose Pinselführung.

Sie hatte einen entfernten Bekannten angetroffen, an dessen Namen sie sich zwar nicht erinnerte, mit dem sie aber nun Käsehäppchen kauend von Bild zu Bild schritt, was sie vor peinlichem Rumstehen rettete. Hieß er Marcel? Etwas mit *M* war es. Er philosophierte, nichts ahnend von ihrem stillen Grübeln, über die *Geworfenheit des Einzelnen ins Nichts*, während sie vor einer riesigen grau-schwarzen Fläche stehen geblieben waren und in ihre Kanapees bissen. Dass es sich bei dem dunklen Quadrat, vor dem Marcel – oder war es Martin? – so andächtig innehielt, ebenfalls um eines der Werke handelte, eröffnete sich Berti erst beim zweiten Hinschauen.

Natürlich hatte sie Julianes Figuren gleich zu Beginn in den höchsten Tönen gelobt.

Vergeben und verraucht waren die unfreundlichen Worte am Uetliberg.

»Was hältst du von meinen Werken, Papa?« Sie zog ihren Vater zu einem besonders rundlichen Exemplar ihrer Kreationen, dem Prunkstück ihrer Auswahl. *Der Hungrige* hieß es.

»Sehr schön!« Er wies auf den Holzsockel, auf dem die Tonfigur stand. »Buche, würde ich mal sagen.«

Juliane zuckte zusammen. »Nein, die Figur«, sagte sie leise.

Heinrich inspizierte nun die Figur. »Hm.« Es sah aus, wie er so mit dem Daumen an seinem Kinn rieb, den Kopf geneigt gehalten, als würde er das Werk auf sich wirken lassen.

»Und so was lernt man in der Kunsthochschule?« Es folgte eine inszenierte Pause. Natürlich ging es ihm nicht um ihre Antwort. »Was hast du denn deinem Hungrigen zu essen gegeben, dass er so gebläht ist?« Mit dem Zeigefinger stupste er gegen den runden Bauch der Figur. »Etwa ein paar von deinen Seegras-Getreide-Bratlingen?« Außer ihm selbst lachte nur eine Brünette in lachsfarbenen Palazzohosen zwei Schritte neben ihm.

Berti, die hinter den beiden in Sicht- und Hörweite stand, spürte den Stich in sich, als wäre sie selbst das Opfer von Heinrichs eigenwilligem Humor. Musste er sich tatsächlich auf Kosten seiner Tochter amüsieren? Würde sie ihm doch Paroli bieten, anstatt mit gesenktem Kopf auf etwas zu hoffen, das nicht kam.

Und sie selbst? Berti wollte den ungelegenen Gedanken von sich schieben. Aber zu spät. Schon spazierten drei Geister an ihrem inneren Auge vorbei, jeder mit einer anderen Botschaft: Sylvia Bächtold frohlockte mit ihrer roten Mähne. Lara flüsterte ihr etwas von einer günstigen Wohnung ins Ohr. Rosa Hallhuber klimperte mit ihren Armreifen und lächelte selbstbewusst. Sie scheuchte alle weg.

»Meinst du nicht auch?« Der dauerkommentierende Marcel-Martin-Marius an ihrer Seite hatte sie nach ihrer Meinung gefragt. Irgendwas. Aber auch ihm ging es nicht um Antworten. »Diese Pinselführung! Wirklich vielversprechend. Von diesem jungen Mann werden wir noch hören. Mark my words, Birgit!«

Jetzt hatte sie's. *Mark*us hieß er. Aber Berti hatte das ohnehin geringe Interesse an ihrem schwadronierenden Begleiter völlig verloren. Er ging noch mal auf Zwei-Zentimeter-Distanz an die braungelbliche Linie heran, die sich diagonal über die Leinwand zog, als könne er nicht fassen, wie viel Genie sich darin verbarg. *Misere* hieß das Opus.

»Berti, nicht Birgit!«

»Ist übrigens mein Neffe. Liegt in der Familie, das Talent.« Ihre Namenskorrektur war ihm keine Silbe wert.

Stattdessen wies er in Richtung des jungen Künstlers. Aber Berti hatte sich bereits davongemacht.

In der engen Toilette der Galerie stand Juliane am Waschbecken und betupfte sich die Augen mit kaltem Wasser. Die zwei Frauen sahen sich im Spiegel an. Berti legte ihrer Stieftochter den Arm um die Schulter. »Er meint es nicht so.« Hatte sie nichts Besseres zu bieten als so eine Floskel? »Er wollte einfach witzig sein.«

»Meinst du? Ja, vermutlich hast du recht.« Erstaunlich, wie leicht Juliane zu trösten war. Kein Strohhalm, nach dem sich greifen ließ, schien ihr zu kümmerlich zu sein. »Vielleicht hatte er einen anstrengenden Tag in der Kanzlei.« Sie biss sich auf die Lippen, voller Mitgefühl für den gestressten Vater.

»Ich geh dann wieder, Juliane.« Berti überlegte, ob es eine Möglichkeit gab, aus der Galerie zu entkommen, ohne sich nochmals an den Prosecco schlürfenden Kunstliebhabern vorbeischlängeln zu müssen. Es gab doch noch einen zweiten Eingang.

»Jetzt schon?« Juliane schien ehrlich enttäuscht.

Berti lächelte entschuldigend, auch wenn es nichts zu entschuldigen gab. Zusammen gingen sie in den Galerieraum zurück.

Die Vernissagebesucher hatten, dem Geräuschpegel nach zu urteilen, die kultivierte Kunstbetrachtung gegen das Pläsier der belanglosen Unterhaltung getauscht.

Heinrich hatte, unweit der grau-schwarzen *Misere*, bei einer platinblonden Ewig-Dreißigjährigen angedockt. Sie hing gebannt an seinen Lippen, stand so dicht vor ihm, dass er sein Guacamole-Häppchen auf ihrem vorgereckten Dekolleté hätte ablegen und sogar das angebissene Grissino – von Juliane gebacken – im Schlitz ihrer Brüste hätte befestigen können. Was erzählte er ihr?

Als er Berti bemerkte, zwinkerte er ihr in konspirativer Manier zu, als gäbe es einen gemeinsamen kleinen Scherz, der eine wortlose Verbindung schüfe. Dabei hatte er sie noch nicht mal begrüßt, seit er hier war. Was um alles in der Welt sollte es also zu zwinkern geben, noch dazu während er eindeutig flirtete?

»Hallo, Berti!« Sie hatte Lara gar nicht kommen sehen. »Wo ist denn die Künstlerin?« Juliane war nirgends zu sehen. Dafür beglückte Heinrich Lara mit einem Winken, nonchalant aus der Hüfte heraus.

»Und wen hat Don Giovanni sich denn da angelacht?« Sie presste ihre Worte durch die Zähne und bedachte ihn mit eisigem Blick. »Welchem Stümper von Schönheitschirurgen ist *die* denn in die Hände geraten?«

Tatsächlich sah Berti erst jetzt die grotesk aufgeworfenen Schmolllippen von Heinrichs devoter Zuhörerin. Fast tat sie Berti leid, auch weil ihr Laras Gehässigkeit ungewöhnlich harsch vorkam.

Sie ärgert sich ja mehr als ich! Manchmal war ihr Laras Loyalität fast unheimlich.

»Wollen wir das Weite suchen?« Berti stand der Sinn nach einem Glas Wein. Irgendwo, wo man nicht mit sinnierender Miene vor einem Kunstwerk verharren musste.

»Jetzt? Ich bin doch gerade erst gekommen.« Das klang seltsam schroff.

»Also, ich gehe dann mal.« Berti hatte genug von Laras Stimmungs-Hü-Hotts. »Schick mir eine Mitteilung, falls du noch Lust auf eine ruhige halbe Stunde mit mir hast.«

Aber die Freundin hörte ihr schon nicht mehr zu.

Die Luft war wohltuend. Kühl, aber nicht kalt, obwohl es bereits November war. Berti tauchte ein in die Freitagabend-Betriebsamkeit des Niederdorfs. Sie würde zu Fuß nach Hause gehen.

Als sie in die Ankengasse einbog, sah sie Lara und Heinrich unweit des Nebeneingangs der Galerie stehen. Die beiden hatten ihr halb den Rücken zugewandt. Trotzdem entging ihr nicht Laras aufgebrachtes Gestikulieren. So wenig wie Heinrichs Pose des Eisernen. Selbst die Zehnmeterdistanz zwischen ihr und den beiden ließ keinen Zweifel an Heinrichs gereiztem Zustand aufkommen.

Was hatten die beiden zu besprechen oder gar zu streiten? Ging es um etwas Berufliches? Das kam schon mal vor. Berti blieb einen Moment unschlüssig stehen, verspürte Neugier. Ob sie sich zu ihnen gesellen sollte? Nein. Sie machte kehrt und schlug eine Parallelgasse in

Richtung Limmat ein. Nach einigen Metern blieb sie stehen. Es gab keinen Grund, sich so davonzustehlen. Berti ging wieder zurück, aber von Lara und Heinrich war nichts mehr zu sehen. Hatte sie nun schon Halluzinationen?

17

DIE LIMMAT schimmerte seidig in der Dunkelheit. Berti lehnte an der Brüstung und hätte nur zu gerne ihre beschwerlichen Gedanken im Fluss ertränkt. Aber das würden die nicht mit sich machen lassen. Hartnäckig wie sie waren, würden sie wieder an die Oberfläche schnellen, wie Korken, die man unters Wasser drückte.

Martha Spiess kam ihr in den Sinn. Schon drei Tage nach dem ungewöhnlichen Szenarium in der Kanzlei vor gut zwei Wochen hatte sie telefonisch versucht, das Kaffeetrinken dingfest zu machen, das sie sich beim Abschied vorgenommen hatten. Martha hatte eine Erkältung vorgeschoben, obwohl sie nicht verschnupft klang. Sobald sie sich besser fühlte, wollte sie sich melden, hatte sie gesagt. Das war nicht geschehen.

Kurzerhand beschloss Berti, einen Abstecher in die Pfalzgasse zu machen. Den Gedanken, dass es schon nach acht Uhr und eigentlich nicht ganz gemäß der Etikette war, um diese Zeit unangekündigt irgendwo aufzutauchen, schob sie beiseite.

Bis zur Pfalzgasse waren es nur ein paar hundert Meter. Sie beeilte sich.

Martha Spiess stand fein eingraviert auf der polierten Messingplatte des Hauses. Es war eines jener kleinen Schmuckkästchen, in dem so mancher gerne leben würde, allen voran Berti selbst. Ein dreigeschossiges Anwesen, drei Wohnungen von gepflegter Schlichtheit in vortrefflicher Lage. Nur wenige Schritte trennten es vom Lindenhof, zu dem eine ansteigende Gasse führte. Die Parkanlage war einer von Bertis Lieblingsorten der Altstadt. Man hatte weite Sicht auf die Limmat, das Niederdorf und den Hausberg. Auf einer der Bänke sitzend, ein Buch in der Hand oder einfach nur so, hatte sie schon so manche Stunde dort verträumt. Manchmal sogar mit Heinrich, wenn sie an lauen Sommerabenden einen gemeinsamen Spaziergang unternommen hatten. Da hatte Heinrich gerne mal den Arm um sie gelegt, sie angelächelt und etwas Zärtliches gemurmelt. Aber das lag schon eine ganze Weile zurück. Tempi passati.

Martha Spiess hatte die Wohnung von einer Großtante geerbt, sie einige Jahre lang vermietet und dann schließlich nach dem Tod ihres Mannes selbst bezogen.

Bertis Klingeln blieb unbeantwortet. War Martha außer Haus oder gar schon im Bett? Noch ein Versuch, danach würde sie sich auf den Heimweg machen.

»Ja?«, knackste es aus der Gegensprechanlage.

»Hier ist Berti Fischer.«

Nichts tat sich. »Komme ich ungelegen? Ich weiß, es ist schon etwas spät.« Stille. Sie hätte nicht einfach so aufkreuzen sollen.

»Moment bitte, ich schließe auf.«

Das Licht im Treppenhaus ging an, und Berti sah durch die Türverglasung eine fliederfarbene Martha um den letzten Treppenabsatz biegen. »Die Automatik funktioniert nicht. Wird demnächst in Ordnung gebracht«, informierte sie ihren Besuch anstelle eines Grußes. Das Fliederfarbene war ein plüschiger Hausanzug. So leger hatte Berti die makellose Martha noch nie gesehen.

Wortlos erklommen sie die Stufen zum zweiten Stock.

Heute Abend betrat Berti also zum ersten Mal die Wohnung der Frau, für die sie sich ein Privatleben gar nicht so recht ausmalen konnte. Martha gehörte in ihrer Vorstellung in Heinrichs Kanzlei wie der ausladende Kirschbaumschreibtisch in die Mitte seines Büros. Dabei wusste sie doch von Marthas früherer Ehe und dem erwachsenen Sohn, der irgendwo in Südostasien lebte.

Das Entree war hell erleuchtet. Ob sie ihre Schuhe ausziehen sollte?

»Behalten Sie die nur an«, bemerkte Martha mit einem Blick auf Bertis Füße.

Im goldgerahmten Spiegel, über einer Biedermeierkommode gegenüber der Tür, sah Berti in das blasse Gesicht einer Frau, der ein Lächeln und ein wenig Rouge auf den Wangen gutgetan hätten. Das war sie selbst.

»Wollen Sie ablegen?« Das klang knapp.

Berti nahm sich vor, vom brüsken Ton keine Notiz zu nehmen.

»Ja, gerne.« Es war unangenehm warm in der Wohnung. Sie entledigte sich ihres blauen Paletots und hängte ihn an einen der ziselierten Messinghaken neben Marthas dunkelgrauen Kaschmirmantel, von dem diese ihn augenblicklich wieder wegnahm, um ihn umständlich über einen brokatbezogenen Bügel zu drapieren.

»Kommen Sie doch ins Wohnzimmer, Frau Fischer!« Martha ging voraus in einen Raum, der mit seinen alten Möbeln und einem lauschigen Erker hätte heimelig sein können, wäre da nicht der Kronleuchter gewesen, der alles in ein grelles Licht tauchte.

Martha wies Berti einen beigen Sessel zu. Sie selbst platzierte sich kerzengerade aufs Sofa, lebende Fortsetzung der soldatisch aufgereihten Seidenkissen in Brauntönen.

»Schießen Sie los!«

Berti zuckte zusammen. Schießen wollte sie nicht. »Hätten Sie vielleicht ein Glas Wasser für mich?« Meine Güte, sie kam sich vor wie ein Hausierer. Dabei war sie die Frau des Chefs!

Hatte Martha Spiess vergessen, in welchem Zustand Berti sie in der Kanzlei vorgefunden hatte? Mit verschmierter Wimperntusche und schlaffer Blusenschleife, Heinrich einen miesen Kerl schimpfend.

»Selbstverständlich.« Martha erhob sich und verschwand.

Bertis neugieriger Rundumblick streifte einen Ficus Benjamina mit dürren Blättern. Mit Genugtuung konstatierte sie, dass Martha über keinen grünen Daumen verfügte. Eine erfrischende Unvollkommenheit. Sie stand auf und warf einen Blick auf das geöffnete Buch auf der Schreibfläche des Sekretärs. *Wenn das Wochenende 7 Tage hat – Berufsende …*

Heinrich wolle sie *ausrangieren*, hatte Martha gesagt. Da war also etwas dran. Mehr als nur Hysterie und vorübergehende Verstimmung.

»Suchen Sie etwas?« Martha war lautlos zurückgekommen. Sie stellte das Glas Wasser auf einen Häkeluntersetzer auf den Couchtisch.

»Warum sind Sie so abweisend, Frau Spiess? Wenn ich ungelegen gekommen bin, dann sagen Sie es mir einfach. Ich könnte es verstehen. Schließlich habe ich meinen Besuch nicht angekündigt.« Nein, sie wollte sich nicht einschüchtern lassen. Berti setzte sich wieder auf den Sessel. Auf die Kante, denn nach Anlehnen war ihr nicht zumute.

»Nein, nein, ist schon recht.« Das klang nicht mehr ganz so kühl.

»Was haben Sie vor zwei Wochen damit gemeint, Frau

Spiess, als Sie sagten, Heinrich wolle sich … Ihrer entledigen?« Und nach einem Moment des Zögerns: »Ich frage Sie das, weil sich Heinrich gerade in einer umfassenden Phase des *Entsorgens* zu befinden scheint und Sie nicht das einzige Opfer seines Erneuerungsdrangs wären. Auch ich bin nämlich …« Weiter kam sie nicht mit ihrem umständlichen Geschwurbel.

»Um das herauszufinden, müssen Sie sich an mich wenden? Wäre da nicht Ihr Mann der erste Ansprechpartner?« Das war eine unhöfliche Unterbrechung, die nicht zu Martha passte. Auch wenn sie recht hatte.

Dass Heinrich seine Sekretärin ab und zu *Spiesschen* nannte, passte gerade ausgezeichnet zu ihrem Gesichtsausdruck. Allerdings schien Martha vergessen zu haben, dass sie sich Berti gegenüber nicht so schroff gezeigt hatte, als sie selbst schniefend am Schreibtisch des Kanzleivorzimmers gesessen hatte.

»Es ist vieles im Argen, Frau Fischer, auch wenn es nicht meine Aufgabe ist, Ihnen das zu sagen.« Martha pickte nach einem nur für sie sichtbaren Fussel im Flausch ihrer fliederfarbenen Plüschhose. »Aber was mich betrifft, so habe ich mit Ihrem Mann nun ein Arrangement getroffen, was meinen Verbleib in der Kanzlei angeht.« Martha rückte eines der Kissen neben sich zurecht, das nicht im ihm zugedachten zentimetergenauen Abstand zu seinem Nachbarkissen stand. »Ich weiß nicht, was Sie alles wissen und ob es richtig ist, Sie … aufzuklären.«

Berti rutschte auf ihrer Sesselkante hin und her. Worauf lief das hinaus? »Meine Güte, Frau Spiess, nun machen Sie es doch nicht so spannend!« Das war ohne ihr Zutun rausgerutscht, so schien es ihr zumindest.

Martha presste indigniert die Lippen zusammen, ließ sich aber nun doch zu mehr Beredsamkeit herab. »Heinrich, also, Herr Fischer, wollte mir kündigen, um seine …«, Martha räusperte sich, »Bekannte, Frau Bächtold, an meiner statt einzustellen. Das heißt, er wollte meine Arbeitszeit auf vier Vormittage zurückstutzen und diese Frau in der verbleibenden Arbeitszeit einsetzen.« Dramatische Pause. »Natürlich habe ich das nicht akzeptiert. Ich als zweite Geige, aber vermutlich noch gut genug, das Verbockte von der anderen wieder zurechtzubiegen!«

»Und dann?« Berti nahm einen großen Schluck Wasser aus ihrem Glas. Mein Gott, wie heiß es in dem Raum war.

»Er meinte dann, in dem Fall müsse er ganz auf mich verzichten, wenn ich dieses Entgegenkommen – *Entgegenkommen!* – nicht zu würdigen wüsste.« Auf Marthas Wangen zeigten sich rote Flecken.

»Ungeheuerlich!« Ein Wort, das Berti selten benutzte. Sie beugte sich so weit nach vorne, dass sie fast von der Sesselkante kippte.

Mehr brauchte es nicht, um Martha aufs Neue zu befeuern.

»Ich habe ihm dann gesagt, in dem Fall dürfte *er* es mir

nicht verübeln, wenn ich einige Details meines Wissens nicht mehr länger für mich behielte.«

Von welchem *Wissen* sprach Martha?

»Ich war bisher immer die Diskretion in Person, aber diese Qualität wird einem nicht bedingungslos und unter allen Umständen zuteil. Ich denke, Herr Fischer wird verstanden haben, dass mit mir nicht zu scherzen ist. Loyalität hin oder her.«

Wissen, Diskretion. Berti war benommen von Marthas Andeutungen.

»Ist Ihnen nicht wohl?« Martha schaute besorgt. »Ich fülle Ihnen noch Wasser nach.« Sie hielt das Glas bereits in den Händen und stand auf, um in die Küche zu gehen.

»Nicht nötig, danke. Ich glaube, ich brauche ein bisschen frische Luft. Es ist ohnehin Zeit für mich zu gehen.« Auch Berti erhob sich. »Wie sind Sie denn nun verblieben?« Das zumindest wollte sie noch in Erfahrung bringen.

»Es bleibt alles beim Alten. Obwohl …« Martha betrachtete nachdenklich das Glas in ihrer Hand, als ließe sich daraus etwas orakeln. Dann sah sie Berti mit ernster Miene an. »Wie viel Wahrheit können Sie denn vertragen?«

»Ich will Sie wirklich nicht weiter stören«, sagte Berti eilig, was keine Antwort auf Marthas Frage war. Sie presste die Hand auf ihren Mund. Ihr war speiübel. Sie konnte doch nicht hier … im Wohnzimmer.

»Dort!« Marthas ausgestreckter Zeigefinger wies zum Flur.

Berti stürzte in die so angezeigte Richtung, riss eine Tür auf, hinter der sie die Toilette vermutete und schaffte es gerade noch, eine gelb-grünliche Mixtur in ein muschelförmiges Waschbecken zu speien. Die Reste von Käse- und Avocadohäppchen. Im Spiegel über dem Becken sah sie das besorgte Gesicht von Martha Spiess. Ob sie befürchtete, von dem unappetitlichen Brei könnten Spritzer an die perlrosa Kachelwand gelangt sein? »Geht schon wieder«, versicherte Berti, ohne sich umzudrehen. Das stimmte nicht ganz.

Niemand außer ihr lief die Pfalzgasse hinab, obwohl es erst neun Uhr war. Das klackende Geräusch ihrer Absätze auf dem Kopfsteinpflaster hallte überlaut von den Hausmauern.

Sie hatte sich natürlich bei Martha entschuldigt, die ihr noch ein Glas Wasser und einen Waschlappen gereicht hatte. Wie unangenehm!

… *Wahrheit vertragen*. Es war anzunehmen, dass Martha Spiess mit ihr keine philosophischen Themen erörtern wollte: *Wie viel Wahrheit erträgt der Einzelne*. Aber so abwegig war die Frage gar nicht. Wie viel davon konnte sie, Berti, tatsächlich verdauen? Heute Abend hatte ihr aufbäumender Magen die Antwort gegeben.

Und morgen? Und übermorgen?

Berti knöpfte ihren Mantel bis oben hin zu. Nun war ihr auf einmal kalt.

18

Nervtötend, der Feierabendverkehr. Heinrich wechselte ungeduldig die Spur. Sollte er überhaupt nach Hause fahren? Berti rechnete nicht mit seinem Kommen, auch wenn er heute gerne etwas aus ihrer Küche zu Abend gegessen hätte.

Er dachte an das zähe Steak, das ihm Sylvia vor ein paar Tagen kredenzt hatte. Mit der Beilage aus halbrohen Pommes frites. Grauenhaft! Zum Glück rettete das Dessert, wenn man es denn so nennen wollte, die misslungenen Gänge davor. Beim Gedanken an ihr phantasievolles Liebesspiel wurde ihm heiß. Aber heute Abend war Tim bei ihr, und Heinrich hatte keine Lust auf Kindergequengel. So hatte er das natürlich nicht gesagt, als sie ihn heute Morgen angerufen und gebeten hatte, mit ihnen zu essen. In letzter Zeit hatte es öfter Missstimmung gegeben wegen ihres ewigen Drängens nach Familienidylle.

Sylvie, Liebste, ich habe morgen früh einen Termin im Gericht und muss noch Akten durchgehen. Ich komme besser morgen Abend zu dir. In Ordnung? Mal wieder so ganz in Ruhe? Beim letzten Satz hatte er sein Katerschnurren zum Einsatz gebracht, mit dem er sie bisher noch jedes Mal hatte besänftigen können. Heinrich schmunzelte.

Sein Handy erklang mit *Je t'aime moi non plus.* Auf dem Display des Lexus-Cockpit erschien der zugehörige Name. Genervt drückte er den Anruf weg. Konnte sie ihn nicht in Ruhe lassen? Warum war es für manche Frauen nur so schwer zu verstehen, wann eine Geschichte zu Ende war? Feingefühl! Es fehlte ihr an Feingefühl. Und dieser süßlich schwüle Klingelton, den sie ihm eingestellt hatte. Den musste er ändern. Oder gleich den ganzen Kontakt löschen.

Seine Gedanken wanderten zu Berti. Seltsam, wie schweigsam sie geworden war. Keine Szenen, keine Vorwürfe. Vor gut vier Wochen war sie noch außer sich gewesen.

Gut, damit hatte er rechnen müssen. Schließlich liebte sie ihn, dessen war er sich sicher. Dass er ausziehen wollte, musste wirklich ein Schock für sie gewesen sein. Wie viel sie wohl wusste? Sie erkundigte sich nicht mal nach dem von ihm etwas zu voreilig angekündigten Auszug, der im Moment tatsächlich auf Eis lag.

Nachdem Sylvie gesehen hatte, dass in der Loftwohnung kein Zimmer für Tim vorgesehen war, hatte das ganze Aber-wir-wollen-doch-eine-kleine-Familie-sein-

Theater begonnen. *Wir!* Er wollte nichts dergleichen sein. So hatte er dem Vermieter, einem seiner Klienten, erst mal absagen müssen. Besser so, wirklich besser so. Auch vor dem Hintergrund der veränderten finanziellen Gegebenheiten. Und im Grunde lebte es sich so, wie er das all die Zeit gehandhabt hatte, doch gar nicht so schlecht. Er könnte weiterhin das Beste von zwei Welten haben: In Sylvies kleinem Appartement ihre Bewunderung, ihren wohlgeformten Körper, wann immer ihn danach verlangte. In der Wohnung in der Weinstraße Berti mit ihren Kochkünsten und ihrer doch meist entspannend unaufdringlichen Art, einfach da zu sein. Im Übrigen hätte er im Moment nicht mal etwas gegen eine poltrige Auseinandersetzungen mit ihr einzuwenden. Dann wüsste er zumindest, was in ihr vorging. So wie sie jetzt war, machte sie ihn nervös.

He! Heinrich hupte. Ihm so vor die Nase zu fahren! Wie er diese unfähigen Autofahrer hasste. Er setzte zu einem riskanten Spurwechsel an. Am Steuer saß entgegen seiner Annahme keine Frau.

Zum Beispiel gestern bei der Vernissage. Da war Berti plötzlich verschwunden, ohne etwas zu sagen. Immerhin war es Julianes erste Ausstellung, wenn auch nur als zweite Garnitur.

Er war dann auch bald gegangen. Seine Ex, Milena, Julianes Mutter, war aufgetaucht. Sie war noch immer nicht gut auf ihn zu sprechen. Obwohl mehr als zwanzig Jahre seit der Scheidung vergangen waren, ließ sie keine Gelegenheit ungenutzt, ihm mit ihren bissig säuerlichen Bemerkungen auf die Nerven zu gehen.

Und dann erst dieses Künstlergetue! Wie ihm das gegen den Strich ging. Ein bisschen Farbe verschmieren und dann glauben, alle Welt müsse *ah* und *oh* rufen. Zu allem Überfluss verlangten die auch noch Geld für das Gepinsel. Heinrich schnaubte. Er trat aufs Gas. Schließlich verdiente er sich seine Brötchen auch auf redliche Weise. Da gab es Tarife, an die hatte man sich zu halten. Meistens jedenfalls. Den Gedanken an Geld schob er gleich wieder zur Seite. Nicht heute Abend!

Ob er die Platinblonde, wie hieß sie noch mal, Ludmilla, anrufen sollte? Sie hatte ihm gestern bei der Vernissage ihre Nummer gegeben. Vernachlässigte Frau eines Kollegen. Heinrich lächelte süffisant. Aber er rief sich zur Räson. Nein, doch besser nicht. Es brodelte genug auf seinem Herd, weiß Gott genug!

Vor dem Haus in der Weinbergstraße hielt er an und sah nach oben zur Wohnung. Berti musste zu Hause sein. Im Wohnzimmer war Licht zu sehen. Ob sie vielleicht doch was gekocht hatte? Ein dampfender Teller Spaghetti *Carbonara* präsentierte sich so plastisch vor seinem inneren Auge, dass ihm war, als wäre der Duft bis ins Innere seines Autos vorgedrungen.

Gerade wollte er die steile Rampe in die Tiefgarage hinunterfahren, als das Handy erneut klingelte. Diesmal kein Je *t'aime moi non plus*. Auch nicht Sylvies *Kleine Nachtmusik*. Und auch nicht das Standard-Bing-Bing für Bertis Nummer. Die Zahlen auf dem Display wurden keinem Namen zugeordnet. Noch ein Klient? Er drückte auf den Okay-Knopf.

»Wer? Oh, du. Nein, schon in Ordnung. Nein, das geht jetzt gerade gar nicht gut. Nein, morgen auch nicht. Ich melde mich. Ja, noch rechtzeitig.«

Heinrich starrte auf das beleuchtete Cockpit seines Lexus. Er wäre nun am liebsten einfach im Auto sitzen geblieben. Im Halbdunkel. Hinter ihm der nicht abreißende Strom der vorbeirauschenden Autos. Konnten sie ihn nicht einfach mal in Ruhe lassen, all diese Weiber? Mussten sie ihn ständig behelligen, ihn sehen, anrufen, Dinge mit ihm besprechen? Zu viel. Einfach zu viel. Er dachte an die Sache mit dem verzockten Geld und lehnte seine Stirn ans kühle Lenkrad.

Zwei kurze Huptöne schreckten ihn auf. Im Rückspiegel erkannte er den erst kürzlich eingezogenen Gecken aus der Wohnung unter ihnen. Ein Banker. Einer von diesen Banditen, denen er das Desaster von letzter Woche zu verdanken hatte. Bloß nicht dran denken. Er ließ den Lexus in den dunklen Schlund der Tiefgarage gleiten.

19

SIE STECKTE ihr Handy in die Rucksackaußentasche zurück. Was sollte sie nur von diesem Mann halten? Brauchte sie den wirklich in ihrem Leben?

Achtzehn Jahre lang hatte man ihr erzählt, ihr Vater würde irgendwo in Südafrika leben, hätte sich noch vor ihrer Geburt aus dem Staub gemacht. Immer wieder hatte sie von ähnlichen Situationen gehört oder gelesen und war für sich zu der Erkenntnis gelangt, dass sie wohl nicht zu denjenigen gehörte, die ein unbändiges Verlangen verspürten, ihren Vater unbedingt ausfindig machen zu müssen. Wenn er sich damals auf und davon gemacht und sich auch später nie gemeldet hatte, dann wollte sie auch nichts von ihm wissen.

Sie war bei ihrer Tante und ihrem Onkel in Genua aufgewachsen, die für sie wie Mutter und Vater waren. Über die Besuche ihrer leiblichen Mutter hatte sie sich immer gefreut, aber vermisst hatte sie diese nie. War das sonderbar? Hätte sie denn nicht böse auf ihre *Mamma* sein sollen, die es offenbar nicht schaffte, für ihre Tochter einen Platz in ihrem Alltag zu finden?

Nun, es war nicht so. Sie hatte eine glückliche Kindheit mit Lucia und Sergio, ihren Ersatzeltern, gehabt. Und für ihre Mutter hatte sie warme Gefühle, wie sie die vielleicht, unter anderen Umständen, für ihre Tante gehabt hätte. Aber Lucia hatte die Mutterrolle übernommen, und ihr hatte es an nichts gefehlt. Sie hatte sogar einen *Bruder*, den zwei Jahre älteren Luca. Der war de facto ihr Cousin, aber wen interessierte das? Sie nicht.

Tja, und dann meinten wohl alle Beteiligten, allen voran ihre Mutter, sie hätte mit achtzehn ein Anrecht auf die Wahrheit. Ein Anrecht, auf das sie gerne verzichtet hätte. Es gab also einen Vater, der nicht in Südafrika lebte. Einen, der zwar von ihrer Existenz wusste, dem es aber aufgrund seiner Lebenssituationen nicht möglich war, sich zu ihr zu bekennen. Was immer das heißen mochte. Ein Schweizer, Anwalt mit eigener Kanzlei.

Zu Beginn, gleich nach der Eröffnung, hätte sie sich am liebsten die Ohren zugestopft. Sie wollte nichts mehr dazu hören, wusste bereits zu viel. Und zum ersten Mal in ihrem Leben hatte sie das Gefühl beschlichen, dass es eigentlich ziemlich mies war, sowohl eine Mutter wie einen Vater zu haben, die sie nicht in ihrem Leben haben wollten. Egal, welche Gründe sie dafür anführten.

Dann, vor einem halben Jahr, kam so was wie Neugier auf. Wie es wohl wäre, diesen Mann doch kennenzulernen? Ob sie ihm ähnelte? Ob er nett war, klug, politisch interessiert wie sie? Sie hatte ihm eine Mail geschrieben, ein Foto von sich angehängt.

Enttäuschend, wie lange er gebraucht hatte, darauf zu reagieren, noch enttäuschender, wie unverbindlich, nichtssagend seine Antwort ausgefallen war. Aber sie wollte nicht lockerlassen und ihren Vater – wie seltsam das klang! – persönlich kennenlernen, jetzt, da sie die Sache angepackt hatte.

Und nun war sie hier in Zürich. Nur für ein verlängertes Wochenende, von Freitag bis Dienstag. Sie befand sich im ersten Studiensemester, *Scienze Politiche*, und wollte nicht zu viel verpassen.

»Und, was hat er gesagt?« *Mamma* war aus der Küche gekommen, schaute sie forschend an.

»Er hat gerade keine Zeit. Aber er wird sich noch melden.« Seine Reaktion war keineswegs ermutigend gewesen. Interesse oder gar Freude hörte sich anders an.

»Ah, keine Zeit!«, schnaubte Sabrinas Mutter. Ihre Verärgerung war nicht nur hörbar. Eine steile Falte hatte sich zwischen ihre Brauen gegraben. Mit einer energischen Kopfbewegung schleuderte sie ihren dunklen Zopf nach hinten.

Sabrina war kleiner als sie, auch zierlicher, feingliedriger. Ihre Haare waren viel heller, ein dunkles Blond. Nachdem sie ein Foto von ihrem Vater gesehen hatte, wusste sie, dass sich einiges mehr von ihm als von ihrer Mutter in ihr wiederfand.

Sie hatte das Foto in letzter Zeit oft angeschaut. Seine graublauen Augen wirkten kühl, sein Ausdruck war der eines Mannes, der sich seiner selbst sehr sicher war. Er saß auf einer Steinmauer, hinter ihm der Stamm einer Palme. Um den Hals trug er ein modisches Seidentuch. *Vanitoso*.

Eitel, wie man wohl auf Deutsch sagte. Die Aufnahme schien neueren Datums zu sein.

Wie kommst du zu dem Foto?, hatte sie ihre Mutter gefragt. *Du hast doch gesagt, du siehst ihn so gut wie nie.*

Ich habe ihn darum gebeten. Für dich.

Seltsam, nach all der Zeit.

»Komm essen! Vieni mangiare, tesoro.«

»Ja, Mama.« Sie waren übereingekommen, Deutsch miteinander zu sprechen, um ihr Sprechen und Verstehen zu verbessern.

Ihre Mutter reichte ihr die Hand, und sie ließ sich von ihr aus dem Sessel hochziehen. In der Küche standen zwei Tassen Tee bereit, dazu Brot, Butter und Käse. Auf ein Abendessen dieser Art wäre in ihrer Familie in Genua niemand gekommen. Ihre Familie. Sie lächelte.

Aber diesen Mann, ihren Erzeuger, würde sie nicht so einfach davonkommen lassen. Den würde sie noch zu sehen bekommen, bevor sie nach Hause zurückfuhr. Sie würde ihn in der Kanzlei aufsuchen. Gleich morgen. *Kanzlei.* Auch so ein lustiges Wort mit dem harten *K* zu Beginn. *Studio legale*. Sie hatte es heute gelernt. Eines der zwanzig täglichen neuen Wörter.

20

Wer war nur das schon wieder? Martha Spiess schaute der jungen Frau missbilligend hinterher. Sie hatte mit Akzent gesprochen, italienischem oder spanischem. Da war sie sich nicht sicher. Sie sah jedoch nicht südländisch aus.

Obwohl sie keinen Termin vorweisen konnte, hatte sie sich nicht abwimmeln lassen und darauf beharrt, dass ihre Anwesenheit dem Herrn *avvocato* gemeldet würde.

Dr. Fischer war zusammengezuckt, als sie ihm den dringenden Wunsch einer Frau Sabrina – ohne Nachnamen! – mitgeteilt hatte, bei ihm vorzusprechen.

Ihre Hoffnung, der hartnäckigen jungen Dame eine abschlägige Antwort bescheren zu können, erfüllte sich leider nicht.

»Lassen Sie Frau Sabrina zu mir.«

»Gleich?«

»Gleich.«

Die junge Frau hatte sie mit einem Lächeln bedacht. Nicht triumphierend, das musste man ihr lassen. Die Bürotür von Heinrich Fischer hatte sie mit Nachdruck hinter sich geschlossen.

Eine Klientin war es gewiss nicht und eine seiner *Bekannten* sicher auch nicht. An solch jungen Dingern verbrannte er sich doch hoffentlich nicht die Finger. Allerdings, ihr Glaube an seine Unfehlbarkeit hatte in letzter

Zeit doch erheblichen Schaden genommen, und sie würde, was lange Zeit nicht vorstellbar gewesen wäre, ihre Hand für ihn nicht mehr ins Feuer legen.

Martha machte sich am Aktenschrank zu schaffen. Die solide Eichentür ließ leider nicht viel nach außen dringen, auch wenn sie sich so nah wie möglich an sie heranbewegte. Nur wenn es drinnen lauter wurde, das wusste sie aus Erfahrung, konnte man da, wo sie jetzt stand, etwas verstehen.

Eigentlich konnte hier an weiblichen Wesen aufkreuzen wer wollte, wenn es nur nicht diese rothaarige Teufelin war. Glaubte doch allen Ernstes, sie könne sich hier auch noch in der Kanzlei einnisten. In ihrer Domäne. Nein, nur über ihre Leiche. Nun, vielleicht nicht gerade Leiche.

Martha zog sich energisch ihre blau-gelb gemusterte Hermès-Bluse zurecht.

An die andere hatte sie sich gewöhnt. Die kam auch so gut wie nie mehr. Ob Frau Fischer von der Geschichte wirklich gar nichts wusste? Als sie vor einigen Tagen bei ihr aufgekreuzt war – unangekündigt – war es ihr so vorgekommen, als ob die Arme wirklich wenig Ahnung hatte. Gut, sie selbst würde dazu schweigen, auch, weil ihr Heinrichs Frau ein bisschen leidtat. Es war nicht ihre Sache, Überbringerin von Hiobsbotschaften zu sein. Dass Bertie Fischer bei ihrem Besuch so abrupt ins Badezimmer gestürzt war, hatte sie durchaus schockiert. Eine so heftige Reaktion ließ befürchten, dass Frau Fischer noch einige schwerverdauliche Überraschungen bevorstanden.

Ihrem Chef hatte sie allerdings damit drohen müssen, ihr Wissen nicht mehr länger für sich zu behalten. Der hatte schnell verstanden. Das Thema: *Sylvia Bächthold als neue Kollegin* war damit wohl ein für alle Mal vom Tisch.

Die Tür wurde geöffnet, und Heinrich trat, die Tür sorgfältig hinter sich schließend, ins Vorzimmer. »Bringen Sie uns doch bitte zwei Tassen Kaffee, Frau Spiess. Und …«, in etwas leiserem Ton fuhr er fort, »falls meine Frau vorbeikommen sollte, was ich nicht glaube, aber man weiß ja nie … Also dann sagen Sie ihr, ich hätte eine Besprechung mit einer Mandantin.« Kurz bevor er wieder in seinem Büro verschwand, drehte er sich nochmals um. »Nicht, dass das gelogen wäre.« Er krönte die Bemerkung mit einem Lacher, der so unecht war, wie die blonden Strähnen, mit denen er neuerdings vom zunehmenden Grau seines kärglicher werdenden Haares abzulenken versuchte. Martha lächelte gequält, aber das konnte er schon nicht mehr sehen.

Während der Kaffee in die erste Tasse blubberte, arrangierte sie die Unterteller auf dem Tablett, legte Löffelchen darauf und stellte die Schale mit den Zuckerbeuteln und den Rahmtöpfchen dazu. Nach kurzem Zögern nahm sie noch ein wenig Pariser-Konfekt aus der Schachtel, die sie gestern auf ihrem Schreibtisch vorgefunden hatte, und platzierte sie auf einem Glastellerchen. Das stellte sie auch noch aufs Tablett.

Hatte Heinrich Fischer das Konfekt für sie erstanden? Als kleines Zeichen der Wiedergutmachung? Bestimmt. Ach, er konnte doch so ein Gentleman sein, so einnehmend. Nicht immer, ja, leider nicht immer. Martha seufzte auf.

Energisch griff sie nach den zwei gefüllten Tassen und stellte sie auf die Unterteller. Eine hübsche Komposition! Wie oft sie diese Handgriffe schon getan hatte in all den Jahren.

Als sie das Büro betrat, standen die zwei vor dem Fenster.

Nein, mit der hatte er nichts, ihr Chef. Das sah man. Aber seltsam. Etwas an ihnen, wie sie da so standen, ließ Martha innehalten. War es die Statur? Die gleiche Körperhaltung?

Eine Viertelstunde später verließ die junge Frau mit einem kurzen Kopfnicken in Marthas Richtung die Kanzlei. Heinrich brachte, was er sonst nie tat, selbst das Tablett mit den Kaffeetassen nach draußen. Marthas erstaunt auf ihn gerichteten Blick nahm er nicht wahr. Sie beschloss, ihn in die Welt seiner Dokumente und Termine zurückzurufen.

»Herr Fischer, soll ich Ihnen die Unterlagen zur Sache Schuler bereitlegen? Sie müssen um elf in Erlenbach sein.«

Er sah sie an, als müsse er sich zuerst mal daran erinnern, wo er sich befand, um was es sich bei der Sache Schuler handeln könnte und wo in drei Teufels Namen ein Ort namens Erlenbach war. »Ja. Ja doch.«

Er sah müde aus, ihr Heinrich Fischer.

21

»Danke. Ihnen auch. Bis nächsten Dienstag dann.«

Berti schloss die Tür hinter dem letzten Klienten des Tages, den sie nur mit Mühe von der Notwendigkeit mehrerer Sitzungen hatte überzeugen können. Neben den professionellen, geschah dies auch aus eigennützigen Gründen.

Ein wahrlich zäher Knochen, dieser Roland Klöppel, der den Einsatz ihres ganzen Geschicks benötigte. Er war von seiner Frau zwecks Verbesserung seiner kommunikativen Fähigkeiten in der Paarbeziehung zu Berti geschickt worden. Offenbar hatte sie ihm gedroht, ihn zu verlassen, falls er sich nicht kooperativ erweisen würde. Gleich im ersten Gespräch hatte er deutlich gemacht, was er selbst von der Sache hielt. »Liebe Frau Fischer«, hatte er gesagt und sie dabei, seine goldumrandete Brille zurechtrückend, mit dem Anflug eines Lächelns bedacht. »Ich gehöre nicht zu den Menschen, die jede Angelegenheit zerreden müssen. Aber«, so vertraute er Berti an, »ich bin zur Rettung meiner Ehe durchaus zu etwas, wie soll ich sagen, Hokuspokus bereit.« Klöppel hatte selbstgefällig geschmunzelt. *Hokuspokus.* Die Formulierung sagte ihm ganz offensichtlich zu, wie der Rest seiner wenig zeitgemäßen Ansichten über Ehe und Partnerschaft. Auf Bertis Nachfragen, worin denn seines Erachtens die beste Konfliktlösung bestünde, hatte er auf eine seiner Lebensdevisen verwiesen: »Reden ist Silber, Schweigen ist Gold.«

»Der Goldpreis ist am Sinken«, hatte Berti angemerkt, was in Ermangelung ihrer Sachkenntnis reine Spekulation war. Klöppels Lächeln hatte sich ins Säuerliche verwandelt. Spitzfindigkeiten gefielen ihm in der Regel nur, wenn sie von ihm kamen.

Berti zwang sich zu professioneller Distanz und entfernte ihren Klienten aus ihren Gedanken. Was sie jetzt brauchte, befand sich in ihrem Kühlschrank, der in der winzigen Küchenecke ihres Studios gerade dem Nötigsten Platz bot. Da war sie, die Piccoloflasche *Conte Priuli*, auf die sie sich seit einer halben Stunde freute! Mit einem Glas, dem Prosecco und einem Schälchen Salzmandeln auf dem Tablett machte sie es sich auf dem blauen Sofa bequem, das eigentlich für ihre Klienten gedacht war. Das Alkoven-Sofa, mit dem sie bei der Einrichtungsgestaltung geliebäugelt hatte, war von Heinrich rigoros aus der Liste der Anschaffungen gestrichen worden. *Ein Sofa für über 3000 Franken? Bei gerade mal hundert Franken pro Sitzung? Bist du wahnsinnig?*

Sie hatte nicht weiter beharrt.

Berti freute sich auf einen kleinen Telefonplausch mit Lara. Halb sechs, da müsste sie erreichbar sein. Schon seit längerem hatte sich die Freundin nicht gemeldet oder war unter Zeitdruck, wenn sie sie angerufen hatte.

»Hallo, Lara! Hast du ein bisschen Luft für ein Schwätzchen?«

»Ja, oder, na ja, eigentlich doch nicht so. Gibt's was Wichtiges?«

Was Wichtiges? Seit wann konzentrierten sie sich auf Wichtiges? »Eigentlich nicht. Wollte nur hören, wie's dir so geht und ob du ans Kabarett übermorgen gedacht hast. Wir können ja vorher noch was zusammen trinken.«

»Kabarett?«

»Ja, im Theater am Hechtplatz. Ich hab dir die Karten zum Geburtstag geschenkt.«

Schweigen am anderen Ende. Litt Lara an Gedächtnisschwund?

»Berti, es tut mir wirklich leid, aber ich habe Besuch von meiner Nichte. Und die ist noch bis Montag hier.«

Gut, und wo lag das Problem? Berti nahm sich eine Mandel und lutschte das Salz weg. Sie ärgerte sich über Lara, wollte aber jetzt nicht gleich loslegen. *Störungen müssen behoben werden.* Und hier lag ganz offensichtlich eine Störung vor.

»Und deine Nichte kann nicht alleine zu Hause bleiben?« Sie hatte diese Nichte zwar noch nie zu Gesicht bekommen, war aber sicher, dass sie sich durchaus in einem Alter befand, in dem sie sich drei Stunden alleine zu Hause beschäftigen konnte. Oder eine abendliche Runde im Niederdorf ohne Aufpasser unbeschadet überstehen würde.

»Berti, ich sehe Sabrina so selten, und … Es tut mir wirklich leid, dass ich das verschwitzt habe. Kannst du nicht alleine oder mit jemand anderem gehen?«

Na toll. An dem Geburtstagsgeschenk schien Lara ja viel zu liegen. Berti gab sich selbst den Rat, in bester Coaching-Manier, diesen Gedanken nicht beleidigt ins Telefon tropfen zu lassen. Aber in ihr regierten gerade stärkere Mächte. »In diesem Fall ist es wohl besser, wenn ich dir zu deinem nächsten Geburtstag ein Buch schenke. Das kannst du dann unbesorgt irgendwo ablegen, bis du es dann zufällig wieder zwischen die Finger kriegst.« Das war draußen. Berti, die gekränkte Freundin, hätte gerne noch weiter laut geschmollt, während Coach-Berti zusammengezuckt war.

»Ich glaube, wir sprechen lieber ein anderes Mal weiter. Sei mir bitte nicht böse. Ich melde mich.« Lara hatte das Gespräch beendet, noch bevor Berti zu mehr ausholen konnte. Sie goss sich noch ein Glas Prosecco ein, der unerwartet fade schmeckte.

Laras Stimmungsschwankungen kannte sie mittlerweile zur Genüge. Zwischen überschwänglichen Freundschaftsbekundungen, fast mütterlicher Besorgnis um Bertis Wohlergehen, undurchsichtigen Launen und wochenlangen Alleingängen lag alles drin. Sie hatte sich daran gewöhnt und nahm es in der Regel mit Gelassenheit. Sie konzentrierte sich dann einfach auf die wirklich besonderen Momente, wie ihre gemeinsamen Kinobesuche mit anschließendem Abendessen oder ihre von Lachen und Schwatzen geprägten Kaffeestündchen.

Heute war sie enttäuscht, auch darüber, dass das abrupte Ende des Telefonats keine positive Wendung mehr erlaubt hatte. Sie dachte an die vielen Jahre ihrer Freundschaft. Auch an die Funkstille nach der Praktikumszeit in Heinrichs Kanzlei, die fast zwei Jahre angedauert hatte. Grund war eine Auseinandersetzung, eigentlich eine absolute Lappalie, die Lara damals zum Anlass genommen hatte, sich gänzlich von ihr zurückzuziehen, um dann nach der langen Zeit des eisernen Schweigens mit einer Flasche Wein und drei gelben Rosen in der Hand vor ihrer Tür zu stehen.

Die Erinnerung daran wurde wieder lebendig. Typisch Lara. Unberechenbar, immer für eine Überraschung gut.

Aber heute wollte sie keine Überraschungen. Sie wollte eine verlässliche Freundin. Nicht eine, bei der man zwei schöne Begegnungen mit einem Runterzieher bezahlen musste. Wäre es nicht an der Zeit, wieder mehr von den guten Momenten einzufordern?

Sie schwang sich aus ihrer halbliegenden Position in die Senkrechte und ging zum Fenster. Es war längst dunkel. Das hektische Feierabendtreiben, durch die dreifach isolierten Fenster fast all seiner Geräusche beraubt, hatte etwas Besänftigendes. Sie mochte diese Novemberabende. Selbst der Nieselregen, wie heute Abend, und der Zürcher Nebel konnten ihr nichts anhaben. Und die Sache mit Lara, die würde sie in Angriff nehmen. Und zwar jetzt.

Ohne Voranmeldung aufzukreuzen, darin hatte sie ja mittlerweile Übung.

22

In der Küche brannte Licht. Berti stand im Vorgarten des dreistöckigen Hauses, dessen oberste Etage von Lara bewohnt wurde, und schaute zum beleuchteten Fenster, hinter dem sie die Freundin vermutete.

Auf dem Weg hierher, während der zwanzigminütigen Fahrt in der zunächst vollbesetzten, dann bei jeder Haltestelle leerer werdenden Tram, war sie unsicher geworden. An der Endstation, wenige Schritte vom Fifa-Hauptgebäude und dem Zürcher Zoo entfernt, war sie versucht gewesen, einfach sitzen zu bleiben und den Rückweg in die Stadt anzutreten. Wieso nahm sie überhaupt an, Lara in ihrer Wohnung vorzufinden? Sie konnte sich um diese Zeit durchaus noch in ihrem Büro oder sonst wo aufhalten.

Sie drückte auf den Klingelknopf, *Lara Bortoloni*, und musste dabei unwillkürlich auflachen. In letzter Zeit stand sie wirklich reichlich oft vor verschlossenen Haustüren. Berti Fischer, fliegende Händlerin in Lebensfragen. Verkaufte nichts, aber wollte wissen. Bekam Antworten, aber ließ sie brach liegen. Auf der Suche nach Erkenntnis, auf der Suche nach einem Wie-weiter-Rezept oder, wie heute, einfach in einem vagen Bemühen um Klärung.

Der Öffner surrte, und die Tür sprang bei leichtem Druck auf. Ohne weiteres Nachfragen. Nicht Laras Art. Sie stieg auf den knarrenden Holztreppen in den dritten Stock. Auf der Schwelle zu Laras Wohnung stand ein Mädchen, nein, eine junge Frau, barfuß, in Jeans und übergroßem Sweatshirt, die ihr neugierig entgegenblickte.

Schon einige Meter vor Erreichen des letzten Treppenabsatzes erklärte sich Berti eilfertig. »Ich bin eine Freundin von Lara, Berti Fischer. Ist sie zu Hause?« Sie hatte das Bedürfnis der vertrauensvollen Nichte, um die es sich hier handeln musste und die ihr ohne Argwohn die Tür geöffnet hatte, ihre lauteren Absichten kundzutun.

»Nein, sie kommt … fra poco. Hm … bald.« Sie lächelte Berti an. Ein offenes Lächeln in einem wachen Gesicht. Berti war keuchend auf dem Treppenabsatz angelangt. Offenbar musste sie noch mehr Hausbesuche in liftlosen Häusern in Angriff nehmen, um ihre Kondition zu verbessern.

Das war also die Nichte aus Genua, der ursprünglichen Heimat von Laras Familie. Lara selbst lebte bereits seit fünfundvierzig Jahren in der Schweiz.

»Kommen Sie!« Die junge Frau trat zurück und deutete Berti an einzutreten. »Ich bin Sabrina.« Sie reichte ihr die Hand.

»Ich weiß, Laras Nichte.« Berti hätte natürlich Italienisch mit ihr sprechen können, entschied sich aber dafür, bei Deutsch zu bleiben.

»Nichte?« Das Wort klang lustig aus ihrem Mund.

»Nipote«, übersetzte Berti.

Sabrina blickte sie erstaunt an.

»Wollen Sie ein Kaffee trinken? *Einen* Kaffee«, korrigierte sie sich gleich selbst. Und wieder dieses einnehmende Lächeln.

»Nein danke, aber ein Glas Wasser nehme ich gerne.«

Laras Schwester Lucia hatte zwei Kinder, Sohn und Tochter. Das hatte ihr Lara selbstverständlich erzählt. Aber erstaunlicherweise hatte sie in all den Jahren und zu keinem der möglichen Anlässe je die Gelegenheit gehabt, jemanden von der Familie kennenzulernen.

Sie gingen in die geräumige Küche, gleich neben dem Eingang, in der immer ein wenig Unordnung herrschte. Nicht unangenehm, aber passend zu Lara, die meistens in

Eile war, immer zu viel zu tun hatte, um sich um Details wie häusliche Ordnung oder System zu kümmern.

Berti beneidete Lara um die herrlich ruhig gelegene Altbauwohnung in privilegierter Lage am Züriberg. Eine dankbare Klientin hatte ihr das Traumobjekt eines jeden Wohnungssuchenden zu einem Mietpreis überlassen, der unter dem lag, was Lage und Standard erwarten ließen.

Sabrina war im Begriff, Mineralwasser in ein Glas zu füllen. Berti beobachtete sie dabei. Eine hübsche junge Frau, feingliedrig und hellhäutig. So gar nicht wie die füllige Lucia, die sie immer nur auf Fotos gesehen hatte. Und noch viel weniger das, was man sich unter einem südländischen Typ vorstellte. Aber das waren wohl Klischeevorstellungen. Genua lag schließlich auch in Norditalien.

»Sind Sie schon lange Freundinnen?« Sabrina stellte das gefüllte Glas vor Berti auf den Küchentisch.

»Ja, mehr oder weniger seit zwanzig Jahren. Vermutlich solange Sie auf der Welt sind«, fügte Berti noch hinzu. In diesem Moment wurde die Wohnungstür geöffnet und einen Augenblick später stand Lara in der Küche. Sie hatte sich noch nicht mal die Zeit genommen, sich an der Garderobe ihres Mantels zu entledigen. »Was machst du hier?«, donnerte sie. Außer einem Flammenschwert fehlte ihr nichts für die perfekte Verkörperung eines strafenden Erzengels. Wobei der Sündenfall in nichts Schlimmerem als Bertis unangekündigtem Auftauchen bestand.

»Hallo Lara, schön, dass du dich freust mich zu sehen.« Aus einer netten Wiedergutmachung des misslungenen Telefonats schien heute allem Anschein nach nichts zu werden.

Lara ignorierte Bertis Ironie, schaute im schnellen Wechsel von Berti zu Sabrina, als wäre sie einberufen worden, eine komplexe Situation einzuschätzen. »Bist du schon lange hier? Über was habt ihr geredet?«

Berti war nun wirklich perplex. Was war nur in Lara gefahren? Litt sie vielleicht an irgendeiner Form von Affektstörung? Ein Empfang unter Freundinnen war das jedenfalls nicht, so viel stand fest. Selbst das vorausgehende misslungene Telefonat rechtfertigte solch einen ungehobelten Auftritt nicht.

Auch Sabrina war Laras eigentümliches Verhalten nicht entgangen. Als handelte es sich um eine dringende Mission, hatte sie damit begonnen, Wäscheteile aus einem Korb zu fischen, die sie nun auf dem bereitstehenden Bügelbrett in Rekordgeschwindigkeit zusammenfaltete.

»Ich wollte mit dir noch ein paar nette Worte wechseln, nachdem uns das am Telefon nicht gelungen ist. Fünf Minuten. Und geredet haben wir bisher über nichts. Habe ich deine Fragen in der richtigen Reihenfolge beantwortet?«

Laras Anspannung ließ geringfügig nach. Der harsche Zug um ihren Mund, Berti kannte ihn von Stresssituationen bei ihrer Freundin, wurde weicher. »Tut mir leid. Ich habe Kopfschmerzen. Zu viel Arbeit. Mit mir ist heute Abend nichts anzufangen. Es ist wohl besser, wenn du wieder gehst.«

Und mit einem verlegenen Seitenblick auf Sabrina, die sich mit geröteten Wangen gerade für die Weltmeisterschaft im Handtücher-Zusammenlegen qualifizierte: »Nimm es mir bitte nicht übel, Berti. Ich melde mich, sobald es mir wieder bessergeht.«

»Keine Sorge, Lara, so richtig zum Verweilen ist mir sowieso nicht mehr zumute.« Berti griff nach ihrem dunkelblauen Wollmantel, den sie über eine Stuhllehne gelegt hatte und schritt mit gestrafften Schultern und durchgestrecktem Rücken zur Küchentür. »Schöne Zeit noch in Zürich, Sabrina.« Sie hatte sich nochmals zu der jungen Frau umgedreht und dabei Lara nur mit einem kühlen Blick gestreift.

Die sah aus, als wollte sie noch etwas zu ihrer Erklärung sagen, aber diese Chance wollte ihr Berti nicht mehr geben. Sie beeilte sich, aus dem Haus zu kommen. Begierig sog sie die feuchtkühle Abendluft ein. Nein, so schnell würde sie sich nicht mehr zu spontanen Besuchen hinreißen lassen.

Dabei war sie doch hierhergekommen, um von Lara zu spüren, was am Telefon zuvor so gar nicht vorhanden gewesen war: Wärme. Und mit welchem Ergebnis? Dass alles noch viel schlimmer war als vorher. »Porca miseria«, rief Berti den drei Tannen in Laras Vorgarten zu,

die sich von Bertis italienischem Schimpf völlig unbeein-
druckt zeigten. Gut, dann also auf Deutsch: »Mist, Mist,
Mist!«

Zwei um die Kurve biegende Jogger schauten sie er-
schrocken an. Sollten sie doch! Sollten sie doch alle
ihr dämliches Ding durchziehen. Joggen, erschrocken
schauen, unfreundlich sein, Kopfschmerzen haben, Nich-
ten haben ... Berti geriet in Fahrt. Am liebsten wäre sie
jetzt noch mal zurück zu Laras Wohnung gespurtet, hätte
Sturm geklingelt und ein paar böse Dinge in die Gegen-
sprechanlage gerufen. *Stupida vacca, chi credi di essere?
Sei un'amica cattiva.* Lara hätten am anderen Ende nur so
die Ohren geschlackert.

Warum hatte sie sich eigentlich auf diese Weise abspei-
sen lassen? War würdevoll aus Laras Wohnung geschrit-
ten, anstatt ihr den Marsch zu blasen.

Nach und nach ließ Bertis Rumpelstilzchen-Modus
wieder nach. Zunehmend ruhiger stapfte sie bergab in
Richtung Stadt. Obwohl noch früher Abend war, hatte
der Verkehr bereits nachgelassen. Außer einem Hunde-
besitzer mit einer gigantischen Dogge, um die Berti einen
Bogen machte, begegnete ihr eine Weile niemand mehr.
Hier wohnte, wer das Geld hatte, sich so nahe der City
einen großen Garten oder eine Villa leisten zu können.
Oder wem das Glück so hold war, eine von Generation
zu Generation weitergereichte Immobilie zu besitzen,
die, wie im Fall von Laras Wohnung im Dreifamilien-

haus, nicht einmal luxuriös daherkam. In jedem Fall aber ging hier an einem nieseligen Novemberabend fast keiner zu Fuß. Mit Ausnahme von Berti.

Der vorher so jäh aufgeschäumte Zorn war nicht nur abgeflaut, er war sogar einer angenehmen Gleichmütigkeit gewichen. Niemand vermutete sie hier, niemand kannte sie. Wenn sie wollte, konnte sie die ganze Nacht so gehen. Na ja, vielleicht doch nicht die ganze Nacht.

Heinrich hatte beim Frühstück bestens gelaunt verkündet – woher nahm er eigentlich manchmal diese unerträgliche und völlig unpassende gute Laune? –, sie solle ihn am Abend nicht erwarten. Nein, eigentlich solle sie ihn überhaupt nicht erwarten, denn das Geschäftsessen im Zürcher Oberland könne durchaus eine Übernachtung außer Haus notwendig machen. Ein außenstehender Beobachter hätte ihn für einen aufmerksamen Ehemann gehalten, der seine Frau rücksichtsvoll über seine Pläne informiert. Berti hatte keine Ahnung, warum er überhaupt zu solchen Erklärungen ausholte. Sie hatte geschwiegen. Nicht aus Kalkül oder Selbstbeherrschung. Zu ihrem eigenen Erstaunen hatte sie festgestellt, dass es für sie schlichtweg nichts zu sagen gab. Ein Mann, der eine Geliebte hatte und demnächst zu gehen gedachte, musste doch keine Geschichten mehr auftischen. Tat er das etwa für sie, aus Rücksicht? Sie schnaubte.

Nein, es war nicht so, dass sie das alles nun kaltließ, aber ein beträchtlicher Teil in ihr hatte längst begonnen, sich mit diesem kontinuierlichen Abschied zu arrangieren. Oder doch nicht? Aber der Gedanke gefiel ihr: *Sich mit dem Abschied arrangieren.* Das musste sie sich merken.

Ihre Schritte wurden schneller, fast schon beschwingt. An der Haltestelle Voltastraße stieg sie in die Tram Nummer 6 und ließ sich sanft durch das herbstabendliche Zürich schaukeln. Die letzten achthundert Meter legte sie nochmals zu Fuß zurück. Wie verlockend ihr die auf sie wartende heinrichlose Wohnung auf einmal vorkam. Sogar des unschönen Lara-Vorfalls hatte Berti sich entledigt. Aus Rumpelstilzchen war ein abgeklärter Yogi geworden.

23

HEINRICH ZOG seine Hose nach oben und schloss den Reißverschluss. Im Spiegel des Schranks sah er zu seiner Genugtuung einen Mann, der sich trotz eines gewissen Alters sehen lassen konnte. Er musste nicht mal den Bauch einziehen. Sylvia lag noch im Bett und sah ihm zu. »Bleib doch bis morgen!« Sie hatte diesen bittenden Tonfall, der ihn kribbelig machte. Aber vielleicht sollte er tatsächlich bleiben. Immerhin hatte sie ihn in letzter Zeit weder wegen einer gemeinsamen Wohnung noch wegen der Stelle in seiner Kanzlei gelöchert. Und auch auf Familienglück hatte sie ihn schon eine Weile nicht mehr einstimmen wollen. Sie hatte eine ganze Nacht mit ihm verdient.

Überhaupt, wie sie da lag, ihr rotes Haar auf dem Kissen ausgebreitet, die Arme hinterm Kopf verschränkt, ihre vollen Brüste wie auf dem Präsentierteller für ihn zur Degustation bereit. Was zog er sich eigentlich an? Er setzte sich auf die Bettkante und streifte Hose und Slip wieder ab. Zeitgleich richtete sich Sylvia auf und griff nach ihrem Shirt. »Heinrich, wir müssen reden.«

Nein, so hatte er sich das nicht gedacht. In seinem Nacken spannten sich Drahtseile. Wie er diesen Satz hasste. »Worüber denn?« Nicht, dass er es wirklich wissen wollte.

»Wir brauchen eine Wohnung.«

Aha, darum ging es also wieder. Hätte er sich doch denken können, dass das Thema nicht vom Tisch war. Obwohl, das musste er zugeben, er gerade daran nicht ganz unschuldig war. Schließlich hatte er sich im Zenit seiner Leidenschaft von Sylvia anfeuern lassen und Berti die Sache mit dem Auszug unterbreitet. Unklug und vorschnell. Das passierte ihm nicht oft.

Und wieder spürte er seinen schmerzenden Nacken. Die Verspannung dehnte sich bis zu den Schulterblättern aus. *Unklug* war das falsche Stichwort gewesen, das er sich selbst geliefert hatte und das ihm quälend seine finanziellen Schwierigkeiten in Erinnerung rief, an die er heute Abend nicht hatte denken wollen. Schnell bugsierte er die Misere von der Bühne seiner Gedanken.

Stattdessen betrachtete er sie. Ihre tizianroten Locken, die fast transparente Gesichtshaut, die ersten feinen Fältchen um die Augen, die hagere Nase. Wie sie wohl in zwanzig Jahren aussehen würde? Er befürchtete, sie könnte zum Typ Frau gehören, dem das Altern nicht gut bekam.

»Meine Schöne.« Er strich mit dem Zeigefinger langsam an der Innenseite ihres Schenkels entlang und säuselte, soweit ihm das gelang: »Lass uns doch ein anderes Mal darüber reden!«

Sylvia schob seine Hand mit einer abrupten Bewegung weg. »Nein, jetzt!«

Wäre er doch nur seinem ersten Impuls gefolgt, rechtzeitig zu gehen. Wie er beim Essen dann aufhörte, wenn es ihm am besten schmeckte, sollte er sich in Zukunft daran erinnern, sich auch aus Sylvias Umarmung zu lösen, bevor sie die Lust zum Gespräch überkam.

»Tim bekommt ein Geschwisterchen.«

Der Satz durchfuhr jählings seinen Gedankengang. Dazu kam, dass er sich aus ihren Worten keinen Reim machen konnte. Für einen Augenblick sah er ein ihm unbekanntes Kleinkind. Wie aus einem Geschenkkarton gesprungen, kam es neben dem dreijährigen Tim zu stehen und nahm diesen an der Hand. Fast zeitgleich mit der Vision bahnte sich ein Hitzeschwall seinen Weg von der Brust aufwärts, staute sich kurzzeitig in seinem Kopf, um dann in Form von Schweißperlen über die Stirn nach außen zu transpirieren. »Von wem?«

»Bist du noch zu retten? Von wem? Von wem wohl!« Sylvia war aufgesprungen und hatte sich vor ihm aufgebaut, die Arme in die Hüften gestemmt, das Gesicht im Rotton ihrer Haare.

Heinrich fühlte sich unwohl auf der Bettkante, nur mit dem geöffneten Hemd bekleidet, ohne Hose. Noch dazu in sitzender Position, mit der hoch aufgerichteten Sylvia wie ein Racheengel direkt vor ihm. »Und deine Maßnahmen? Ich meine … Das hätte doch gar nicht passieren dürfen.«

»*Meine* Maßnahmen«, Sylvia zog an dem Wort wie an einem elastischen Band, »haben nicht funktioniert. Weil es nämlich deine oder meinetwegen auch unsere Maßnahmen sind.« Sie war nun wieder ruhiger und ließ sich auf den Sessel gegenüber dem Bett fallen. Heinrich angelte mit dem linken Fuß nach seiner Unterhose auf dem Boden und beförderte sie mit einem geschickten Kick zu sich auf den Schoss.

»Na ja, das ist ja heutzutage zum Glück kein Problem mehr, meine liebste Sylvie.« Er würde nun so beiläufig wie möglich in Unterhose und Hose schlüpfen und sich in angemessener Zeit, Anstand und Umständen entsprechend, davonmachen. Was leider nichts daran änderte, dass die unangenehme Angelegenheit einer Lösung bedurfte.

»Und du bist hundert Prozent sicher?«

Sylvia nickte mit einem Ausdruck, der sich zwischen Besorgnis und Befriedigung bewegte, was Heinrich maßlos ärgerte. »Wir werden alles in die Wege leiten. So schnell wie möglich. Wie weit ist es denn?«

»Nein, Heinrich. *Wir* werden nichts in die Wege leiten.« Sylvia klang erstaunlich resolut. »Anfang des 3. Monats«, fügte sie noch hinzu. »Ungefähr am 20. Juni wird es auf die Welt kommen.«

Einen so kalt entschlossenen Ton kannte er an ihr nicht, und, das wurde Heinrich schlagartig klar, er verspürte auch kein Bedürfnis, diese Seite von ihr besser kennenzulernen. Auch wenn ihm im Augenblick keine andere Wahl blieb, als ihr zuzuhören. »Am 20. Juni? Das ist ja schon in …«, er rechnete, »sieben Monaten.« Nach dem Schweißausbruch stellte sich ein unangenehm flaues Gefühl in der Magengegend ein. Er erwog einen Toilettengang.

»Richtig. Und ich werde das Kind zur Welt bringen. Deshalb bitte ich dich darum, so schnell wie möglich für uns eine Wohnung zu suchen. Für uns … vier.«

24

Er war beim vierten Gin Tonic angelangt. Das gedämpfte Licht, die einlullende Atmosphäre zwischen Anonymität und unverbindlicher Vertraulichkeit, der Alkohol, hatten ihn vorübergehend von den Bedrängnissen wegdriften lassen. Aber die *Dante Bar* würde gleich schließen, und er kam nicht umhin, sich auf den Heimweg zu machen. Ohne die Brünette, die ihm bei den letzten zwei Drinks Gesellschaft geleistet und ihm unzweideutig ihre Verfügbarkeit über die Sperrstunde hinaus angeboten hatte. Nein, Ablenkung hin oder her, danach stand ihm nun wirklich nicht der Sinn.

Sylvias Eröffnung hatte das ohnehin randvolle Fass – ach was, Fass: die ganze Limmat – des Ärgers und der Scherereien zum Überlaufen gebracht.

Wieder dachte er an die Sache mit dem geplatzten Offshore Deal. Die zweihunderttausend Franken, die er abschreiben musste. Schweiß trat ihm auf die Stirn. Schon wieder. So viel Flüssigkeit konnte er doch mittlerweile gar nicht mehr dafür übrig haben. Die Brünette reichte ihm ungefragt ein Papiertaschentuch, mit dem er sich die Tröpfchen von Stirn und Oberlippe tupfte.

Was war er froh, dass wenigstens die Sache mit dem Loft in Kilchberg nicht über die Bühne gegangen war. Nicht auszudenken, wenn Sylvia einverstanden gewesen wäre und er den Mietvertrag unterschrieben hätte. Das

Schicksal war ihm also doch hin und wieder gnädig, auch wenn es im Moment nicht danach aussah.

Eine weitere Unannehmlichkeit drängte sich ihm auf: der Verdruss mit der *Altlast*, wie er sie für sich nannte. Sie stand ihm bis zum Hals mit ihren Aufdringlichkeiten. Wie ein zäher alter Kaugummi klebte sie an seinen Hacken, nervte ihn mit unzähligen Mails und Textmitteilungen und ihren Anrufen, die er so oft wie möglich ignorierte. Wie gerne ließe er sie von der Bildfläche verschwinden wie der Zauberlehrling die gerufenen Geister. Klären und ausdiskutieren wollte sie. *Ausdiskutieren!* Es gab nichts mehr auszudiskutieren.

Heinrich spürte Übelkeit. In Wellen kam sie, legte sich wieder, schwappte erneut heran. Brechreiz. War's der Gin, war's das penetrante Parfüm der plappernden Ziege neben ihm, die er am liebsten vom braunen Lederpolster geschubst hätte, war's das Zuviel von allem, was ihm den Magen aufwühlte und die Luft nahm?

Er klaubte einen Hundertfrankenschein aus seiner Brieftasche und schaffte es gerade noch, ihn dem erstaunten Barkeeper in die Hand zu drücken, bevor er sich stolpernd über die Stufen ins Freie retten konnte, um sich keine zwei Schritte neben dem Eingang zur Bar zu übergeben.

»Na Alter, zu viel gesoffen?« Ein Typ, zwei Drittel jünger als er, mit umgedrehtem Cap und Baggy Pants, schlug ihm im Vorbeigehen grinsend auf die Schulter.

Heinrich schaute sich um. Hatte ihn sonst noch jemand gesehen? Ein Kollege, ein Mandant? Nein, nicht hier in der Zwinglistrasse. Wenigstens was das betraf, hatte er eine kluge Wahl getroffen. Eine!

25

»Papa?« War das möglich? Juliane war um die Ecke der Kanonengasse gebogen, als sie ihren Vater keine achtzig Meter von sich entfernt vor der *Dante Bar* ausmachte. Sie war auf dem Heimweg von ihrer Freundin Stella, bei der sie den Abend mit Examensvorbereitungen verbracht hatte. Nur fünf Schritte trennten sie noch vom Eingang des fünfstöckigen Wohnhauses, in dessen Dachgeschoss sich ihr winziges Daheim befand. Es war spät geworden. Mit wachsamem Blick nahm sie alle männlichen Gestalten ins Visier, die sich jetzt noch in ihrem Umkreis aufhielten.

»Papa, warte doch!« Sie legte einen Schritt zu, was auch der Mann tat, den sie aufgrund von Physiognomie und Körperhaltung für ihren Vater hielt. Nein, der ihr Vater war! Es musste ihm schlechtgehen. Ihr Blick auf die Pfütze neben dem Eingang zum Ecklokal, das am Wochenende seine Besucher bis auf den Gehsteig hinaus spie, war unappetitliches Indiz. Sie musste ihm helfen.

Aber was machte er hier? Oder sollte es sich um einen Doppelgänger handeln? Nein, sie, die ihren Vater mit der Spürnase eines Trüffelhundes in einer Menschenmenge ausfindig machen konnte, hatte sich nicht geirrt. Die Scheinwerfer eines geparkten Lexus blitzten auf. Ihr Vater stieg ein und brauste davon. Sie sah dem Wagen nach. Tränen schossen ihr in die Augen. Er *musste* sie gehört haben. Warum tat er das?

In Ermangelung eines Taschentuchs rieb sie sich das Augenwasser mit dem rauen Wollstoff ihres bunten Indio-Ponchos weg und machte kehrt. Ihre Frustration, die eben noch wie ein Aufputschmittel gewirkt hatte, verwandelte sich in Mattigkeit. Jetzt wollte sie nur noch nach oben in ihr Reich, sich unter die schützende Obhut ihrer schweren Quiltdecke verkriechen und sich dem tröstenden Schlaf hingeben. Während sie auf den knarzenden Stufen nach oben stieg, dachte sie daran, wie sie als Kind Josef, ihren Plüschlöwen, an sich gedrückt hatte, wenn sie abends im Bett lag und ihren Vater vermisste. Wen hatte sie da eigentlich vermisst? Wirklich ihn oder doch nur die Vorstellung, die sie sich von ihm gemacht hatte? Schließlich war sie kaum älter als zwei Jahre gewesen, als er ihre Mutter und sie verlassen hatte. Später hatte sie nichts unversucht gelassen, seine Liebe und Anerkennung zu gewinnen. Daran hatte sich bis heute nichts geändert. Wie beim Märchen vom Hasen und vom Igel sah sie sich selbst als atemlos Laufende, die Bahn um Bahn zurücklegte und es trotz allem Einsatz nicht schaffte, ihren Vater zu erreichen, der sich dem Rennen trickreich entzog. Schlimmer noch, ob sie rannte oder still stand, es war ihm egal. Und das war nicht mal beim Hasen und beim Igel so.

26

»Es besteht immer noch die Möglichkeit, dass er es nicht war. In Zürich gibt es viele mit einem Lexus.« Berti fingerte einen Brocken Ton unter ihrem Gesäß hervor, nicht das einzige Objekt in der kleinen Küche, das sich nicht dort befand, wo es ein Mensch mit durchschnittlichem Ordnungssinn platzieren würde. Trotz einer gewissen Neigung zur Nachlässigkeit war Juliane eine erstaunlich gewissenhafte und ehrgeizige Studentin, die sich manchmal schlichtweg zu viel vornahm.

Berti inspizierte den krustigen Hirsebratling, der inzwischen den Weg von der Pfanne auf ihren Teller gefunden hatte. Juliane dekorierte das Gebilde, das in der Färbung eine gewisse Ähnlichkeit mit der Tonmasse im Eimer neben dem Küchentisch aufwies, mit einem Klacks Spinat. Dazu gab es Malventee, der farblich durchaus einem leichten Rotwein nahe kam, gegen den ihn Berti gerade liebend gerne eingetauscht hätte.

Sie teilten sich die spärliche Fläche des Küchentischs mit zwei in der Entstehungsphase befindlichen Tonfiguren und einem wackligen Turmbau aus Büchern und Manuskripten.

»Ich bin mir aber sicher. Das war kein andrer als Papa.« Heinrichs Tochter war immer noch geknickt. Freudlos stocherte sie in ihrem Spinat. »Aber vielleicht war ihm die Situation auch einfach peinlich.«

»Das wird es sein!« Berti war froh über Julianes Versuch, sich das unerfreuliche Verhalten ihres davonlaufenden Vaters erklärbar zu machen. Was das betraf, hatte sie die Fähigkeit eines Stehaufmännchens.

Sie selbst hatte ihn gestern Nacht weder erwartet noch heimkommen hören. Sie schliefen seit mehreren Wochen nicht mehr im gleichen Zimmer, und zusätzlich hielt sich Berti nach dem Ausschalten der Nachttischlampe die Außenwelt mit *Ohropax* vom Leib. Besser noch, sie hielt mit Hilfe der Ohrenpfropfen sogar die Gedanken an Heinrich fern. Vielleicht sollte sie das auch mal tagsüber ausprobieren.

Tapfer schob sie sich ein zweites Stück Hirsebratling in den Mund. »Hast du irgendwo Salz?«

Juliane schüttelte traurig den Kopf, ob wegen des nicht vorhandenen Salzes oder immer noch aus Betrübnis über ihren Vater, war nicht klar. Berti beschloss, den Malventee als Verzehr-Beschleuniger zu benutzen und spülte den Bratling-Bissen mit kräftigen Schlucken hinunter.

»Schmeckt es dir nicht?« Juliane schaute argwöhnisch auf die kaum reduzierte Menge auf Bertis Teller. »Der Spinat ist von einem Kommilitonen. Der macht Urban Gardening. Natürlich alles absolut organisch.« Nicht, dass sie selbst mit großem Appetit von dem angepriesenen Gemüse gegessen hätte

»Doch, doch. Ist sicher auch sehr gesund.« Daran bestand kein Zweifel. »Tolle Sache mit dem Urban Gardening«, fügte Berti noch anerkennend hinzu. An Anbau und Produkt war gewiss nichts auszusetzen.

»Könnte es nicht sein, dass er mich besuchen wollte und enttäuscht war, mich nicht zu Hause vorzufinden?« Juliane betrachtete nun nachdenklich eines ihrer Tonmännchen. War es *der Hungrige* oder *der Zweifler* aus der Ausstellung? Der beschönigende Gedanke musste ihr gerade eben gekommen sein. Wirklich erstaunlich, welche Interpretation sie sich da zusammenzimmerte. Auffallend auch, dass sie eine verblüffende Fähigkeit besaß, zwischen Selbstbetrug und ungeschminkter Erkenntnis hin und her zu springen, ohne dabei des Widerspruchs gewahr zu werden.

Aber wer war Berti schon, Juliane darauf hinzuweisen oder, schlimmer noch, daran herumzukritteln?

»Hm, das ist … nicht ausgeschlossen«, Berti schob den Spinat an den äußersten Tellerrand. Nein, entschied sie, sie wollte das Verdrehspiel nicht mitspielen. »Weißt du, Juliane, seine Freundin wohnt auch hier ganz in der

Nähe, zusammen mit ihrem kleinen Sohn. Vielleicht war er bei ihr.«

Juliane zuckte zusammen. Rote Flecken stellten sich auf ihren Wangen ein, was Berti schon seit Kinderzeiten kannte, wenn Heinrichs Tochter sich mit Unangenehmem konfrontiert sah.

»Woher weißt du, wo sie wohnt? Hat er dir das gesagt?« Die Flecken verschwanden wieder. Sie war jetzt nur noch ein bisschen blässlich um die Nase.

Nein, das hatte Heinrich natürlich nicht getan, und dieser Teil der Geschichte war Berti auch etwas peinlich. Wer gab schon gerne zu, eine Niedrigkeit wie Aus- und Nachspionieren zu betreiben? So legitim ihr selbst das auch erschien, würde sie sich zu diesem Teil lieber ausschweigen. Andererseits, hatte nicht Sylvia Bächthold das Gleiche getan? War ihr auf der Bahnhofsstraße hinterhergeschlichen, aus welchen Gründen auch immer? Aber darüber wollte sie jetzt schon gar nicht mit Juliane sprechen. »Ja und nein.«

»Was heißt *ja und nein*?«

»Das ist jetzt ein bisschen kompliziert zu erklären. Ich weiß es nun mal.«

Juliane schwieg. Offenbar gab sie sich mit Bertis Antwort zufrieden.

Fast zeitgleich hatten sie beide ihre nur zur Hälfte geleerten Teller von sich geschoben.

»Sie hat ein Kind?«

»Ja, ungefähr drei- oder vielleicht auch vierjährig.« Schließlich kannte sich Berti mit Kindern nicht so genau aus.

»Und wer ist der Vater von dem Kind?«, Juliane klang alarmiert. Eine unangenehme Befürchtung schien sie beschlichen zu haben.

»Sicher nicht Heinrich!« Hier konnte Berti guten Gewissens Entwarnung geben. »Der muss dunkler Hautfarbe sein.«

Juliane war aufgestanden und zum Gaubenfenster getreten, das lediglich einen Ausblick auf das eigene Dach und auf das des Hauses vis-à-vis erlaubte, nicht aber auf die darunterliegende Straße.

»Und wollen die dann demnächst einen auf Familie machen? So zu dritt: Vater, Mutter, Kind? Familie Nummer drei?« Das klang nach gesundem Ärger. Auch wenn aus Bertis Sicht die Familienzählung nicht ganz korrekt war. Heinrich und sie waren schließlich *nur* ein Ehepaar.

»Keine Ahnung.« Berti legte den Arm um die Schulter ihrer Stieftochter. Gemeinsam schauten sie drei Krähen zu, die auf dem gegenüberliegenden Dachgiebel herumspazierten.

»Sind das keine Zugvögel?« Wie kam Juliane darauf? Aber in Ordnung, gegen einen Themenwechsel hatte Berti nichts einzuwenden. »Hm. Vielleicht haben sie sich angepasst. Die sollen sehr clever sein. Schauen den Stadtfüchsen zu, wie sie sich an Müllsäcken bedienen und tun sich danach selber daran gütlich. Oder sie vertreiben Greifvögel, die ihnen ins Revier kommen.«

»Tatsächlich? Ganz schön mutig.« Juliane lächelte.

»Ja, vielleicht sollte ich mir daran ein Beispiel nehmen«, sinnierte Berti.

»Nicht nur du, selbstbewusst und mutig müssen wir beide sein«, ergänzte Juliane erstaunlich lebensklug.

Nun lächelten sie beide.

»Wie wär's mit Kaffee, Berti? Gerstenkaffee? Ich hab auch noch feine Haferkekse. Vorgestern gebacken.« Das klang nun schon wieder ganz fidel.

»Liebend gerne!« Auch Berti wollte ihren Beitrag zur zuversichtlichen Stimmung leisten.

27

Heinrich drückte auf die Aus-Taste. Die Skype-Unterhaltung mit seinem alten Freund in Newport war noch besser gelaufen, als er erwartet hatte. Robert war, wie er selbst, kein Anhänger langer Erklärungen und hatte nicht weiter gestochert, was die Hintergründe von Heinrichs drastischem Schritt sein könnten. Was auch immer ihm dabei durch den Kopf gegangen sein mochte.

Mit Berti alles okay? Fast beiläufig war die Frage gekommen. *Na ja, nicht ganz*, hatte er Robert geantwortet und seinem alten Freund auf der anderen Seite des Ozeans mit seinem Cognac zugeprostet, als wäre das Auskunft genug. Dass das so oder so nicht der alleinige Grund sein konnte, den Kontinent zu wechseln, hatten sie unbesprochen im Raum schweben lassen. Das konnte in einem anderen Moment thematisiert werden. Oder auch nicht.

Robert war der Sohn seiner Gastfamilie gewesen, als Heinrich mit siebzehn ein Austauschjahr in den Staaten absolviert hatte. Im Anschluss war Robert ein Dreivierteljahr zu ihm und seiner Familie nach Zürich gekommen und eine langjährige, wenn auch eher lockere Freundschaft, hatte ihren Lauf genommen.

Sie teilten die Leidenschaft fürs Segeln, aus der Robert einen Beruf gemacht hatte. Immer wieder mal hatte er *Old Henry* in der Vergangenheit vorgeschlagen, bei seiner Segelschule in Newport einzusteigen. Vor mehr als zwanzig Jahren ernsthaft, dann immer seltener und schließlich nur noch scherzend, wenn Heinrich ihm gegenüber über Stress oder schwierige Mandanten geklagt hatte.

Jetzt, mit fünfundfünfzig, war Heinrich zwar nicht mehr das, was man einen guten Fang für Rogers florierendes Geschäft in Rhode Island nennen würde, aber er war körperlich in guter Verfassung und hatte alle nötigen Papiere, die für einen Job als Segellehrer nötig waren. Von einem Nonimmigration-Visum war die Rede gewesen. Vorläufig.

Heinrich goss sich noch einen Cognac ein.

Spiesschen war vor einer Stunde nach Hause gegangen, hatte ihm noch einen Kaffee gebracht und ihren Blick mit leicht gerunzelter Stirn, etwas länger als nötig, über die Aktenordner auf dem Schreibtisch gleiten lassen. Dann hatte sie ihn gefragt, nicht zum ersten Mal, ob denn auch wirklich alles in Ordnung sei. Allerdings hatte ihr Ton dabei die Anteilnahme vermissen lassen, mit der er früher unbedingt hatte rechnen dürfen.

Natürlich wusste sie um die unbefriedigende Finanzlage der Kanzlei. Wer, wenn nicht sie? Von dem Investitionsflop, der ihn noch einige Stufen tiefer hatte fallen lassen, hatte sie allerdings keine Ahnung. Er war froh, dass sie ihm inzwischen den Vorschlag mit der Teilzeitstelle verziehen hatte. Noch so eine Sache, zu der ihn Sylvia hatte überreden wollen. Gut, war auch das nicht zustande gekommen. Heinrich erhob sich und ging zum Fenster. Durch die regennasse Scheibe blickte er auf die immer noch stark befahrene Bellerivestraße. Bei Tag und klarer Sicht konnte er, links am Seebad Tiefenau mit seinen hohen Bäumen vorbei, weit über den See und bis zur gegenüberliegenden Uferseite schauen. Heute Abend gaben nur die Lichter dem See Konturen. Was er sah, wirkte durch die geräuschdämmende Scheibe so unwirklich wie seine Pläne.

Es klingelte. Das musste Moser sein. Heinrich ging ins Vorzimmer und betätigte von dort aus das Mikrophon der Gegensprechanlage: »Ja?«

»Moser hier.«

»Kommen Sie hoch.«

Zwei Minuten später stand Ruedi Moser bei Heinrich in der Kanzlei. Obwohl er nicht den Lift genommen hatte, das hätte er gehört, war er kein bisschen außer Atem. Lächelnd streckte er Heinrich die Hand entgegen. Sie hatten bisher nur telefonisch und per Mail miteinander kommuniziert. Gut sah er aus dieser Moser, Dr. Moser. Verflixt gut. Größer als er, athletischer. Heinrichs ohnehin nicht rosige Laune sank um weitere Grade.

»Gehen wir in mein Büro.«

»Tolle Position!« Moser ließ seinen Blick anerkennend über den Raum und zum Fenster schweifen.

»Ja, exzellente Lage. Kriegt man nicht mehr so leicht«, doppelte Heinrich nach. Beide wussten, dass das der Hauptgrund war, weshalb Mosers Angebot für die Kanzleiübernahme nicht noch tiefer lag. Heinrichs Mandantenbestand war so alt wie er selber, was beim Aushandeln des Übernahmepreises nicht zu seinem Vorteil ausfiel.

Moser, der noch in einem Anwaltsbüro in Luzern in untergeordneter Position angestellt war und die Selbständigkeit anstrebte, hatte Heinrichs Kanzlei bereits auf Fotos gesehen. Obwohl er sich auch sonst bereits detaillierte Informationen hatte zukommen lassen, gab es noch genügend zu besprechen.

»Was darf ich Ihnen anbieten? Auch so einen?« Heinrich wies auf sein leeres Cognacglas.

»Nur ein Mineralwasser, danke.«

Auch das noch! So ein durchtrainierter Asket! Heinrich disponierte auch für sich selbst um. Nein, einen Cognac zu kippen, während sich sein Gegenüber mit Wasser begnügte, das ging nicht. Die Sache mit den Drinks musste er allemal etwas reduzieren. Trainiert und schlank war er zwar selbst auch, aber gegen die Jugend des anderen kam er nicht an, und der Alkohol war kein Anti-Aging-Elixier.

»Ähm, Herr Fischer?« Moser räusperte sich.

Irgendwas hatte er gerade gefragt. Wegen Martha Spiess. Erwartungsvoller Blick und vorgeneigte Haltung. Er rechnete mit einer Antwort.

Heinrich ermahnte sich selbst zur Konzentration. Schlussendlich ging es um seine Kanzlei. Um Geld. Um seine Zukunft. »Frau Spiess? Nein, die ist bereits gegangen. Und sie ist auch noch nicht informiert. Wenn wir schon gerade dabei sind, ich wäre auch froh, wenn das für den Moment so bleiben könnte. Ich will die Pferde nicht scheu machen.« Und da ein erneuter Versuch nicht schaden konnte: »Sie könnten sich wirklich nicht vorstellen, sie eventuell doch zu übernehmen?«

Spiesschen kündigen zu müssen, komplizierte die ohnehin diffizile Sachlage. Natürlich musste sie in jedem Fall informiert werden. Aber bei einer Kündigung würde zudem eine satte Abfindung unumgänglich. Geld, das Heinrich dringend an anderer Stelle brauchte. Wenn er zudem an die beschwörenden Gespräche dachte, die er noch einsetzen musste, um sich ihres Schweigens sicher sein zu können, dann wurde ihm erneut blümerant in der Magengegend.

»Nein, ich bin zwar überzeugt, dass sie eine vorzügliche Kraft ist, aber mein Konzept ist auf Jugendlichkeit aufgebaut. Ein junges, dynamisches Team. Das muss sich auch so präsentieren. Da kann ich kein altes Schlachtross gebrauchen.« Moser lächelte entschuldigend. Sein Gegenüber war nicht wesentlich jünger als Martha Spiess. Dessen Zusammenzucken war ihm nicht entgangen.

Als Ruedi Moser eine Dreiviertelstunde später gegangen war, griff sich Heinrich ein leeres Blatt. *Unbedingt zu regeln* schrieb er in ausladenden Lettern, zweimal unterstrichen.

Und dann:

- *Verkauf Casa Armonia!*
- *Spiesschen kündigen – Abfindung gegen Stillschweigen*
- *Altlast – Ende!!*

Er faltete das Blatt zusammen und steckte es sich in die Hosentasche. Nicht, dass er die Notizen wirklich gebraucht hätte. Die waren ihm, was ihre Bedeutung und dringende Umsetzung betraf, nur zu präsent. Er durfte einfach keine Zeit mehr verlieren.

Auf dem Weg zur Tiefgarage dachte er an seinen Nachfolger. So viel Elan hatte er auch mal gehabt. Seine Stellung, sein Ansehen und ein pralles Bankkonto waren ihm wichtig gewesen. Sehr wichtig. Und nun? Letzteres würde er auch jetzt, gerade jetzt, sehr zu schätzen wissen. Aber Stellung und Ansehen? Da war er sich nicht sicher. Im Moment wünschte er sich nichts sehnlicher, als sich von allen Verpflichtungen zu befreien. Sylvia hatte es verpfuscht. Ohne den Ausrutscher mit der Schwangerschaft wäre die Sache noch irgendwie machbar gewesen. Aber so? Eine vierköpfige Familie!

Da waren sie wieder, dieser Druck auf der Brust, die Schmerzen im Nacken. Als trüge er ein enges Korsett anstelle eines Sakkos. Vielleicht konnte er Sylvia und die Kinder irgendwann nach Newport nachkommen lassen. Ein Schuft war er ja nun auch nicht.

Heinrich war bei seinem Lexus *RCF* angekommen. Wie der Wagen da stand, im Neonlicht der Tiefgarage funkelnd, die 477 PS diskret versteckt im gediegenen Chassis! Liebevoll strich er über die Dachkante. Er würde, und das tat ihm weh, auf das gute Stück verzichten müssen.

28

Sie kam ihm auf dem Parkplatz entgegen, diese Frau, die er einmal für stattlich gehalten hatte und die ihm heute wie ein bedrohlicher Riese vorkam.

Sie küssten sich mit dem ritualisierten Affekt eines sozialistischen Bruderkusses, wobei die Riesin wohl gerne mehr daraus gemacht hätte.

»Uff, der Verkehr!«, stöhnte sie, den Moment der Verlegenheit übertünchend. »Wir hätten ruhig mit einem Auto fahren können, wie früher.«

Das fehlte noch: Wie früher! Es war nicht mehr *wie früher*. Wie konnte eine Frau nur so dickfellig sein. Taten sie nicht immer so, als hätten sie ein Monopol in Sachen Sensibilität? Aber er wollte nicht unnötig provozieren und schwieg.

»Gehen wir an die Bar oder …«, sie zögerte, »nehmen wir gleich ein Zimmer?«

»An die Bar. Oder ins Restaurant.« Seiner Stimme freundliche Gelassenheit zu verleihen, kostete ihn zusehends Kraft. Als hätte er sie *dafür* hierherbestellt!

Natürlich traf ihn eine gewisse Mitschuld an Laras Fehlinterpretation. Heinrich ließ dieser selbstkritischen Überlegung durchaus Raum. Schon auf der Fahrt waren ihm Zweifel an seiner Idee gekommen, ein einfühlsames, abschließendes Gespräch – *einfühlsam*, niemand sollte meinen, er sei dazu nicht in der Lage – in ihrem alten

Liebesnest stattfinden zu lassen. Nun schwante ihm, dass sich das Ganze als Flopp entpuppen würde. Dies schon allein, was die Wahl des Ortes betraf. Aber auch sein zugegebenermaßen nicht immer ganz eindeutiges Verhalten mochte eine Quelle für Missverständnisse sein. Hatte er sich doch dummerweise noch vor knapp zwei Monaten zu einem amourösen Geplänkel mit ihr im Auto hinreißen lassen. Vielleicht sogar, da konnte er sich nicht mehr so genau erinnern, als Initiant. Dass Sylvia dann den vergessenen Seidenschal im Auto entdeckte und nicht Berti, hatte ein größeres Desaster verhindert.

»Also ins Restaurant«, Laras betont kontrollierte Stimme riss Heinrich aus seinen Überlegungen, »wenn du das vorziehst.« Sie presste die Lippen zusammen. Die wenig schmeichelhafte Abweisung hatte sie offensichtlich getroffen.

Sie betraten das Foyer des Resorts, und Heinrich ließ in geübter Manier seinen Blick schweifen. Waren Bekannte, Kollegen, Mandanten in Sicht? Ein Routinecheck, den auch Lara früher vorgenommen hatte, über den sie aber nie gesprochen hatten, auch wenn sie einige Male in Deckung gehen mussten.

Es waren nur wenige Gäste im Restaurant. Fürs Abendessen war es noch zu früh, für einen Nachmittagskaffee zu spät. Sie setzten sich an einen der vorderen Tische. Die sonst so grandiose Aussicht auf den Zürichsee ließ sich heute nur erahnen. Eine dicke Nebelschicht verhüllte die Ortschaften an der gegenüberliegenden Goldküste, genauso wie den Seedamm zur Rechten. Heinrich fühlte sich an seinem Fensterplatz wie beim Flug über den Wolken. Mit dem Unterschied, dass ihm heute das Gefühl von Zeit- und Raumlosigkeit, beim Fliegen wohlig entspannend, so unbehaglich war wie Laras durchdringender Blick. Musste sie ihn anstarren, als betriebe sie eine Charakterstudie?

»Du verlässt Berti also?«

Damit hatte er nicht gerechnet. Er hatte angenommen, es ginge ihr nur um sie und ihn.

Es traf sich günstig, dass der Kellner just in diesem Moment nach ihren Wünschen fragte.

»Einen Kaffee Kirsch, bitte.« Der Kirsch war ein Funke des Augenblicks. Den stärkenden Schuss im Kaffee konnte er gebrauchen.

»Für mich einen Espresso.« Und zu Heinrich gewandt: »Also?«

»Gewissermaßen.«

»Wegen dieser Rothaarigen?«

»Das kann man *so* nicht sagen.« Er strich sorgfältig über die Tischdecke und verschob die Vase mit der einzelnen Orchidee auf ein neues Plätzchen. Heinrich der Blumen-Arrangeur.

»Was sind das für Antworten, Heinrich? *Gewissermaßen. Das kann man so nicht sagen.*« Sie imitierte seinen Tonfall. »Wie kann man es *denn* sagen?«

Fast hätte er gelacht, auch weil er feststellte, dass seine vagen Repliken durchaus zu seinen neuen Plänen passten. Vieles musste sich weisen. Die Zukunft war in mancher Hinsicht nebulös, auch wenn er gezwungen war, konkret zu handeln. Er hatte so oft in den letzten Jahrzehnten die Unwahrheit gesagt. Nun konnte er sich der Wahrhaftigkeit rühmen. Mehr noch, die Ein-Wort-Antworten und Floskeln hatten etwas Befreiendes.

»Hast du mir nicht immer gesagt, ich solle eine Entscheidung treffen?« Er schaute sie nun direkt an, wohl wissend, wie sie es damals gemeint hatte. Ihr großflächiges Gesicht, die vollen Lippen, die dunklen Augen mit den buschigen Brauen, hatten ihm einmal gefallen. Heute hatte sie ihre langen Haare nicht zum Zopf geflochten, sondern offen über die Schultern fallen lassen, vermutlich in der Annahme, ihn damit zu reizen wie früher. Es machte sie alt.

»Stimmt, aber nicht so.« Das klang müde, fast resigniert.

Ja, natürlich. Vor zwanzig Jahren hätte er sich entscheiden sollen: Für sie und Sabrina. Auch später noch hatte sie ihn darum gebeten. Immer wieder, dann seltener. Bis irgendwann klar war, dass die Entscheidung längst gefallen war, indem er sich nicht entschieden hatte.

Sie konnte ihm den Betrug an Berti nun schlecht vorwerfen. Nach zwei Jahrzehnten doppelbödigem Spiel, hin und wieder unterbrochen von halbherzigen Anläufen, die

Affäre zu beenden, wäre sie gewiss nicht die geeignete Person für einen Appell an Redlichkeit und Monogamie.

»Und du meinst also, diesmal ist es die Richtige?« Das klang bitter. Und eigentlich war es auch keine Frage.

Heinrich nervte das Verhör zunehmend. Der Druck an seinen Schläfen kündigte Kopfschmerzen an. Aber er musste seinen Vorsatz für heute im Auge behalten: Distanz schaffen, ohne zu verärgern. Dummerweise erwies sich das Refugium früherer Tage, von ihm wegen seiner symbolischen Kraft bewusst für das heutige Treffen vorgeschlagen, als eine schlechte Wahl. Es schien Lara schwermütig zu machen, was er nicht gebrauchen konnte.

Im Hinblick auf seine Pläne war es ihm wichtig, die Zahl derer, die ständig etwas von ihm wollten, zu reduzieren. Sich den Rücken frei zu machen, soweit es eben ging, ohne sich eine Feindin zu schaffen.

Nun saß er einer weinerlichen Lara gegenüber.

»Wann weiß man schon, wer die Richtige ist, Lara? Oder der Richtige.« Heinrich unternahm einen neuen Anlauf in seiner Mission. Ob Lara die philosophische Komponente zu schätzen wusste? Aber sie sah nicht aus, als fände sie seine Betrachtungen besonders ergreifend. Er musste wohl das Thema wechseln.

»Schön, konnte ich deine Tochter endlich mal kennenlernen.« Kaum hatte er den Satz zu Ende gesprochen, wurde ihm bewusst, auch damit keinen Volltreffer gelandet zu haben.

»*Meine* Tochter? Und was das *endlich* betrifft, so kann ich mich nicht erinnern, weder ein gesteigertes Interesse noch irgendwelche Eile bei dir festgestellt zu haben, sie kennenzulernen. Sabrina, *unsere* Tochter, ist neunzehn!«, fauchte Lara.

»Du hattest es damals eilig, sie nach Genua zu verfrachten. Und wenn ich mich richtig erinnere, warst *du* diejenige, die mein Fernbleiben befürwortet hat.«

»Oh, sehr zu deinem Missfallen!« Lara griff zum schneidenden Sarkasmus. Unseligerweise mit einer Lautstärke, die den neugierigen Blick des Paares vom Nachbartisch auf sie zog.

Nein, so wurde das nichts. Das war kontraproduktiv. Heinrich legte seine Hand auf die von Lara. »Du hast recht. Ich habe sicher nicht viel Interesse signalisiert. Aber«, seine Stimme wurde leise, beschwörend, »wir haben beide Fehler gemacht! Berti war … ist deine Freundin!« Das war Laras Achillesferse. Er sah sich gezwungen, sie genau an dieser sensiblen Stelle zu berühren, damit sie rasch einknickte. Unangenehm, aber was sollte er in seiner Lage machen? Er legte nach: »Du wolltest doch um jeden Preis verhindern, dass sich eure Kreise überschneiden. War es nicht so?«

Tatsächlich. Seine Strategie ging auf. Laras Schuldgefühle und sein pastoraler Ton taten ihre Wirkung. Sie war nun ruhig. Oder hatte er sich zu früh gefreut?

»Was hast du denn zu ihr gesagt? Sabrina wollte nicht

darüber sprechen, aber ihr Besuch bei dir in der Kanzlei hat sie völlig aufgewühlt.«

Er rief sich die Szene in der Kanzlei, die nicht lange zurücklag, ins Gedächtnis zurück. Sabrinas unangekündigtes Auftauchen. Er hatte kurz zuvor neue Nachrichten über sein finanzielles Waterloo erhalten. Eine Tochter, die es sich in den Kopf gesetzt hatte, nun endlich ihren Vater kennenzulernen, war das Letzte, was er hatte gebrauchen können. Ja, er war kurz angebunden gewesen und hatte versucht, sie auf ein anderes Mal zu vertrösten, als sie ihm ein gemeinsames Abendessen vorschlug. Jetzt, wo er sich an die Situation erinnerte, war ihm sein Verhalten tatsächlich unangenehm. Eine nette junge Frau eigentlich, diese Sabrina. Seine Tochter. Aber warum nur wollten alle immerzu etwas von ihm? Anliegen, Forderungen! War er ein Wunschprogramm, Bedürfniserfüller, Glücksgarant?

»Es war kein guter Moment, Lara. Das tut mir auch leid. Ich werde mich bei ihr entschuldigen. Gut so?« Wieder griff er nach Laras Händen, hielt sie zwischen seinen. Nun war der richtige Moment gekommen: »Lara. Dies muss unser letztes Treffen sein.« Selbst ein Schlangenbeschwörer hätte die Intensität seines Blickes nicht überbieten können. »Keine Telefonate mehr, keine Nachrichten, nichts. Das ist seit Jahren überfällig. Das wissen wir beide doch schon längst.«

Lara zog ihre Hände aus seinen. Sie schaute aus dem Fenster. Eine dicke Träne kullerte über ihre ihm zugewandte Wange und hinterließ eine Spur im Wangenrouge. Wie Regentropfen auf einer schmutzigen Autoscheibe.

Heinrich schaute nun auch nach draußen, wo es inzwischen dunkel geworden war. Ihre beiden Gesichter spiegelten sich im Glas. Einen Moment lang sahen sie sich so an. Er hatte sie noch nie weinen sehen. Lara griff nach ihrer Tasche und durchwühlte sie nach einem Taschentuch, das sie nicht fand. Mit dem Ärmel ihres Pullovers tupfte sie um ihre Augen. Dann stand sie auf. »Zahl bitte meinen Espresso für mich. Ich fahre zurück nach Zürich.«

Ja, das war noch drin, dieser Espresso. Den würde er noch bezahlen. Mehr nicht, in keiner Währung, nicht in Franken, nicht in Gefühlen, nicht in Verfügbarkeit.

Während er ihr nachsah, wie sie kerzengerade auf den Ausgang zu stolzierte, mit dem Klack-klack ihrer hohen Stiefelabsätze, fiel ihm auf, dass sie seinen Appell an den definitiven Schlussstrich nicht kommentiert hatte. Kein *Ja*, aber auch nichts Gegenteiliges.

Er leerte das Glas mit dem restlichen Kaffee Kirsch. Zeit für ihn, sich davonzumachen, von hier und überhaupt.

29

Bereits eine Weile hockten die zwei Möwen mit eingezogenen Köpfen auf der Ufermauer. Hatten sie keine Lust zu fliegen? Gleichmütig schauten sie dem fast leeren Passagierschiff nach, das vergebens angelegt hatte und nun eine weiße Bahn ins tintenblaue Wasser pflügte, auf dem Weg zur nächsten Anlegestelle. Nordwind hatte eingesetzt, dem Lago Maggiore glitzernde Schaumkrönchen aufgesetzt und die umliegenden Dörfer, Berge und Ufer näher rücken lassen. Trotz der Böen, die den Himmel blank geputzt hatten, war es nicht kalt. Noch nicht. In weniger als drei Stunden würde sich die Sonne hinter den Ghiridone zurückziehen und unsanft daran erinnern, dass bereits Dezember und ein Sonnenbad nur ein kurzes mittägliches Intermezzo war. Darüber konnten auch die sich im Wind biegenden Palmen nicht hinwegtäuschen.

Berti saß, das Gesicht der Sonne entgegengereckt, den Mantel über die Schulter gehängt, in einem der Lokale an der Piazza von Ascona, die auch im Winter Stühle und Tische im Freien ließen. Endlich konnte sie rasten, schauen, sich dem Moment hingeben.

Seit gut zwei Stunden hatte sie nicht nur die siebzehn Kilometer des Gotthardstraßentunnels hinter sich gelassen, sondern auch das Nassgrau der Alpennordseite.

Sie hatte das immer schon gemocht, dieses Gefühl, von einer Welt in eine andere zu tauchen. Aber heute war es noch viel stärker gewesen.

Ausatmen, mit jedem Kilometer Ballast abwerfen. Heinrich abwerfen, wie einen Sandsack in einem Gasballon. Zumindest für eine kleine Weile Leichtigkeit verspüren.

Gestern Abend. Heinrich hatte nervös gewirkt, im Risotto gestochert. »Es gibt was zu besprechen, Berti.«

Ihr war beinahe die Pfeffermühle aus der Hand gefallen. Heinrich hatte nie etwas zu besprechen. Er traf Entscheidungen, tat manchmal auch so, als würde er ihre Einwände überdenken. Aber besprechen? Nein.

»Ja? Was denn?« Kühl. Abgeklärt. Sie wollte ihr Erstaunen nicht zeigen.

»Die *Casa Armonia*, du weißt schon.« Er hielt inne, als müsse er ihr Zeit lassen, sich an das Haus in Ascona zu erinnern. Hielt er sie für senil? Fast täglich dachte sie in letzter Zeit daran. An ihre Dummheit, den Besitz auf ihrer beider Namen zu überschreiben. Ungefragt! Nun, da sie von Heinrichs Aufbruchsplänen und seiner Affäre wusste, waren Überlegungen zu ihrer materiellen Existenz unvermeidlich. Die fünfzehn Jahre zurückliegende sentimentale Regung kam ihr immer wieder schmerzlich zu Bewusstsein. Das Haus ihrer Großmutter, ein Erbe, das sie auch bei einer Scheidung nicht mit Heinrich hätte teilen müssen. Was hatte sie sich nur dabei gedacht?

Lara war die Einzige, der sie damals davon erzählt hatte. Die hatte sie seinerzeit in ihrem Beschluss bestärkt. War es nicht so? Sie konnte sich nicht mehr genau erinnern. Aber egal, denn verantwortlich dafür war sie und niemand sonst.

»Du musst mir meinen Teil … abkaufen.« Heinrich begutachtete ein Stück Steinpilz auf seiner Gabel, als habe er zum ersten Mal Gelegenheit, die Zutaten eines *Risotto Ticinese* einer genaueren Betrachtung zu unterziehen.

Abkaufen? Hatte er abkaufen gesagt? Und hatte Heinrich eigentlich immer schon so eine hässliche Senkrechtfalte zwischen den Brauen gehabt?

»Das musst du jetzt schon ein bisschen genauer erklären, Heinrich.« Er sollte ihr Beben nicht hören.

Abwarten, dem Partner Zeit lassen. Zuhören. Missverständnisse vermeiden. Was hatte der andere zu sagen? Was genau meinte er?

Nixon begann nervös auf seiner Stange hin und her zu hüpfen.

»Com'on! Com'on!«, krächzte er fast schüchtern, weniger fordernd als sonst.

»Ich brauche das Geld.« Das war Heinrichs Stimme, nicht die von Nixon. Immerhin war das nun ein klar formulierter Satz.

»Wie viel?«, fragte Berti aus purer Neugier, denn sie

hatte zwar eigenes Geld, aber die sowieso schon mickrigen vierzigtausend Franken wollte sie im Hinblick auf ihre Zukunft auf eigenen Beinen nicht angreifen. Schon gar nicht für den ohnehin unmöglichen Kauf von etwas, was ihr ursprünglich alleine gehört hatte.

»Ich dachte, zu deinen Gunsten … der Marktwert läge nämlich höher …« Das Gestotter entsprach nicht Heinrichs Art sich auszudrücken. »Also, für dich nur achthunderttausend Franken für meinen Teil des Hauses.« Er schaute sie erwartungsvoll an.

Sollte sie sich über das Angebot freuen? »Wie bitte?«

»Das Ganze könnte man locker für zwei Millionen verkaufen. Du weißt, dass solche Grundstücke gar nicht mehr auf den Markt kommen. Ascona, Monte Verità, danach schleckt man sich die Finger.« Heinrich schob sich nun endlich den Steinpilz in den Mund.

Ja, dass das Haus trotz seiner Schlichtheit erheblichen Wert hatte, war ihr bekannt. Mehr noch, sie wusste, was es *ihr* bedeutete. Und dabei ging es um keine Währung der Welt.

»Und woher sollte ich das Geld nehmen? Wenn ich denn überhaupt darauf eingehen wollte?« Berti staunte, wie gefasst sie immer noch auf die unsägliche Anfrage reagierte. Oder war sie einfach nur unfassbar dumm?

»Darüber habe ich mir auch schon Gedanken gemacht.«

Ja, klar doch. Heinrich wäre nicht Heinrich, hätte er sich das nicht alles längst überlegt.

Berti häufte sich einen weiteren Löffel Risotto auf den Teller. Nicht, dass sie die Absicht gehabt hätte, davon zu essen. »Ich höre?«

»Dann müssen wir das Haus eben verkaufen.« Nun hatte er endlich gesagt, was er von Anbeginn hatte sagen wollen. Alles vorher war taktisches Geplänkel gewesen. Hatte sie es nicht gewusst? Heinrich besprach nichts. Er plante, fällte Entscheidungen.

»Du wirst mir aber gewiss noch erklären wollen, warum das alles so sein *muss*.« Der scharfe Ton ließ sich nicht mehr bannen.

Nixon verzog sich kommentarlos in sein Baumstamm-Häuschen, Refugium für stechende Laute.

»Die Kanzlei läuft schlecht.« Heinrich schob den halbvollen Teller von sich.

Aha. Und Sylvia Bächthold, hatte die eventuell auch was damit zu tun?

Heinrich schien Bertis Gedanken zu erahnen. »Es geht nur um uns beide: um dich und mich. Ich habe die Möglichkeit, eine Investition zu tätigen, eine sichere Sache. Da springt viel raus. Geld, das ich für den Erhalt der Kanzlei unbedingt brauche. Geld«, Heinrich bemühte sich um einen diskret dringlichen Tonfall, beugte sich leicht über den Tisch zu ihr, als gäbe es unerwünschte Lauscher, »das auch *dir* am Ende zugute kommt.« Er griff nach der Serviette und betupfte sich ausdauernd die Lippen. Dann erhob er sich und stelzte davon. »Denk darüber nach!«, sagte er, ohne sich umzudrehen. »Aber bitte nicht zu lange! Die Sache ist dringlich.«

Das war der alte Heinrich, wie er leibte und lebte. *Aber bitte nicht zu lange*! Er war Herr der Lage.

»Bring Nixon bitte in die Voliere Seebach!« Bertis Begehren erreichte Heinrich gerade noch, bevor er die Tür zu seinem Arbeitszimmer schließen konnte. Aber er reagierte nicht mehr.

Wie kam sie jetzt auf Nixon? Eine Übersprunghandlung wie ein nach Körnern pickendes Huhn in einer Stresssituation?

Sie kratzte die Risottoreste vom Teller, verstaute das Geschirr im Spüler und griff nach einem Blatt Papier und einem Kugelschreiber:

Nixon lebt schon viel zu lange allein in seinem Käfig. Das ist nicht artgerecht! Bring ihn bitte morgen in die Voliere Seebach. Dort suchen sie ihm eine neue Bleibe oder behalten ihn.

Ich werde mich nicht mehr um ihn kümmern (füttern, Voliere putzen etc.).

Außerdem werde ich die kommenden Tage in der Casa Armonia verbringen. B.

Sie legte den Zettel vor die Kaffeemaschine. Nixon war nicht mehr aus seinem Häuschen hervorgekommen, als wüsste er von ihrem Verrat. Sie schob reuige Gefühle an den knopfaugigen kleinen Kerl von sich. Veränderungen gab es für alle. Warum nicht auch für ihn?

Im Schlafzimmer packte sie einige Sachen in ihre Reisetasche. Viel brauchte sie nicht. Im Haus in Ascona waren Kleidung und Toilettenartikel deponiert.

Berti atmete hörbar aus, was sie neuerdings sehr oft tat. Die Erinnerung an den gestrigen Abend brachte Wut und Ratlosigkeit zurück.

Pling. Eine Textmitteilung von Lara. Endlich. Berti hatte ihr schon beim viele Stunden zurückliegenden Frühstückskaffee von Heinrichs empörendem Ansinnen berichtet, bisher aber keine Antwort erhalten. Für Lara eher ungewöhnlich.

Che bastardo!, schrieb sie. War das alles? Lara hatte wie Berti die Angewohnheit, sich bei emotional beladenen Sachverhalten kurz und ungeschminkt in ihrer Muttersprache auszudrücken. Trotzdem hätte Berti in diesem Fall ein paar zusätzliche Worte der Anteilnahme erwartet. »Bastardo e coglione!«, tippte sie und schickte Lara ihre nicht minder spärliche und zudem wenig ladylike Antwort. Sie war von der Freundin enttäuscht, wie so oft in letzter Zeit. Wo war sie nur geblieben, die Lara, die sie an sich drückte, die immer, na ja, meistens, einen tröstlichen Satz für sie bereit hatte. *Carissima, andrà tutto bene. Non preoccuparti …*

Wie gerne hätte Berti gerade jetzt von ihr gehört, dass alles gut werden würde, dass sie sich keine Sorgen machen müsste. Auch wenn dem vielleicht gar nicht so war.

Wolken hatten sich vor die Sonne geschoben und es wurde nun deutlich kühler. Berti knöpfte sich den Mantel zu. Es war an der Zeit, zur *Casa Armonia* hochzufahren. Sie würde lüften müssen und später ein Feuer im Kamin anzünden.

»La signora desidera ancora qualcosa?« Sie hatte das Auftauchen des Kellners nicht bemerkt, der mit seinem Tuch schwungvoll einen imaginären Krümel vom Tisch fegte und den Aschenbecher zurechtschob. Außer Berti besetzten nur noch zwei Mütter mit Kinderwagen, ein alter Mann in Begleitung seines übergewichtigen Basset Hounds und ein Zeitung lesendes Rentnerpaar die Plätze im Freien. Er war unterbeschäftigt.

»No grazie, il conto per favore!« Klar wünschte sie noch etwas, aber nichts von dem hätte ihr der nette junge Mann, der sicher aus einer der nahen italienischen Ortschaften täglich hierher zur Arbeit kam, erfüllen können. *Ja gerne, bitte einen guten Rat, wie ich mit meinem Noch-Ehemann umgehen soll.*

Ja, wenn Sie mir bitte bei der Beantwortung einiger existentieller Fragen behilflich sein könnten. Oder haben Sie eine Idee, wie ich meine Haushälfte zurückbekomme?

Sie legte einen aufgerundeten Betrag für Tee, Apfelkuchen und Mineralwasser auf den Tisch. Vor mehr als einundzwanzig Jahren hatte sie selbst noch zum Servicepersonal gehört. Nicht weit von hier, in Richtung *Via Borgo*.

Was, wenn Heinrich damals nicht an einem der von ihr bedienten Tische gesessen hätte? Was, wenn sein umwerfendes Lächeln – was war überhaupt aus dem geworden? – ihr nicht völlig den Verstand geraubt hätte? Das waren müßige Fragen.

Viel nützlicher hingegen war diese: Was, wenn sie dafür jetzt, fast einundzwanzig Jahre später, ihren Verstand – und den hatte sie! – gebrauchen würde, um eine Lösung für die Heinrich-Misere zu finden?

Berti schob energisch ihren Stuhl nach hinten und stand auf.

Was hatte sie unlängst einer verzagten Klientin gesagt, die am Gelingen ihres Handelns zweifelte und Angst vor dem Scheitern hatte?

Wenn Sie nichts tun, haben Sie bereits verloren.

30

IM SCHLAF hätte sie die Strada Collina hinauffahren können. Und sie würde sich nicht wundern, wenn auch ihr Golf ohne ihr Zutun dazu in der Lage wäre. Vorbei ging es an Hotels und terrassierten Eigentumswohnungen, an verschlossenen Fenstern, die darauf hindeuteten, dass ihre Eigentümer nur zur gelegentlichen Aufwartung Zeit fanden. Vorbei an Villen, die sich den Blicken der

Passanten durch Pflanzenwuchs, Mauern und Umzäunungen entzogen. Und vorbei auch an ein paar Häusern der schlichteren Art. Zu Letzteren zählte die *Casa Armonia*, die in früheren Zeiten eine Dependance und Teil eines großzügigen Anwesens mit dem Haupthaus in Sichtweite gewesen war.

Bertis Großmutter Amalia war das Haus, zusammen mit tausend Quadratmetern Land, nach dreißig Arbeitsjahren von ihrer Arbeitgeberin, Tochter einer norddeutschen Reederfamilie und frühere Jüngerin des alternativen Siedlungsprojekts am Monte Verità, überlassen worden. Sehr zum Ärger der Verwandtschaft.

Gelebt hatte Großmutter Amalia nie in dem Haus, konnte aber nach dem Tod ihrer Gönnerin mit der Vermietung als Ferienhaus Bertis Psychologiestudium finanzieren. Noch heute tat es Berti leid, durch ihren Studienabbruch der Vision der *Nonna* nicht gerecht geworden zu sein, die erste Akademikerin in der Familie gefördert zu haben.

Sie war fast angekommen. Die Straße führte nun wieder bergab. Linker Hand zeigte sich die Einfahrt zur *Casa Armonia*. Vor dem unscheinbaren Metalltor parkte Berti ihren Golf, blieb aber noch einen Moment darin sitzen. Mit jedem Meter, den sie sich genähert hatte, war dieses warme Gefühl in ihr gewachsen, das sich mit verlässlicher Regelmäßigkeit einstellte.

Der Bambus rechts vom Tor musste zurückgeschnitten

werden. Sie freute sich auf die Arbeit. Und links die Palmen, die so üppig wuchsen, nach nichts verlangten, einfach da waren. Berti stieg aus, sog die Luft ein, die einen ganz eigenen Duft hatte. Aber vielleicht bildete sie sich das auch nur ein.

»Ciao Alberta!« Der Rufer stand auf der gegenüberliegenden Straßenseite und winkte ihr zu. Lorenzo, Untermieter und nebenberuflicher Hauswart der *Villa Lucertula*. Er war gerade dabei, die Garageneinfahrt zu fegen. Vermutlich hatten die Hauseigentümer, ein Immobilienhändler aus Düsseldorf und sein Lebenspartner, ihre baldige Ankunft angekündigt.

»Ciao Lorenzo. Come va?«

»Gut, gut.« Er überquerte die Straße und gab ihr, immer noch den Besen in der rechten Hand, drei Wangenküsse. »Du siehst ausgezeichnet aus! Schön wie immer.« Das war gelogen, aber Berti freute sich trotzdem über die Nettigkeit.

»Du aber auch! Das Lehrerdasein scheint dich jung zu halten.«

Sie kannte Lorenzo aus lange zurückliegenden Zeiten und genoss es ein bisschen, heute besonders, dass er nach wie vor eine Schwäche für sie zu haben schien.

Er war Deutschlehrer am örtlichen Gymnasium und ergriff gerne die Gelegenheit, mit ihr Deutsch zu sprechen, auch wenn Italienisch selbstverständlich naheliegender gewesen wäre.

»Ohne deinen Gatten?« Lorenzo liebte die nicht mehr ganz zeitgemäßen Wendungen.

»Ja, ohne.« Berti beließ es bei der kurzen Antwort. Es war nicht der Moment für mehr. »Ich muss jetzt rein und für Wärme sorgen. Ci vediamo!«

»Melde dich, wenn du Hilfe brauchst.« Er zwinkerte ihr freundlich zu, bevor er besenschwingend zu seinem Haufen zusammengefegter Blätter zurückkehrte. Und von der anderen Straßenseite rief er ihr noch zu: »Oder Gesellschaft.«

Im Haus öffnete sie kurz die Fenster des Erdgeschosses. Dann setzte sie Teewasser auf und verstaute die mitgebrachten Lebensmittel in Speisekammer und Kühlschrank. Wenn sie wollte, konnte sie einige Tage im Haus bleiben, ohne dass es ihr an etwas fehlen würde.

Sie war stolz, das Feuer im Kamin in kürzester Zeit zum Lodern gebracht zu haben. Wie wichtig Heinrich damit immer tat! *Schau her, Berti, erst die zerknüllten Zeitungen. Dann die perfekt aneinandergelehnten Scheite …* Wie ein Zauberkünstler hantierte er vor dem Kamin. Fast erwartete man ein finales *Abrakadabra*, wenn er schließlich das Streichholz entzündete und ans Papier hielt. Er, der Herr aller Kaminfeuer, war dann allerdings nicht selten in eine Rauchwolke gehüllt. Natürlich kannte Heinrich den oder die Schuldigen dafür: Der niedrige Luftdruck oder das zu feuchte Holz. Trotzdem hatte sie ihm das Ritual bislang gerne überlassen und diskret ignoriert, dass das Ergebnis so manches Mal hinter den großen Worten zurückblieb.

Sie blieb vor dem Kamin stehen, nahm die Wärme in sich auf und nippte am würzigen Rooibos-Tee. Dabei glitt ihr Blick über all die auf dem Sims aufgereihten Fotos, die sie über die Jahre kaum mehr betrachtet hatte.

Da war das Porträt von *Nonna* Amalia, mit ernstem Ausdruck, sorgfältig geknotetem Haar und aufrechter Haltung. In ihrer Zeit wurden Fotos nicht im Minutentakt geknipst. Fotografiert zu werden war etwas, das Geld kostete und mit Bedacht angegangen wurde. Amalie hatte sich Berti nach dem Tod ihrer Tochter, Bertis Mutter, angenommen und ihr alles denkbar Mögliche zukommen lassen, allem voran ihre ganze Liebe. Fast schien es Berti nun, als wären ihre warmen braunen Augen bekümmert auf sie gerichtet, was sie ihr nicht verdenken konnte. *Nonna, dein Haus! Und ich bin schuld!*

Die Großmutter hatte es nicht gerne gesehen, dass ihre Enkelin eine Liaison mit einem verheirateten Mann begonnen hatte. *Er hat ein kleines Mädchen, Berti. Möchtest du wirklich einen Mann, der seine Familie im Stich lässt?* Wahrscheinlich hatte sich die Nonna dabei auch an Bertis Vater erinnert. War doch ihr Schwiegersohn ähnlich unachtsam mit Frau und Kindern umgegangen.

Oh, wie hatte Berti die Worte der Großmutter damals vom Tisch gefegt. Wenn man etwas unbedingt wollte, so wie sie damals ihren Heinrich, dann gab es viele Kunstgriffe, sich unliebsame Einwände vom Leib zu halten.

Berti wischte mit dem Ärmel ihrer Bluse über den leicht staubigen Rahmen und schob das Bild ein bisschen nach vorne, gab ihm den Vortritt vor dem ihrer Mutter Magda.

Mit ihr hatte Berti die ersten zwölf Jahre ihres Lebens in Luzern verbracht, bis Magda bei einem Autounfall ums Leben gekommen war. Es waren erschreckend wenig greifbare Erinnerungen, die sie an ihre Mutter banden.

Daneben Lukas, ihr acht Jahre älterer Bruder, der bereits mit achtzehn von zu Hause weggegangen war, in Kanada sein Glück gesucht und bis heute nicht gefunden hatte. Der ihr nicht verziehen hatte, in den Genuss der Liebe und des Erbes der *Nonna* gekommen zu sein, auch wenn er selbst nie auch nur die kleinste Anstrengung unternommen hatte, an ihrem Leben, dem der Großmutter und dem seiner Schwester teilzuhaben.

Im Hintergrund ein Foto ihres Vaters, für den sie weder Groll noch besondere Zuneigung empfand. Der die Familie kurz nach ihrer Geburt verlassen hatte, um in der Romandie eine neue zu gründen. Er hatte ihr das Foto im silbernen Rahmen aus unerfindlichen Gründen zur Hochzeit geschenkt. Pflichtbewusst hatte sie der seltsamen Gabe ein Plätzchen in der Reihe auf dem Sims zugeteilt. Vielleicht aus einem Bedürfnis nach Vollständigkeit, denn immerhin war er ihr Vater. Allen Widrigkeiten zum Trotz war es ihnen gelungen, in Kontakt zu bleiben, wenn auch nur durch den gelegentlichen Austausch von Geburtstagsgrüßen und, als es noch üblich war, dies zu tun, bunten Ansichtskarten aus den Sommer- oder Skiferien.

Zur Rechten, ein bisschen abseits, ein Foto von Juliane als Teenager, in einem raren Moment Arm in Arm mit ihrem Vater Heinrich. So selig lächelnd, dass es Berti weh tat. Weihnachten, vor vielleicht zehn Jahren. Auch sie war glücklich gewesen. Heinrich so liebevoll. Mit Geschenken für sie und Juliane, überschäumend in seinem Eifer, es ihnen allen in der *Casa Armonia* gemütlich zu machen. Sogar einen mit Marzipan dekorierten Panettone hatte er mitgebracht, so groß, dass er die Hälfte des Küchentischs bedeckt hatte. Ja, auch das war Heinrich. *War* oder *war gewesen*?

Berti betrachtete den mit Muscheln beklebten Rahmen des Fotos aus guten Zeiten. Wie nicht anders zu erwarten, war er eine von Julianes Eigenproduktionen. Es war Berti gewesen, die für einen würdigen Platz auf dem Sims gesorgt hatte. Nun stellte sie das Bild in zentrale Position. Auch wenn sie heute auf Heinrichs Konterfei gut und gerne hätte verzichten können, war er ein Teil ihres Lebens, war er ihr Mann. Was sein würde? *Time alone – oh, time will tell.*

Da stand sie also vor der kleinen Auslese von Menschen, die ihr in familiärer Verquickung nahe war. Zwei von ihnen tot. Zwei durch räumliche und gefühlsmäßige Distanz von ihr getrennt. Eine, die nur ein winziges bisschen Tochter war. Einer, der ihr von Tag zu Tag fremder wurde.

Eine eher kärgliche Bilanz.

Aber was sollte das Selbstmitleid? Berti straffte die Schultern. Das war ihre ganz persönliche Biographie. Für manches in der Vergangenheit war sie verantwortlich, für vieles andere konnte sie nichts. Wie auch immer, es war vergangen. Aber für den Fortlauf der Geschichte, für den war sie zuständig.

31

Lara schob das Handy zurück in die Handtasche, die neben ihr auf dem Beifahrersitz lag. Das war das dritte Mal seit ihrem Treffen mit Heinrich im Panoramaresort vor einer Woche, dass sie kurz davor gewesen war, ihn anzurufen. Nein, es hatte keinen Sinn mehr. Aber die Vorstellung, ihm nie mehr nahe sein zu können, quälte sie. Diese Sylvia war schuld! Und doch, da war sie sich sicher, würde er dieser Natter in absehbarer Zeit überdrüssig sein. Ob sie nachhelfen sollte? Aber wie?

Sie fuhr zu schnell und lenkte ihren Audi von der Überholspur auf die rechte Fahrbahn.

In den letzten zwanzig Jahren hatten sie beide mehrmals Versuche unternommen, der Affäre ein Ende zu bereiten. Einmal auf ihre Initiative hin, was tatsächlich eine fast zwei Jahre andauernde Unterbrechung ihres Verhältnisses nach sich zog. Sie hatte es dann irgendwann nicht mehr ertragen, ohne ihn zu sein. Oder war es Heinrich gewesen? Andere Male hatte er zum Abbruch gedrängt. Das Scheitern dieser ernstgemeinten Absichten war oftmals das Ergebnis eines einzigen Blicks gewesen, einer flüchtigen Berührung, wenn sie sich in seiner und Bertis Wohnung begegneten.

Und nun die Geschichte mit dieser Sylvia. Sie hatte noch vor Berti davon Wind bekommen, hatte aber dem Ganzen nicht all zu viel Bedeutung beigemessen. Schließlich wusste sie von seiner promiskuitiven Ader. Auch sie hatte als Geliebte keine Exklusivrechte gehabt, da machte sie sich nichts vor, war sich aber ihrer Rolle der mit Abstand Bevorzugten sicher gewesen.

Sie hatte Heinrich in einem feurigen Ausbruch zur Rede gestellt, was mit seinen beschwichtigenden Worten und ein paar leidenschaftlichen Stunden in ihrem Rückzugsort zu Ende gegangen war.

Vor zwei Monaten dann Bertis tränenreiches Telefonat: *Er will ausziehen!* In der Folge ihre Berichte, was sie von seiner Beziehung zu der Rothaarigen hatte in Erfahrung bringen können.

Es war eine bittere Pille, nun ebenfalls zugunsten einer

Jüngeren ausrangiert worden zu sein. Zuvor war *sie* die Jüngere gewesen. Damit hatte sich eine bizarre Situation solidarischer Verbundenheit mit Berti eingestellt, die keine Ahnung hatte, sich mit ihren Kümmernissen einer Schlange von Freundin anzuvertrauen. Ja, einer Schlange.

Lara umfasste das Lenkrad fester, als müsste sie sich beweisen, ein Mensch mit starkem Willen und kein kriechender Kaltblüter zu sein.

Sie war auf dem Weg nach Ascona zu Berti. *Hast du nicht Lust auf einen Kurzbesuch? Wir haben schon lange keine Gelegenheit mehr zum Schwatzen gehabt. Das tut uns nicht gut.*

Lara hatte nicht nein sagen wollen. Zu oft in letzter Zeit war sie ausgewichen. Nach der unangenehmen Sache mit Bertis Auftauchen im Pilgerweg, während Sabrinas Besuch bei ihr in Zürich, hatte Lara sich ausgiebig entschuldigt. *Ich weiß auch nicht, was mit mir los war, Berti. Accidenti, lavoro proprio troppo. Mi dispiace!*

Das stimmte, sie arbeitete zu viel. Aber natürlich hatte das mit dem Schreck rein gar nichts zu tun, der sie durchfahren hatte, als sie Berti bei Sabrina in ihrer Küche antraf.

All die Jahre war es ihr gelungen, ihre Schuldgefühle Berti gegenüber in Schach zu halten, ja, oftmals dermaßen von ihrer Person abzuspalten, als gäbe es gar keinen Betrug. Lara, eine weibliche Variante von *Dr. Jekyll und Mr Hyde*.

Sie hatte heimlich frohlockt, wenn sich Berti bei ihr

über die Flauten im Ehebett beklagte. Hatte ihre Eifersucht in Zaum halten müssen, wenn sie von den Ferientagen in der Provence berichtete, von den gemeinsamen Abenden bei Kerzenschein und Rotwein auf lavendelumwachsenen Terrassen.

Hatte Schreckensmomente kaschieren müssen, wenn Berti einen Verdacht hegte, ihr Heinrich könnte sie vielleicht betrügen.

Lara dachte an das Mal – sie war gerade von einem Stelldichein mit Heinrich zurückgekommen –, als Berti bei einer Begrüßungsumarmung an ihrem Hals geschnuppert hatte. *Hmm, Eau Sauvage. Hast du etwa einen neuen Galan, der das gleiche Eau de Toilette benutzt wie mein Heinrich? Erzähl mal!* Und dann: *Aber hoffentlich nicht Heinrich selbst.* Berti hatte über ihren Scherz laut gelacht – zu laut? –, und sie selbst hatte mit einem so gequälten und verlogenen Lachen eingestimmt, dass ihr davon speiübel wurde. Wie von einem ungenießbaren Sushi-Röllchen, das man beim Gastgeber lobte, obwohl man sich des Happens am liebsten in der Serviette entledigen würde.

Nur ihren Zorn auf Heinrich, als sie von Berti in Details zu dieser Sylvia-Geschichte eingeweiht wurde, den musste sie nicht heucheln.

Lara spurte auf die Autobahnausfahrt *Lago Maggiore* ein. In einer Viertelstunde würde sie in Ascona ankommen, kurz vor Einbruch der frühen Dezemberdunkelheit.

Sie dachte an Bertis Handy-Mitteilung von gestern Morgen: Heinrich hatte den Verkauf der *Casa Armonia* ins Spiel gebracht. Wie dreist von ihm! Dass Heinrich angeblich dringend Geld brauchte, hatte Berti noch geschrieben. Wofür brauchte er Geld? Für seine neue Geliebte? War die so anspruchsvoll?

Lara konnte sich gut erinnern, wie ihr Berti vor vielen Jahren von ihrer Absicht erzählt hatte, Heinrich am Besitz des Hauses in Ascona zu beteiligen. Sie hatte sie nach ihrer Meinung gefragt. Und das, ja, das war wohl eines der Male gewesen, wo sie ihre Freundin wirklich verraten hatte.

Warum nicht? Heinrich würde das zu schätzen wissen und sicher nie zu deinen Ungunsten nutzen, hatte sie gesagt. Sie, die besser als jede andere wusste, wie es um Heinrichs Loyalität bestellt war, hatte so etwas gesagt. Das war zu einem Zeitpunkt gewesen, als sie sich nochmals Hoffnungen auf Heinrichs Entscheidung für sie gemacht hatte.

Schnell schob sie die Erinnerung an diese besondere Illoyalität von sich. Das war lange her. Und jetzt?

Der Gedanke an den mit Berti zu verbringenden Abend bereitete ihr Unwohlsein. Das war seltsam, hatte es doch Tausende von Momenten gegeben, in denen sie Grund genug gehabt hätte, Berti mit schamrotem Gesicht gegenüberzusitzen. Stattdessen hatte sie ihr lachend zugeprostet oder sich bei ihr eingehakt.

Morgen, gleich nach dem Frühstück, würde sie wieder nach Hause fahren. Sie hatte bereits ein Treffen mit einem Mandanten erfunden, um Bertis Klage über die Kürze des Aufenthalts entgegenzuwirken.

Ein Mandant? Am Samstag?

Ja, du weißt ja. Bei mir gibt es kein Wochenende. Und wieder eine dieser reflexartigen Lächel-Attrappen, die sie so gut beherrschte. Aber das konnte Berti am Telefon nicht sehen.

Und wenn auch.

Sie parkte ihr Auto hinter Bertis Golf auf der Zufahrt zum Haus. Das Tor hatte Berti vorsorglich für sie geöffnet.

»Schön, bist du gekommen!« Liebe Worte und eine herzliche Umarmung von Berti.

»Ist doch klar, dass ich dich nicht allein lasse, wenn es um *das* geht.« Lara wies auf das hellgelbe Haus, mit dem nicht mehr ganz makellosen Putz und den dunkelgrün gestrichenen Fensterläden. Die Front- wie die Hangseite war von den Ranken einer kahlen Glyzinie bedeckt, die im Frühling mit ihren lila Blüten und dem intensiven Duft auftrumpfen würde. Jetzt gab sie den Blick auf die bizarr verholzten Windungen frei, die sich um das Schmiedeeisen eines der mehreren kleinen Balkons des Hauses schlangen.

Ein Juwel, die *Casa Armonia.* So schlicht und unscheinbar es war inmitten des dschungelhaften Grüns von Bambus, Palmen und üppigen Kameliensträuchern, so wohl konnte man sich darin und darum herum fühlen. Im Sommer auf den Steinbänken unter der rebenbewachsenen Pergola beim Küchenausgang oder auf der seeseitigen Terrasse mit dem atemberaubenden Blick. Im Winter vor dem schwarz verräucherten Kamin in der Küche oder im heimeligen Wohnzimmer mit den Kastanienholzdielen.

»Komm rein! Es wird kalt hier draußen. Wir können am Feuer weiterreden. Ich habe schon Tee aufgebrüht!« Berti, die bester Laune und kein bisschen niedergeschlagen schien, zog Lara zum Eingang. Etwas leiser fügte sie hinzu: »Lorenzo, mein alter Bekannter, ist gerade hier. Wird aber gleich gehen, dann sind wir ungestört.«

»Lorenzo?« Lara konnte sich vage erinnern, den Namen schon gehört zu haben.

Auf einem der Stühle am Kamin saß besagter Lorenzo mit einer Tasse Tee in der Hand. Als die zwei Frauen den Raum betraten, stand er auf. »Ich gehe, ich gehe«, sagte er mit absichtlich übertriebenem Eifer, und zu Lara gewandt: »Sie sind also Bertis liebe Freundin Lara! Freut mich Sie kennenzulernen. Lorenzo, mein Name.« Er sprach Deutsch mit italienischem Akzent und auf etwas geschraubte Art. Lara wusste nun wieder, dass Berti ihn schon erwähnt hatte, den Deutschlehrer des hiesigen Gymnasiums, der einige Jahre im Rahmen eines Austauschprogramms in Australien unterrichtet hatte. Dass er mit ihr nun wirklich nicht Deutsch sprechen musste, kam ihm wohl gar nicht in den Sinn.

Er sah sympathisch aus, dieser Tessiner. Mit seinem graumelierten Lockenkopf, den grünbraunen Augen und dem gemütlichen Bauchansatz. In seinen abgeschabten Jeans, dem karierten Hemd und der alten Wildlederweste darüber, war er lange nicht so ein smarter Typ wie Heinrich. Und die Frauen schauten ihm gewiss nicht hinterher, wie es diesem immer noch widerfuhr. Aber dafür war er sicher einer, bei dem man nicht in ständiger Alarmbereitschaft sein musste.

Als er gegangen war, nahm Berti Laras Kommentar gleich vorweg.

»Damit es klar ist, nur ein guter Bekannter von früher. Mehr nicht.« Und mit mehr Ernst fügte sie hinzu: »Das wäre auch das Letzte, was ich im Moment brauchen könnte.«

»Ich sag ja gar nichts.« Vielleicht hätte Lara unter anderen Umständen tatsächlich irgendeine scherzhafte Anspielung gemacht. Aber da war wieder dieses alte, unkontrolliert hervordrängende Gefühl von Neid und Missgunst Berti gegenüber, das nicht Ruhe geben wollte. Dass diese den Mann hatte, den sie wollte – was gar nicht mehr stimmte, aber egal – und es trotz ihrer einundfünfzig Jahre immer noch schaffte, Männer ihres Alters anzuziehen. Das hatte sie eben wieder bemerkt, bei diesem Lorenzo. Wie er sich von Berti verabschiedet hatte! Dabei war Berti doch nie eine schöne Frau gewesen. Attraktiv, ja, apart auch. Einnehmend gewiss.

»Setz dich doch hin, Lara. Tee?« Berti hielt die Kanne schon in der Hand.

»Gerne!« Lara hielt ihr die Tasse entgegen.

Sie nippte an der dampfenden Flüssigkeit. Das lodernde Kaminfeuer, die einlullende Wärme und der wunderbare Duft der Kastanien, die Berti kurz vorher im Kamin geröstet hatte, halfen ihr dabei, sich zu entspannen.

»Und, weißt du schon, wie's nun weitergeht mit dem Haus?« Lara fühlte sich unwohl mit dem Thema, aber nichts dazu zu sagen, wäre in Anbetracht der Brisanz der Sache seltsam gewesen.

»Nein, ich werde nochmals mit Heinrich darüber reden. Es muss einfach eine andere Lösung geben als den Verkauf. Was war ich nur für eine Idiotin!« Berti puhlte mit betrübter Miene die verbrannte Schale von einer der Kastanien und schob sich ein Stück des nussig süßlichen Fruchtfleischs in den Mund. Die Leichtigkeit, die Berti anfangs noch gezeigt hatte, war verflogen.

»Und du sagst, ihr wärt ohne das Geld für das Haus bankrott? Wie konnte das denn passieren?« Lara erinnerte sich nicht, je mit Heinrich über Geld gesprochen zu haben. Was war da passiert?

»Na ja. Bankrott ist vielleicht übertrieben, aber … Mensch, ich weiß doch auch nicht.« Berti fuhr sich aufgebracht mit beiden Händen durch die Haare.

Lara wusste nur zu gut, wie erschreckend wenig Berti in Geldsachen der selbständigen Frau entsprach, die sie in ihrer Rolle als Coach ausstrahlte. Wirklich kaum zu glauben, dass gerade sie, die anderen Beistand anbot, in solch einer gedankenlosen finanziellen Abhängigkeit von ihrem Mann leben konnte. Wenigstens was das betraf, konnte Lara triumphieren. Sie hatte sich ihr Studium fast alleine finanziert und in den Jahren danach genügend Geld verdient, um nicht nur selbst gut dazustehen, sondern auch für Sabrinas Leben in Genua großzügig aufkommen zu können. Heinrichs Unterstützung hatte sie dabei nie erfragt, nie gebraucht.

»Stell dir vor, wir lassen uns scheiden! Ich wäre doch auf seine Alimente angewiesen. Mit dem, was ich beim Coaching verdiene, kann ich gerade mal eben die Miete in der Löwenstraße bezahlen. Wenn's hoch kommt, springen vielleicht noch fünfhundert Franken zusätzlich raus. Das reicht nicht hinten und nicht vorne. Und in anderen Jobs bin ich bei meinem Alter und meinen Voraussetzungen auch keine heiße Ware.« Mittlerweile standen Bertis Haare vom vielen Raufen zu Berge, so als hätte sie diese mit Kamm und Haarspray toupiert. Lara streckte ihre Hand aus und fuhr glättend über die am frechsten abstehende Strähne. Die nun völlig entmutigte Berti nahm davon kaum Notiz und sinnierte weiter laut vor sich hin. »Und wenn er seine Haushälfte in Flüssiges umwandeln muss, um die Kanzlei halten zu können und wieder in Schwung zu bringen, dann ist das absolut in meinem Interesse, sosehr es mich auch wurmt.« Jetzt liefen sie, die Tränen. »Ach was: *wurmt.* Sosehr es mich quält«, schluchzte sie. *Quält* wurde dabei um mindestens drei *Äs* länger.

Lara stand auf und kniete sich neben Bertis Sessel.

»Das siehst du sicher richtig.« Sie legte ihr die Hand auf den Arm. »Aber eventuell gibt es noch eine andere Lösung. Irgendeinen liquiden Geldgeber, der zur Überbrückung beitragen kann.« *Ich, zum Beispiel*, dachte Lara, aber sagte es nicht. Nein, das würde sie nicht tun. Wer weiß, wofür Heinrich das Geld wirklich wollte. Für irgendein Projekt mit dieser teuflischen Verführerin vielleicht?

»Da ist noch was.« Berti zog geräuschvoll und ungeniert die Nase hoch. Ihre Stimme war wieder klar. »Als ich gestern Nachmittag im Schuppen in Heinrichs alten Parka geschlüpft bin, habe ich in der Manteltasche einen komischen Brief gefunden. Schon fast vier Jahre alt, zu seinem einundfünfzigsten Geburtstag.«

»Warum hast du denn seinen Parka angezogen?« Lara war mulmig zumute.

»Was tut das denn zur Sache? Ich wollte unter der Magnolie das Laub zusammenrechen.«

»Also, was für ein Brief?« Lara bemühte sich um Gelassenheit.

»So was wirklich Billiges.« Berti zog ein Blatt aus der Hosentasche, entfaltete es und las vor:

Mein Raubtierbändiger – sie hielt augenrollend inne – *zu deinem 51. Geburtstag schenke ich dir ganz viel von dem, was die zwei Zahlen deines Alters addiert ausdrücken!! Habe alles für morgen Abend organisiert. Am üblichen Ort. Ich kann es kaum erwarten. P.*

Der übertrieben einfältige Tonfall, den Berti fürs Vorlesen gewählt hatte, ließ keine Zweifel daran, was sie von der unbekannten Schreiberin hielt.

Lara fuhr sich mit dem Handrücken über die Stirn. Das Kaminfeuer hatte den Raum überheizt. »Entsetzlich!« Dem Himmel war Dank, dass Berti keine Ahnung hatte, was genau Lara *entsetzlich* fand.

»Ja, wirklich. Wer kann nur so einen dämlichen Schund verzapfen? Und wer könnte *P* sein?« Berti schien fast mehr über das Niveau des Schriebs empört zu sein, als über das, was er aussagte: Heinrichs Untreue noch bevor es eine Sylvia gab.

P stand für *Pantera*, das italienische Wort für Panther. Heinrich hatte Lara oft so genannt. Hatte! Sie gefiel sich damit. In diesem Moment waren sowohl der Kosenamen wie die Abkürzung ihre Rettung. Berti schien wirklich nicht den geringsten Verdacht zu haben, obwohl der Brief handschriftlich verfasst war. Erkannte sie die Schrift ihrer Freundin wirklich nicht wieder? Bertis gelegentliche Unbedarftheit – oder war es selektive Wahrnehmung? – erstaunte Lara immer wieder aufs Neue. Sie stand in einem seltsamen Widerspruch zu ihrer Intelligenz.

»Keine Ahnung. P wie Paula, P wie Petra, P wie Priska ...« Lara hatte sich gefasst. Sie tanzte auf dünnem Eis, aber Berti schien tatsächlich ahnungslos. Sie musste ein paar falsche Fährten legen. »Vielleicht eine Mandantin? Oder jemand aus dem Rotary Club?«

Berti schaute nachdenklich ins Feuer. »Ja, das könnte sein. Auf jeden Fall ist es so geschmacklos, dass ich es nicht mal richtig ernst nehmen kann. Ich meine, Lara, welche Frau schreibt so etwas. *Raubtierbändiger!* Das ist ja so was von primitiv. Ach was sag ich: *peinlich*. Einfach nur peinlich und nuttig.« Bertis Stimme war in Crescendo.

»Kann man sagen«, presste Lara gequält hervor. Was als spöttisches Lächeln gedacht war, sah von außen wohl eher wie ein eingefrorenes Grinsen aus. Was sollte sie dazu auch sagen? Wer sah sich schon gerne mit dem Verdikt konfrontiert, Verfasser von Niveaulosigkeiten zu sein? Noch dazu, wenn es um Intimes ging?

»Wir müssen Holz nachlegen. Das Feuer geht aus.« Lara stand auf und beschäftige sich ausgiebig mit den Holzscheiten.

»So eine Frau macht mich noch nicht mal eifersüchtig«, hörte sie Berti hinter sich sagen. »Da konnte es ja nur um Sex gehen. 6 wie Sex! Ha!«

32

CREMEWEISS war ihr Deux-Pièces heute. Cremeweiß mit schwarzen Akzenten in Form von Paillettenrändern an Ärmeln und Kanten. An den Handgelenken und um den Hals Gold. Viel Gold.

Nur wer sich, wie Rosa, ohne einen Gedanken verschwenden zu müssen, den Luxus von Taxis leisten konnte, schaffte es bei solchem Schmuddelwetter, unbefleckt von einem Ort zum anderen zu gelangen.

Diesmal hatte sie sich die Haare platinblond färben lassen. Der Bahnhofstraßen-Edel-Figaro hatte zur Krönung des Werks eine kecke schwarze Strähne in die helle Pracht gezaubert. Auf ihren ausdrücklichen Wunsch, wie sie betont hatte.

Berti verspürte den Drang, das schwarze Schwänzchen wegzuschneiden, während Rosa von Richie, seinen Kindern und Enkeln und der Südstaatenvilla mit den mächtigen Säulen in Dallas erzählte.

Die Sitzung nach der längeren Pause fiel eigentlich gar nicht in die Kategorie Coaching. Bertis Klientin war bester Dinge und, wie sie sich ausdrückte, nach wie vor mit jeder Zelle ihres Körpers in Richie verliebt. Das waren sehr viele.

Ihr abgelegter Helmut war murrend aus der Villa am Züriberg ausgezogen.

»Einen Anwalt hat er auch schon engagiert. Wegen seiner Ansprüche.« Das sagte Rosa so vergnügt, als handelte es sich bei den Ansprüchen um ein paar silberne Löffel oder die zwanzig Bände des *Brockhaus*.

»Aber was sind schon ein paar Millionen, wenn es um das große Glück geht!« Das *große Glück* unterstrich sie mit einer ausladenden Handbewegung und viel Goldgeklimper.

Wobei, so fand Berti, besagtes Glück schon allein darin bestand, sich um Geld nicht die geringsten Gedanken machen zu müssen.

»Und wissen Sie was, Berti?« Sie beugte sich von ihrem Stammplatz auf dem blauen Zweiersofa so nahe wie möglich zu Berti hinüber. Eine Wolke *Les Larmes Sacrees de Thebes*, erlesenes Geschenk von Richie, umwehte deren Nase. »Das verdanke ich alles Ihnen! Ohne Sie hätte ich nicht begriffen, dass ich mein Leben in die Hand nehmen musste. Und dass es keinen Sinn haben würde, auf Helmuts Liebe zu warten wie ...«, sie hielt inne, nach einem geeigneten Vergleich suchend, »wie ein Hund auf den gefüllten Fressnapf.« Zufrieden mit dem Bild lehnte sie sich zurück.

»Ohne Sie hätte ich nicht den Mut gehabt, alleine eine Kreuzfahrt zu unternehmen. Und wie hätte ich dann Richie kennengelernt?«

Darauf hatte Bertie keine Antwort. Überhaupt war sie überwältigt von dem, was sie Rosas Worten zufolge alles ausgelöst haben sollte. Ein dicker Hefekloß gärte in ihrem Hals und blähte sich zu erstickender Größe auf. Ehe sie sich versah, liefen ihr dicke Tränen über die Wangen. Sie wühlte in ihrer Hose nach einem Taschentuch. Ohne Erfolg. Rosa war hinter dem nässlichen Schleier verschwunden und alles, was Berti mitbekam, war deren erschrockenes: »Aber meine Liebe, was ist denn los?«

Die heiligen Tränen von Theben näherten sich in ihrer ganzen duftenden Kraft ihrem eigenen sprudelnden Augenwasser und unfeinen Schniefen. Rosa musste sich von ihrem Platz aus um das kleine Tischchen herum zu ihr hinüber manövriert haben. Ein Taschentuch, von fürsorglicher Hand geführt, tupfte das Nass von ihren Augen und vermutlich auch ein Rinnsal zerlaufenen Lidstrichs. Sie bekam ein weiteres Papiertaschentuch zum Naseschnäuzen in die Hand gedrückt. Rosa, von der Aktion außer Atem, schnaufte ihr ins Ohr: »Nun müssen Sie mir aber erzählen, was Sie so traurig macht.«

Berti hatte nicht nur klare Sicht zurückgewonnen, sondern einen Rest klaren Verstandes. Wie konnte sie sich nur vor ihrer Klientin in Tränen auflösen? Die hatte sich bereits einen Stuhl herangezogen und sich direkt neben ihr niedergelassen. Sie griff nach Bertis rechter Hand und hielt sie zwischen ihren goldberingten Händen. »Nun?«

»Oh, Rosa. Das gehört nicht hierher. Vergessen Sie die letzten drei Minuten einfach.«

»Papperlapp. Nichts werde ich vergessen. Also, schießen Sie los!«

»Rosa, die traurige Wahrheit ist: Nichts von dem, was Sie geschafft haben, gelingt mir selbst. Und wahrscheinlich habe ich nicht mal dazu beigetragen, dass Sie zu sich und ihren Bedürfnissen gefunden haben.« Eine neue Welle von Selbstmitleid erfasste Berti, begleitet von einem rüpelhaften Schluckauf.

»Na, na, na.« Rosa tätschelte Bertis Knie. »Warum machen Sie sich so klein?«

»Mein Mann will mich verlassen und mein Haus verkaufen. Unser Haus.«

Unser Haus verblubberte in einem weiteren Schluchzen zu *Undistaus*, was gar nicht so daneben war.

Die Geschichte sprudelte nun aus Berti heraus. All die Zeit hatte sie sich vernünftig verhalten, na ja, meistens jedenfalls. Hatte sich sogar noch an ihrem besonnenen Schweigen ergötzt. Und nun? Der Coaching-GAU! Ihre eigene Klientin tätschelte ihr tröstend das Knie, während sie dieser Privates anvertraute. Das war ein Grad an mangelnder Professionalität, der sich nur schwer überbieten ließ.

Berti fühlte sich schlagartig nüchtern, wie ein Trunkenbold, der mit einem Guss kalten Wassers zur Raison gebracht worden war. »Rosa, das tut mir jetzt wirklich entsetzlich leid. Was habe ich mir nur dabei gedacht!« Sie stand auf und zog energisch ihren beigen Kaschmirpullover zurecht, stellvertretend für die aus den Fugen geratene Sitzung. »Selbstverständlich schulden Sie mir für das heutige Gespräch nichts«, fügte sie noch hinzu.

»Ach was. Das Doppelte haben Sie sich verdient! Eigentlich bin ich ja froh, dass Sie auch ein Mensch aus Fleisch und Blut sind. Und Berti«, sie hielt bedeutungsvoll inne, »das dürfen Sie sich so nicht bieten lassen. Das mit dem Haus, meine ich. Lassen Sie sich beraten!«

Rosas Anteilnahme löste bei Berti einen weiteren Tränenschub aus. *Les Larmes Profanes de Berti.* Nachdem der Dammbruch schon im Beisein Laras in der *Casa Armonia* stattgefunden hatte, begann Berti, an der erleichternden Kraft des Wasserflusses Gefallen zu finden.

33

MARTHA SPIESS saß regungslos an ihrem Schreibtisch, als hätten sich die Lavamaßen des Vesuv über sie ergossen. Seit einer Stunde hatte Heinrich die Kanzlei verlassen. Beim Hinausgehen hatte er noch einen letzten flattrigen Blick auf sie geworfen.

Es war längst dunkel, und eigentlich hatte sie vorgehabt, den Feierabend für ein paar Weihnachtseinkäufe zu nutzen, da am Donnerstagabend die Geschäfte bis einundzwanzig Uhr geöffnet waren. Danach stand ihr jetzt allerdings nicht mehr der Sinn. Endlich stand sie auf und ging in Heinrichs Büro. Heute würde sie sich gestatten, was sie sich all die Jahre niemals erlaubt hätte: Sie öffnete den Schrank mit den Spirituosen. Im verspiegelten Fach mit ausklappbarer Tür befand sich eine beträchtliche Auswahl an Whiskeys, Cognac, Gin und Grappa. *Für die Mandanten*, war Heinrich Fischers Deklaration. Tatsächlich aber war er selbst, das wusste sie, ein regelmäßiger Konsument der goldenen oder glasklaren Flüssigkeiten, denn die Gläser zu spülen und zu trocknen war ihre Aufgabe. Jetzt griff *sie* nach der Flasche mit dem *Remy Martin* und goss sich eine überaus großzügige Portion in einen der kristallenen Schwenker. Dann ließ sie sich in Heinrichs Sessel nieder – noch ein Sakrileg – und kippte die Hälfte der honigfarbenen Flüssigkeit in zwei kräftigen Schlucken hinunter. Wie wohl das tat, erst das Brennen und dann die sich wie Tentakel ausbreitende Wärme. Genau das, was sie jetzt dringend brauchte.

Heinrich hatte ihr eröffnet, dass er die Kanzlei verkaufen müsse. Mehr noch, ein Käufer stand bereits in Wartestellung. Er ging, so hatte er betont, von ihrer Kenntnis der misslichen Geschäftslage der Kanzlei aus, womit er durchaus recht hatte. Natürlich war ihr die nicht entgangen. Aber dass ihr Chef deswegen gleich die Flinte ins Korn werfen würde, dafür sah sie weder eine Notwendigkeit, noch hätte sie es überhaupt für möglich gehalten.

Der Nachfolger hat eigene Angestellte, die er mitzu-

bringen beabsichtigt, Frau Spiess. Er möchte Sie leider nicht übernehmen. Nicht übernehmen! War sie eine Requisite, ein Anhängsel, ein alter Aktenschrank? Etwas, das man *übernehmen* konnte oder eben nicht?

Sie war das Herz dieser Kanzlei! Gut, vielleicht nicht gerade das Herz, aber doch ein Organ, auf das man nicht einfach verzichten konnte.

Als er erfasst hatte, wie schockiert sie war, hatte er ihr eilig mehrere Monatsgehälter als Entschädigung zugesichert. Als wenn es ihr darum ginge! Dann war die Sache allerdings noch befremdlicher geworden. Sie solle doch bitte über alles *absolutes Stillschweigen* bewahren. *Absolut* hatte er dreimal wiederholt, wie eine Vinyl-Platte mit Sprung. *Selbstverständlich werde ich auch ihre Diskretion honorieren*, hatte er gesagt. Und auf ihr verstörtes Schweigen hin: *Es geht dabei um geschäftsinterne, taktische Überlegungen, die vornehmlich mit den Interessen des Nachfolgers zu tun haben. Auch meine Frau darf … darüber … nichts erfahren. Es würde sie zu sehr mitnehmen. Es wird der Moment kommen, an dem ich mit ihr darüber sprechen werde. Aber nicht jetzt und nicht in naher Zukunft!*

Letzteres hatte er in besorgtem Ton geflüstert, als sei seine Frau nicht nur eine fragile Patientin, von der jegliche Kümmernisse fernzuhalten waren, sondern als befände sie sich als versteckte Lauscherin in einem der Aktenschränke oder hinter dem Garderobenständer.

Jedenfalls klang das alles sehr absonderlich, und Martha konnte sich keinen Reim darauf machen. Und Schweigegeld? Warum ging er nicht einfach von ihrer Diskretion aus, wie all die Jahre?

Bevor er ging, hatte er dann seine Trumpfkarte gezogen: Ein tiefer Blick in ihre Augen, die seinen überzogen mit einem hauchfeinen Schleier von Melancholie. *Martha* – nicht Frau Spiess! – *Die Entscheidung ist mir nicht leichtgefallen, glauben Sie mir. Aber mich mit einem finanziellen Tief herumschlagen zu müssen liegt nicht in meiner Natur. Ich werde in Zukunft kürzertreten und mich lediglich in gelegentlichen Beratertätigkeiten ergehen. Der Mensch* – sein Blick war ins Unbestimmte geglitten – *braucht Zeit für die Kontemplation. Ich muss an meine seelische Gesundheit denken, meinetwegen dem Materiellen eine Zeitlang entsagen, bis sich Neues am Horizont abzeichnet.*

Für einen Moment hatte sich Martha fast von ihrer Anteilnahme überwältigen lassen. Eine Lebenskrise! So was konnte passieren.

Aber dann hatte sich etwas störend in diesen Anflug von Verständnis gedrängt. Heinrichs Geigentöne waren von einem schrillen Missklang durchschnitten worden. Schließlich war es noch nicht lange her, da hatte er sie auf eine knappe Halbtagsstelle zurückschrauben und ihr seine Geliebte als Kollegin unterjubeln wollen. Das hatte sie zu verhindern gewusst, und er hatte einen Rückzieher gemacht. Und jetzt plötzlich diese Wendung? Kontemplation? Materiellem entsagen? Seine Frau sollte nichts erfahren? Nein, da konnte doch etwas nicht stimmen. Sie, die ihm all die Jahre die Stange gehalten hatte, sollte nicht nur abgesägt, sondern auch noch mit Schmus eingeseift werden.

Martha leerte das Glas und begann aufs Geratewohl die Schubfächer von Heinrichs ausladendem Schreibtisch aufzuziehen. War es der Cognac, war es das Emotionskarussell, das Heinrich Fischers Mitteilung in Bewegung gesetzt hatte? Sie tat Dinge, die sie noch nie getan hatte. Am Schreibtisch ihres Chefs zu sitzen und Einblick in die Schubladen zu nehmen, erwies sich als prickelndes Novum. So prickelnd, dass ihr nach einem weiteren Schlückchen vom *Remy Martin Excellence* zumute war. Sie goss sich erst zwei Fingerbreit in den Schwenker und gleich darauf, da sie schon mal dabei war, noch einen Schuss obenauf. Diesmal ließ sie sich etwas mehr Zeit. Ein kennerhaftes Schwenken der goldgelben Flüssigkeit, wie sie es des Öfteren gesehen hatte. Dann ein feiner Schluck, den sie so lange im Mund hin und her bewegte, bis das Brennen nachließ.

Und weiter ging es mit dem Aufziehen der Schubladen. Ihr Inhalt barg keine Überraschungen. Die erwartete sie auch nicht. Es war die unerhörte Freiheit, die sie sich herausnahm, die sie erregte. Um so mehr, als ihr nun klargeworden war, dass mit Heinrich Fischers Eröffnung und seinen sich blumig darum herum rankenden Erklärungen etwas faul sein musste. Sie zog an der mittleren, schmalen Schublade direkt unter der Deckplatte, die zwar mit einem Schloss versehen, aber offensichtlich nicht abgeschlossen worden war. Warum auch? Heinrich Fischer konnte seiner Perle Martha Spiess schließlich vertrauen. Gleich obenauf lag ein Blatt, das nichts mit der Kanzlei zu tun hatte. Dafür hatte sie ein Auge. Schon hatte sie es in der Hand. *Nonimmigrant Visa*. Es sah aus, als handelte es sich um die Kopie eines bereits ausgefüllten Formulars. Martha überflog die eingefügten Daten. Kein Zweifel, Heinrich Fischer beantragte eine zeitlich begrenzte Arbeitserlaubnis in den USA. Und einen Arbeitgeber gab es auch schon. Zu Marthas Cognac-Hitze gesellte sich eine weiterer heißer Strom: Hier war ihr nicht nur ein nettes kleines Bärchen, sondern ein Bär der ausgewachsenen Sorte aufgebunden worden.

Ihre Hand, mit der sie das Blatt hielt, zitterte. Martha stand auf, musste sich kurz an der Tischplatte abstützen – der Cognac! – und ging zum Kopierer ins Vorzimmer, zurück in ihr Reich. Noch während der Kopierer warm lief und sich zum Ausspucken des abgelichteten Dokuments bereit machte, hörte sie Schritte im Gang. Jemand steckte den Schlüssel ins Schloss und öffnete die Tür, die nur von innen über eine Klinke, von außen jedoch über einen Knauf verfügte.

Heinrich Fischer.

»Sie sind immer noch hier?« Zwischen seinen Brauen zeichnete sich eine steile Falte ab.

»Ja, ich muss noch ein paar Dokumente kopieren. Für den Fall … Riederer.« Das kam ein bisschen zittrig heraus, war aber inhaltlich nicht abwegig. Blitzschnell griff sie nach dem kopierten Blatt, das just in diesem Moment auf den Blattfänger des Kopierers gespuckt wurde. Gleich darauf fischte sie wie ein Trickdieb das Original unter der Abdeckung vor und schob beide Dokumente in eine Plastikmappe. Das geschickte Manöver war allerdings gar nicht nötig, denn Heinrichs Aufmerksamkeit richtete sich bereits auf die geöffnete Tür zu seinem hell erleuchteten Büro. Martha dachte an das geöffnete Spirituosenkabinett. Die herausgezogene Schublade.

Trotz der veränderten Sachlage – ihr war schließlich gekündigt worden –, kam ihr die Grenzüberschreitung inakzeptabel und unerklärbar vor.

»Ich muss die Unterlagen zum Fall Rotenbach auf dem Schreibtisch vergessen haben.« Mit ausholenden Schritten näherte sich ihr Chef seinem Büro. Ob es die Rotenbach-Unterlagen waren oder sein nicht ganz unberechtigtes Misstrauen, er kam ihr sehr entschlossen vor. Mit einem Sprung, der einer Katze auf Mäusefang alle Ehre gemacht hätte, katapultierte sie sich vor Heinrich und kam – wie war ihr das gelungen? – direkt im Türrahmen seines Sanktuariums zu stehen. Und das nach zwei gut gefüllten Schwenkern Cognac. Nicht übel.

»Die sind da nicht!«

»Wie bitte?«

»Die Rotenbach-Unterlagen sind da nicht.« War das ihre Stimme, laut wie aus einem Megaphon?

»Frau Spiess, würden sie mich bitte vorbeilassen?« Heinrich versuchte, sich rechts an ihr vorbeizuschieben, was Martha zu verhindern wusste, indem sie sich einem Torhüter gleich auf die Seite der durchlässigen Spalte warf. Hatte er einen Blick auf den Schreibtisch, den Cognacschwenker, den aufgeklappten Spirituosenschrank werfen können?

Heinrich nutzte ihre nur eine Sekunde dauernde Unaufmerksamkeit für einen flinken Ausfallschritt nach links, wo sich eine Lücke aufgetan hatte. Allerdings hatte er dabei nicht mit Marthas für sie selbst verblüffenden Geistesgegenwart gerechnet. Sein Schritt nach vorn und ihrer hin zur anderen Seite des Türrahmens führten zur Kollision. Er prallte an ihrem Busen ab.

»Hoppla!«

Sie hatte ihren Chef noch nie *hoppla* rufen hören. Heute war vieles neu.

Sie sahen sich schweigend an. Ob Heinrich eine weitere Türattacke in Erwägung zog? Martha war gewappnet. Fast hätte sie zu tänzeln begonnen wie ein Boxer im Ring, bereit, den linken Haken des Gegners abzuwehren. Aber Heinrich Fischer war wohl zu dem Schluss gekommen, dass es klüger war, die Sache, so suspekt sie ihm scheinen mochte, auf sich bewenden zu lassen. Er brauchte Marthas Schweigen, um das er sie so dringlich gebeten hatte. Sie einer dreisten Eigenwilligkeit zu überführen, sie damit bloßzustellen oder mit einer Rüge zu verärgern, wäre seiner Sache nicht dienlich gewesen. Mit der Kündigung war das Maß an Verletzung voll. Mehr war nicht drin.

»Hach«, er tippte sich an die Stirn, als wäre ihm der geniale Gedanke gerade eben gekommen, »ich kann ja auch auf meinem Laptop die Unterlagen einsehen.«

Martha sagte nichts dazu. Noch gab sie ihren Posten nicht auf. Aber für das Türrahmen-Menuett schien tatsächlich keine Fortsetzung geplant zu sein.

»Also, dann geh ich mal wieder. Wollen Sie nicht Feierabend machen, Frau Spiess … Martha? Es war heute doch auch kein leichter Tag für Sie.« Ihre Cognacfahne war ihm bestimmt nicht entgangen.

»Ja natürlich. In fünf Minuten bin ich fertig.«

»Na dann.« Heinrich ging in Richtung Kanzleitür, blieb unschlüssig stehen und drehte sich nochmals zu ihr um. Offenbar hatte er doch noch etwas auf dem Herzen. »Und wie gesagt, unser heutiges Gespräch muss unter uns bleiben. Auch wenn das jetzt eine schwierige Situation für Sie ist und Sie vielleicht enttäuscht von mir sind und das Bedürfnis verspüren, sich …«, sein Blick wanderte nochmals in die Richtung der geöffneten Bürotür. Er führte den Satz nicht zu Ende. Sie würde nicht erfahren, auf welches Bedürfnis er anspielte.

Sie nickte. Und wie enttäuscht sie war! Martha schob die Plastikmappe mit der Kopie unter einen Stapel anderer Blätter und bugsierte ihren Chef zur Tür raus. Allerdings nur im Geiste. Worauf wartete er noch? Sie wollte jetzt wirklich nach Hause gehen. Dort würde sie dann endlich die nötige Ruhe haben, sich die ganze Angelegenheit durch den Kopf gehen zu lassen. Ob sie darüber Stillschweigen bewahren würde, wie Heinrich Fischer es sich erbat? Das stand auf einem anderen Blatt. Sie war nicht der mitteilsame Typ. Es gab auch keine Freundinnen, denen sie sich bei jeder Kleinigkeit anvertrauen musste. Aber *diese* Geschichte, die war ein Kaliber für sich. *Nein mein Lieber, ganz so einfach ist das nicht!*

»Natürlich können Sie sich auf mich verlassen«, erwiderte sie schließlich, nachdem sich ihr Chef immer noch nicht vom Fleck rührte.

Als er dann endlich doch die Tür hinter sich zugezogen hatte, wartete sie noch das Surren des Lifts ab. Erst dann zog sie das zuvor kopierte Formular für die Visumsbeantragung aus der Plastikmappe und brachte es in Heinrichs Büro zurück, wo sie es an seinem angestammten Platz versorgte. Anschließend spülte sie im Bad den Cognacschwenker aus und füllte ein wenig Wasser in die deutlich leerere *Remy Martin*-Flasche. Im Spiegel über dem Waschbecken blickte sie in das Gesicht einer rotwangigen Martha Spiess. *Für wie beschränkt hält er uns?*, fragte sie ihr gespiegeltes Ich.

Hm, vermutlich für ziemlich beschränkt, antwortete die Spiegel-Martha.

Aber müssen wir das deswegen auch sein?

Das war natürlich eine rhetorische Frage.

34

ZWEI MINUTEN später war Martha beim Bahnhof Tiefenbrunnen, von wo aus sie die schon bereitstehende Vierer-Tram zum Rathaus bringen würde.

Sie ließ sich auf einen der vielen leeren Sitze fallen. Gerne hätte sie mit der blondgesträhnten Dame, die ihr mit ihrem kinnlangen Pagenschnitt aus dem Tramfenster entgegenblickte, als säße sie außerhalb im Dunkeln – bei dieser Beleuchtung übrigens eine gepflegte Erscheinung ohne cognacrote Wangen – noch ein wenig geplaudert. Über Heinrich Fischer, seine mysteriösen Absichten und seine Lügengeschichten. Aber für Selbstgespräche waren dann doch wieder zu viele Leute im Wagon. Und so fragte sie nur leise, für niemanden hörbar: *Und, was machst du in den zwei Jahren, die dir bis zur Pensionierung noch bleiben?*

Der Pagenkopf im Fenster antwortete nicht, was nicht weiter schlimm war. Bis Ende Februar war es noch ein bisschen hin. Mit dem Gehalt für vier weitere Monate und dem versprochenen *Schweigegeld* – Martha lachte auf – war die finanzielle Seite kein Problem. Und dass sie nicht ewig weiterarbeiten konnte, sosehr sie ihre Tätigkeit liebte, war keine neue Erkenntnis. Aber so ein abruptes Finale? Nein, so hatte sie sich das Ende ihres erwerbstätigen Lebens nicht vorgestellt.

An der Haltestelle Opernhaus stieg eine Gruppe junger Frauen ein. Sie füllten mit ihrem Lachen und Schwatzen den Wagen um mehr als nur ihre körperliche Präsenz. So fein und rank wie sie aussahen, konnte es sich um Balletttänzerinnen der Oper handeln. Martha – nun froh über die Ablenkung – beobachtete sie eine Weile, überlegte, woher die jungen Frauen kamen, wovon sie träumten. *Die haben ihr Leben noch vor sich.* So sagte man doch. Und sie selbst? Sie hatte auch noch ein Leben vor sich. Natürlich hatte sie das!

Ihre Gedanken schweiften wieder zu Heinrich. Was zum Teufel hatte der Mann nur vor? Dieser Mann, mit dem sie in all den Jahren vermutlich mehr Zeit verbracht hatte als seine Frau. Der Mann, den sie verehrt und zu kennen geglaubt hatte.

Vor vielleicht zehn Jahren, ihr Mann Reto hatte noch gelebt, hatte es sich einmal ergeben, dass Heinrich sie in seinem Auto nach Hause gefahren hatte. Zuvor hatte sie ihm und einigen Mandanten einen Imbiss serviert. Entgegen sonstiger Gepflogenheiten und zur Feier des erfolgreichen Abschlusses einer komplizierten Angelegenheit hatte sie noch mit den Männern angestoßen. Nach zwei Gläsern auf fast nüchternen Magen war sie beschwipst gewesen. Im Auto, nicht weit von Marthas Wohnung entfernt, hatte sie ihren Chef kurz vorm Aussteigen in einem unerklärlichen Anflug frivoler Leichtigkeit geküsst. Es hätte ein übermütiger Kuss bleiben können, auch wenn Überschwang gewiss nicht zu ihren hervorstechenden Eigenschaften zählte. Aber Heinrich Fischer hatte sie an sich gezogen und seine Zunge in ihren sich nur zu bereitwillig öffnenden Mund gleiten lassen. Seine Hände hatten sich in Windeseile einen Weg unter ihre Bluse gebahnt, den Büstenhalter nach oben geschoben und ihre Brüste auf eine Weise umfasst und liebkost, wie Reto es nie getan hatte. Das Ganze konnte nicht lange gedauert haben. Passanten waren am Auto vorbeigegangen und hatten mit ihren Stimmen dafür gesorgt, dass sich ein letzter Rest Vernunft durchsetzen konnte. Erschrocken hatte sie sich von Heinrich zurückgezogen und war davongeeilt. Noch Wochen danach hatte sie es kaum gewagt, ihm in die Augen zu schauen. Gesprochen hatten sie über diesen Zwischenfall nie. Martha hatte ihn auch nicht bereut. Sie hielt die Erinnerung an das Ereignis versteckt wie ein selten getragenes, aber wertvolles Schmuckstück. In einer Schatulle, die man nur in raren Momenten und ohne das Beisein von anderen öffnet, um sich das Stück anzusehen. Zu gerne hätte sie gewusst, wie es gewesen wäre, wenn sie den Dingen damals im Auto ihren Lauf gelassen hätte.

Dann wieder war sie froh, dass nichts weiter geschehen war. Sie hatte sich oft gefragt, wie er den Moment erlebt hatte, was er für sie empfand. Aber eigentlich war sie froh, es nie erfahren zu haben

Ihre Gedanken kehrten ins Jetzt zurück. Der Tramwagen hatte sich am Bellevue bis auf wenige Plätze gefüllt. Die jungen Frauen, die sie für Tänzerinnen hielt, waren verschwunden, ohne dass sie es bemerkt hatte.

An der Haltestelle Helmhaus stieg auch Martha aus, um so noch ein paar Schritte mehr bis zu sich nach Hause laufen zu können. Sie überquerte die Münsterbrücke und ging auf der Wühre der Limmat entlang. Es war nun wirklich kalt geworden und außer ihr schien diesen Weg zu dieser Stunde niemand gehen zu wollen, auch wenn es noch nicht spät war. Hinter den Fenstern der nahen Häuser verhieß warmes Lampenlicht Wärme und Gemütlichkeit.

Martha hatte es auf einmal eilig.

35

DER HEISSE KAFFEE sprudelte in die Tasse. Verlockender Duft machte sich breit. Daneben, auf einem Teller, ein Mandelgipfel, frisch aus der *Confiserie Bachmann*. Die Aussicht auf ein fast perfektes Frühstück stimmte Berti heiter. Sie verbrachte immer mehr Zeit in ihrem Studio in der Löwenstraße, auch wenn die Räumlichkeit nicht viel Platz bot. Aber es war ihr Reich. Niemand störte sie beim Nachdenken. Zum Beispiel darüber, was aus dem Studio werden sollte.

Auch wenn sie oft ratlos war, wie nun alles weitergehen sollte, gewann eine Zukunft ohne Heinrich immer mehr an Kontur. Nicht weil *er* das so wollte, schließlich hatte er ihr seine Auszugsabsicht schon vor knapp zwei Monaten verkündet, ohne dass sich Folgen abzeichneten, sondern weil *sie* sich mit dem Gedanken anfreundete.

Berti nahm einen kleinen Biss von ihrem Gebäck. Sie wollte es sich gut einteilen. Dazu ein Schluck vom immer noch dampfenden Kaffee.

Oder machte sie sich vielleicht doch etwas vor? Hoffte sie immer noch auf Zauberworte aus Heinrichs Mund?

Berti, es ist mir klargeworden: Ich kann nicht ohne dich sein. Nur mit dir möchte ich alt werden. Nur mit dir! Ich habe diesen Irrweg einschlagen müssen, um dies nun bis in mein Innerstes zu verspüren.

Sie sah ihn vor sich, eine dunkelgelbe Rose in der Hand, den Blick voller Schwermut und der Sorge, sie könnte ihn nun ihrerseits abweisen. Sie würde die Blume nehmen, an ihr Herz drücken und hauchen *Es ist gut, mein Liebster. Es ist gut.*

Nein! *Vergiss es*, würde sie rufen und die Rose zu den Grünabfällen werfen. *Geh zu deiner rothaarigen Gelieb-*

ten, sag ihr, dass sie es ist, mit der du alt werden willst. Aber vergiss nicht, sie darauf hinzuweisen, dass du siebzig sein wirst, wenn sie so alt ist wie ich jetzt. Und vergewissere dich bei der Gelegenheit, ob sie das Zeug zur Krankenschwester und Altenpflegerin hat!

Ihr Handy summte und riss Berti aus ihren Tagträumen. Eine Nummer, die sie nicht kannte. Vielleicht eine der neuen Klientinnen. Rosa Hallhuber, die Gute, hatte in ihrem Bekanntenkreis für sie Reklame gemacht!

»Alberta Fischer.«

»Frau Fischer, ich bin's, Martha Spiess. Stör ich?«

Berti zögerte. Seit ihrem abendlichen Besuch bei Heinrichs Sekretärin, den sie nicht als Inbegriff des gastlichen Empfangs in Erinnerung hatte, von ihrem eigenen wenig eleganten Abgang mit dem Abstecher ins Gäste-WC ganz zu schweigen, waren mehrere Wochen verstrichen. »Nein, um was geht es bitte, Frau Spiess?« Oh, einen kühl-distinguierten Ton konnte sie auch anschlagen!

»Um Ihren Mann. Können wir unter vier Augen sprechen? Jetzt?« Martha stand Berti in Sachen Knappheit nicht nach.

»Ich bin in meinem Studio in der Löwenstraße. Wenn Sie hierherkommen möchten? Warten Sie ... um vier hätte ich Zeit.« Sie hatte schon vorher Zeit, aber das musste sie ihr ja nicht unbedingt auf die Nase binden. Und Martha sollte kommen, wann sie, Berti, es für richtig hielt.

»In Ordnung. Welche Hausnummer?«

»14.«

»Gut, dann bis später.«

Sie hatten sich nicht in Geplauder verloren, die zwei Frauen.

Woher Martha Spiess wohl ihre Handynummer hatte? Nun, als Heinrichs rechte Hand war es vermutlich keine Hexerei, sich diese zu verschaffen. Spannender war die Frage, was *Madame Parfait* von ihr wollte.

Berti trank ihren Kaffee aus, der inzwischen abgekühlt war. Blieb noch das Mandelgipfeli.

Um Punkt vier stand Martha vor ihrer Tür. Untadelig wie immer. Unter dem schwarzen Wollmantel trug sie einen anthrazitfarbenen Hosenanzug, eine strahlend weiße Bluse und ein Schuhmodell der klassischen Sorte.

Berti war es angenehm, dass *sie* heute die Hausherrin war.

»Kommen Sie rein, Frau Spiess.«

»Danke, dass Sie sich Zeit für mich nehmen.« Martha streifte sich den Mantel ab und hatte auch schon den Garderobenständer ausfindig gemacht, an dem sie das gute Stück aufhängen wollte. Berti war Marthas Zögern nicht entgangen. Nein, Bügel gab es an ihrer Garderobe nicht. Vielleicht musste sie mal daran denken.

»Einen Tee oder lieber einen Kaffee?« Berti hatte bereits ein Schälchen mit Weihnachtsgebäck bereitgestellt.

Auch wenn sie nicht annahm, Martha sei zu einem Vorweihnachtskränzchen bei ihr erschienen.

»Haben Sie auch was ... Stärkeres?«

Was war in Heinrichs Sekretärin gefahren? »Nein, leider nicht.« Glaubte Martha, sie würde ihre Klientinnen mit Alkohol abfüllen? Dass sie sich selbst in ihrem Refugium ab und zu ein Glas Prosecco gönnte, war etwas anderes und stand nicht zur Debatte.

»Dann gerne ein Glas Wasser. Es ist nur ...«, Martha hielt inne, »ich bin immer noch ein bisschen aufgewühlt.«

Berti goss Martha Wasser in ein Glas und legte für sich eine Kaffeekapsel in die Maschine.

»Ich vermute, dass Sie deshalb, also wegen Ihres«, wie sollte sie es nennen, »*Aufgewühltseins*, auch hier sind.« Berti bediente mit einer Hand die Kaffeemaschine, behielt aber ihren Gast im Auge.

»Frau Fischer, wissen Sie etwas über den Verkauf der Kanzlei?«

Berti wurde flau in der Magengegend. Die gefüllte Kaffeetasse in ihrer Hand begann ein wenig zu tanzen. Martha Spiess stand auf und nahm sie ihr aus der Hand.

»Welche Kanzlei?« Warum war ihr eigentlich so komisch zumute? Es gab doch viele Anwaltskanzleien in Zürich. Und wer wusste schon, was die vielleicht etwas verwirrte Martha – hatte sie sich nicht gerade selbst als aufgewühlt bezeichnet? – umtrieb?

»Die Kanzlei Ihres Mannes.«

»Meines Mannes?«

»Ja, Ihres Mannes.«

So konnten sie noch eine Weile weitermachen. Oder auch nicht.

Berti ließ sich auf ihren Sessel fallen. »Nein.« Sie griff nach einem buttrigen Mailänderli, um es gleich darauf in das Schälchen zurückzulegen.

»Nein, davon weiß ich nichts. Was meinen Sie damit?«

Martha trank einen Schluck Wasser. »Ihr Mann hat mir gekündigt. Im kommenden März werde ich schon freigestellt sein.«

»Das ist in … also, bald.« Berti war gerade nicht in der Lage, Rechnungen vorzunehmen. Ihr kam ein erleichternder Gedanke: »Na ja, dann wird er also doch eine neue Sekretärin anstellen.« Sie lachte auf, presste aber sofort die Lippen aufeinander. Das war taktlos von ihr. Natürlich würde Heinrich nun doch diese Sylvia Bächthold einstellen, was für Martha ein herber Schlag war, nachdem sie die Gefahr bereits als gebannt betrachtet hatte. Zwar war das auch für sie selbst nicht gerade eine beglückende Wende, aber in Anbetracht des Schrecks, der sie kurz zuvor durchfahren hatte, war die Sylvia-Variante harmlos. »Ich meine, bei allem Respekt, Frau Spiess, aber eine neue Sekretärin bedeutet nicht das Ende der Kanzlei.« Irgendetwas an Bertis triumphierender Schlussfolgerung schmeckte ungenießbar. Sie griff nochmals nach dem zuvor verschmähten Mailänderli und biss hinein.

Die mehlig buttrige Masse blieb ihr am Gaumen kleben.

»Hat Ihr Mann mal übers vorübergehende Auswandern mit Ihnen gesprochen? Über Amerika?« Marthas Gesicht zeigte keine Regung. Ihre Stimme war nun gleichmäßig ruhig. So sprach man mit einer leicht umnachteten Person, die man zur Raison rufen wollte.

Berti kapitulierte. »Nein, auch darüber hat er mit mir nie gesprochen«, sagte sie leise. »Ich nehme an, nein, ich hoffe, Sie sind hier, um mich aufzuklären.«

Martha griff nach ihrer schwarzen Handtasche und entnahm ihr ein gefaltetes A4-Blatt, das sie Berti reichte, ohne es zuvor auseinanderzufalten.

Berti nahm das Blatt entgegen, nun wieder zitternd wie am Anfang dieses eigenartigen Gesprächs. Während Martha aufstand und zum Fenster ging, ob aus Gründen der Diskretion oder einfach nur so, erfasste Berti langsam, was das Dokument aussagte. Es handelte sich um einen *Nonimmigrant-Visa*-Antrag für die USA und, wie sie nach wiederholten Leseanläufen endlich verstand, beantragte Heinrich, für die Dauer eines Jahres in Rhode Island bei einem gewissen Robert Reed arbeiten zu können, der ihm eine Stelle als *sailing instructor* zusicherte. Sie ließ das Blatt sinken.

Robert, ja, den kannte sie natürlich auch. Vor vielen Jahren hatten sie ihn und seine Familie in Newport besucht, wo Heinrich fast täglich mit dem alten Freund zu

Segeltouren aufgebrochen war, während sie, als Mitseglerin aus verschiedenen Gründen ungeeignet, viel zu viel Zeit mit Roberts spröder Frau Kate am Pool der komfortablen Villa an der Ocean Avenue verbringen musste.

Bertis Gedanken hüpften im Kreis. Das ergab alles keinen Reim. Warum sollte Heinrich seine Kanzlei verkaufen wollen? Doch nicht, um dann Roberts Angestellter zu sein, bei ihm als einer von mehreren Segellehrern zu arbeiten. Vielleicht wollte er einfach ein Sabbatical einlegen und danach in die Kanzlei zurückkehren. Ja, klar, warum nicht? Da hatte Martha wohl etwas in den falschen Hals gekriegt. Berti spähte zu ihrer Besucherin, die immer noch am Fenster stand und nach draußen schaute.

»Was hat er Ihnen denn alles gesagt, Frau Spiess?«

Martha drehte sich um und kam langsam zur Sitzgarnitur zurück. Sie ließ sich erneut auf dem Sofa nieder.

»*Alles?* Sie möchten alles hören, was ich weiß?«

»Ja«, sagte Berti, und das ziemlich entschlossen. »Alles.«

36

DIESE MIESE RATTE. Diese Ausgeburt der Niedertracht und Hinterhältigkeit. Berti hatte es gerade noch geschafft, Martha Spiess ihren Mantel zu reichen, sich für ihr Kommen und die nützlichen Mitteilungen – ja, die nützlichen *Mitteilungen* hatte sie gesagt – zu bedanken und sich von ihr zu verabschieden. Schon beim Schließen der Tür fand der Deichbruch statt. Sie hatte sich an der Innenseite der Tür abgestützt und war dann buchstäblich in sich zusammengesunken. Nun hockte sie hier auf dem Boden. Mit dem Rücken ans Holz der Tür gelehnt. Wie einer der weiß-blauen Zürcher Hausmüllsäcke, für den Transport zum Sammelcontainer am Eingang deponiert und vergessen. Ein weinender Abfallsack.

Die einzelnen Heulattacken waren eine Mischung aus Wut auf Heinrich und Trauer über die endgültige, wirklich endgültige Entzauberung dessen, was sie einmal als Säule ihres Lebens gesehen hatte: ihre Ehe. Kein Zurechtbiegen, kein heimliches Hoffen, kein Kopf-in-den-Sand-stecken konnte nun noch über die nackte Tatsache hinwegtäuschen, dass Heinrich sie knallhart über den Tisch ziehen wollte, um sich auf und davon zu machen. Natürlich mit dem rothaarigen Biest und deren Knirps im Schlepptau. Die Kanzlei verkaufen! Amerika! Und obendrauf das Geld für die Hälfte des Wertes der *Casa Armonia*. Nein, dieses Geld war nicht dafür gedacht, die Kanzlei wieder in Schwung zu bringen, wie er behauptet hatte! Bewahre! Ha, nicht mit ihr, nein, mit ihr nicht!

Wieder flossen die Tränen. Was für eine einfältige Gans war sie doch gewesen, als sie Heinrich vor fünfzehn Jahren zum Mitbesitzer der *Casa Armonia* gemacht hatte.

Als Liebesbezeugung! Die *Liebesbezeugung* sprang ihr höhnisch kichernd ins Gesicht wie ein Gespenst in der Geisterbahn.

Heinrich und Sylvia hatten sich vermutlich über die blinde Narrheit dieser Geste köstlich amüsiert. Eine Geste, die ihnen nun als willkommene Gabe und Aufbesserung der Mittel für ihren Umzug nach Amerika diente.

Aber wie stellte sich Heinrich das eigentlich alles vor? Wann hatte er beabsichtigt, ihr davon zu erzählen? War das jenes Gehen, von dem er vor zwei Monaten beim Abendessen gesprochen hatte? Wohl eher nicht. Und welche finanzielle Regelung hatte er sich vorgestellt? Mit dem Aufteilen des Hauswerts war die Sache schließlich nicht erledigt. Auch sie würde Forderungen stellen. Die Ungereimtheiten schnürten sich wie Perlen aneinander. Berti fiel laufend eine neue Frage ein, die sie auf die immer länger werdende Kette aufzog.

Darüber waren die Tränen versiegt. Sie arbeitete sich aus ihrer Abfallsackposition in die Aufrechte zurück.

Nun musste sie etwas unternehmen, klären, handeln. Aber zuerst ging sie zum Tisch und räumte das Geschirr ab. Aufräumen war immer gut. *Non lasciarti andare mai – Lass dich nie gehen* hatte die Nonna immer gesagt.

Das Weihnachtsgebäck, kaum angerührt, erschien ihr wie eine zu Backwerk verwandelte Provokation. Zimtsterne, Brunsli, Anisbrötli, Mailänderli, mit Marmelade gefüllte Spitzbuben. *Spitzbuben!* In etwas mehr als einer Woche war Weihnachten und sie war von Besinnlichkeit so weit entfernt wie die Erde vom Mars. Sie kippte die süßen Teilchen in den Mülleimer. Ohne Bedenken und Bedauern.

Die Tasse und das Glas ließ sie im Spülbecken stehen und zog sich ihre Daunenjacke über.

Sie würde nach Hause gehen, die Zimmertür hinter sich schließen und die Welt draußen lassen. Wie oft hatte sie das in der letzten Zeit eigentlich schon getan? *Eindeutig zu oft*, sagte eine Stimme in ihr. Ihre Stimme. Aber mit einem neuen, resoluten Unterton.

Sollte sie Heinrich antreffen, so würde sie ihn ignorieren. Sie konnte sich im Moment keinen Wortwechsel mit ihm vorstellen. Auch hatte sie nicht vor, ihn zur Rede zu stellen. Nicht, weil ihr die Worte dazu fehlten. Von denen hatte sie jede Menge auf Lager. Nein, von jetzt an würde *er* derjenige sein, der sich überraschen lassen musste.

Die Bahnhofstraße war in weihnachtliche Beleuchtung gehüllt. Eine Installation aus unzähligen glitzernden Kristallen, scheinbar schwerelos über den dahineilenden Passanten. *Lucy in the Sky.* Wie hatte sie sich bisher jedes Jahr über diese Zeit gefreut. Konsum hin oder her. Heute schienen ihr die Lichter spöttisch vor Augen zu führen, wie illusionär oder zumindest doch flüchtig das unbeschwerte Wohlsein war.

Berti wollte in Richtung Bahnhofbrücke abbiegen, als

sie Lara auf dem Bahnhofplatz aus einem Taxi steigen sah. Mit zwei Rollkoffern, einen in jeder Hand, die sie hinter sich herzog wie widerspenstige Kinder, verschwand sie im Bahnhof. Berti hätte keine Chance gehabt, sie einzuholen.

Ja klar, die Freundin war auf dem Weg zum Flughafen, nach Genua. Zu ihrem jährlichen Weihnachtsbesuch zu Schwester, Schwager, Neffen und Nichte. Erst zum Jahresende würde sie wieder hier in Zürich sein. Darüber hatten sie bei ihrem letzten Telefonat gesprochen. Zu viel mehr war es in den vergangenen Wochen nicht gekommen: Textmitteilungen, Telefonate, Versprechungen, sich bald zu sehen. Berti vermisste den Gedankenaustausch, die nicht medial gefilterten Begegnungen. Gerade jetzt hätte sie ein Gespräch mit einer mitfühlenden Vertrauten gebraucht. Mehr denn je. Auch das wollte sie anpacken. *Unbedingt mit Lara über alles sprechen. Wieder mehr Zeit mit der Freundin verbringen.* Berti machte sich mentale Notizen.

Am Central stieg sie nicht in die Tram, sondern legte den Heimweg zu Fuß zurück. Vielleicht konnte die kalte Luft verhindern, dass sie zu allem Überfluss noch mit roten, verquollenen Augen zu kämpfen hatte.

Lassen Sie Ihren Tränen freien Lauf, riet sie ihren Klientinnen des Öfteren. Was sie ihnen aber nicht sagte, vor allem wenn die so Beratenen die vierzig überschritten hatten: *Vergessen Sie aber anschließend nicht, kühlende*

Packungen auf Ihre Augen zu legen und eine gute Creme aufzutragen!

Trotz allem musste Berti lächeln. Gegen geschwollene Augen halfen vielleicht Packungen und kühle Abendluft. Gegen niederträchtige Ehemänner musste schwereres Geschütz aufgefahren werden.

37

Sie hatte sich für ein simples Outfit entschieden, passend zum Programm: Jeans und Sweatshirt, darüber eine bunte Schürze, die hausfrauliches Talent suggerieren sollte, das sie nicht hatte. Heute sollte Sylvia als Frau und Mutter im Vordergrund stehen. Nicht Sylvia, der Männertraum. Letztere würde schon bald wieder in Erscheinung treten.

Sie hatte Lasagne vorbereitet, die sie nur noch in den Ofen schieben musste. Dazu gab es Salat und zum Dessert Vanilleeis mit Ananas. Der Tisch in der Küche war gedeckt.

Heinrich hatte nicht begeistert geklungen, als sie ihn zum Abendessen in familiärer Runde eingeladen hatte. Eigentlich hatte sie ihn nicht wirklich eingeladen. Sie hatte ihn darum gebeten, zu einem gemeinsamen Essen zu erscheinen. Dabei hatte sie klargemacht, dass sie keinen Widerspruch dulden würde.

Nun mussten Nägel mit Köpfen gemacht werden. Sie war im vierten Monat schwanger. Heinrich würde sich schon noch für die neue Situation erwärmen lassen. Zwar hatte er oft genug deutlich gemacht, dass er für eine Familie mit Kleinkindern nicht der geeignete Mann sei, aber Sylvia sah da noch erheblichen Manipulationsspielraum, den sie bisher nicht genutzt hatte. Das Kind, das sie in sich trug, war immerhin seins. Und zudem würde er keine Trutsche in Jogginghose und Gesundheitspantoffeln bekommen, die ihren dicken Bauch stolz vor sich herschob, sondern eine reizvolle junge Frau, die auch im neunten Monat und nach der Geburt sexy genug daher kam.

Auch Tim würde er ins Herz schließen können, da war sie sicher. Sie warf einen letzten Blick auf die für ihre Begriffe in Hochglanz erstrahlende Küche. Bei ihm zu Hause hatte es außergewöhnlich sauber und aufgeräumt ausgesehen, was bei dem zur Verfügung stehenden Platz kein Kunststück war. Sie wollte sich auch in ihren beengten Verhältnissen in jeder Hinsicht von der besten Seite präsentieren.

In der Diele begutachtete sie sich im Spiegel. Sie zupfte ihre rote Mähne zurecht und entschied sich für die schürzenlose Variante. Das mit dem Häuslichen musste nicht gleich übertrieben werden. Sie zog den Pulli nach oben und betrachtete sich von der Seite. Nach wie vor war ihr Bauch flach und verriet noch nichts von der Schwangerschaft.

Ihr Blick blieb an der gerahmten Fotografie links vom Spiegel hängen. Ein Souk in Marrakesch, aufgenommen von Tims Vater Arib. Nein, Heinrich würde Tim, trotz seiner noch zu eliminierenden Bedenken, ein besserer Vater sein als der Luftikus Arib, dem der Gedanke, seinen Eltern eine von ihm unehelich geschwängerte Schweizerin als zukünftige Schwiegertochter präsentieren zu müssen, völlig abwegig erschienen war. Der sich aber gelegentliche Besuche in Zürich durchaus hatte vorstellen können, vorausgesetzt Sylvia hätte diese nicht mit weiteren Erwartungen an ihn verknüpft. Sie schüttelte sich innerlich, wenn sie an den so leidenschaftlichen Urlaubsflirt mit dem Maghrebiner zurückdachte. Und an ihre zum Glück nur kurzfristig anhaltende Tollheit, sich tatsächlich ein Leben an der Seite Aribs vorstellen zu können. Geblieben waren seine durchaus kunstvollen Fotografien und seine gelegentlichen Mails mit unverbindlichen Fragen nach Tims Befinden, die mit immer größer werdenden Abständen bei ihr eintrafen und denen sie nun ohnehin ein Ende setzen wollte.

Sylvia sah auf ihre Armbanduhr. Tim war noch bei den Nachbarn auf der gleichen Etage und würde in einer Viertelstunde zum Essen kommen. Es blieb also noch Zeit für eine einstimmende Begrüßung, vorausgesetzt Heinrich erschien wie vereinbart: nämlich jetzt, um halb sieben. Um sieben sollte zu Abend gegessen werden.

Die Klingel verkündete Heinrichs pünktliches Eintreffen. Sie hörte ihn, wie er mit dynamischem Schritt Etage um Etage erklomm. Ob es seine Sehnsucht nach ihr war oder seinem Drang entsprang, keine Gelegenheit für eine Fitness-Einlage auszulassen? Als sie ihn sah, schlug ihr Herz in gewohnter Weise schneller. Wie gut er doch aussah. Wie reif, lebenserfahren und doch jugendlich. Eine reizvolle Mischung.

Sie zog ihn wortlos zu sich in die Wohnung und während sie mit der linken Hand die Tür schloss, drückte er sie bereits ungeduldig an sich. Es bedurfte tatsächlich nicht viel, um Heinrich in libidinöse Stimmung zu versetzen. Seine Hände glitten unter ihren Pullover, um gleich darauf am Reißverschluss ihrer Jeans zu zerren. Das ging nun doch zu weit. Sylvia schob ihn weg. »Tim kommt gleich!«

Heinrich ließ sich keine Enttäuschung anmerken. Er betrat die Küche und sog den noch nicht vorhandenen Essensduft ein. »Hmmm! Was gibt's denn?«

Irrte sie sich oder war sein erwartungsvolles Händereiben tatsächlich einen Tick zu enthusiastisch geraten, um ehrlich gemeint zu sein? Sie schob die Form mit der Lasagne in den vorgeheizten Ofen. »Setz dich doch, Heinrich. Ein Glas Rotwein?« Sie hatte die Flasche bereits geöffnet, um den Wein atmen zu lassen, wie ihr Heinrich einmal erklärt hatte. Ob das bei dem Sonderangebot aus dem Sechserkarton auch vonnöten war, wusste sie allerdings nicht. Sie goss Heinrich von dem etwas wässrig wirkenden Tropfen in das von ihm bereitgehaltene Glas. Sich selbst schenkte sie Mineralwasser ein, was Heinrich mit undurchdringlicher Miene zu Kenntnis nahm. Eigentlich hätte er sie ja mal nach ihrem Befinden fragen können. In zwei Wochen hatte sie einen Termin bei ihrer Gynäkologin, und sie ging davon aus, von Heinrich begleitet zu werden. Gesprochen hatten sie noch nicht darüber.

»Hast du schon mal nach einer Wohnung Ausschau gehalten?« Sylvia wollte den Stier bei den Hörnern greifen. Kein Um-den-Brei-reden.

Heinrich nippte am Rotwein und verzog das Gesicht. Lag es am Wein oder an ihrer Frage?

»Nein, meine Süße, ich hatte viel zu tun in der letzten Woche, zu viel!«

»Es wäre schön, wenn wir schon was hätten, bevor es da ist.« Sylvia rieb ihren Bauch.

»Gewiss, gewiss«, Heinrich lächelte schmal, »aber lass uns das in Ruhe angehen. Ein Schritt nach dem andern.«

Aber darum ging es ja gerade! Hätte sie doch nur zugestimmt, als er sie vor zwei Monaten mit dem Loft in Kirchberg überrascht hatte. Das war zwar nicht das gewesen, was sie sich seinerzeit für eine dreiköpfige Familie vorgestellt hatte, aber immerhin hätten sie nun schon etwas Gemeinsames. Und er wäre bereits zu Hause ausgezogen!

Warum war Heinrich jetzt nur so inaktiv?

Es klingelte. Das musste die Nachbarin sein, die Tim rüberbrachte. Sie öffnete die Tür, und Tim warf sich ihr entgegen.

»Mama, Hunger!« Er warf einen schrägen Blick in die Küche, wo er Heinrich sehen konnte, den er bisher erst zwei Mal und auch nur kurz gesehen hatte. »Isst der Mann mit uns?« Er schien nur mäßig begeistert. Ungewöhnlich, denn normalerweise liebte Tim Gesellschaft. Er war wohl müde.

Heinrich lächelte onkelhaft und nickte wie ein Wackeldackel in Tims Richtung.

Sylvia stellte den Salat auf den Tisch, den sie dummerweise zu früh mit Sauce übergossen hatte und der jetzt kraftlos in Essig und Öl schwamm. Heinrich lehnte dankend ab, als sie ihm davon auftun wollte. »Du weißt doch, Sylvie, dass ich nach sechs Uhr nur noch Gekochtes esse.«

»Meine Mama heißt nicht *Sylvie*. Sie heißt Sylvia.« Tim hielt seiner Mutter seinen Teller entgegen. Ihr kleiner Gentleman, der spürte, dass wenigstens einer die Kochkünste seiner Mutter würdigen musste.

»Richtig, Tim. Aber *Sylvie* ist auch ein schöner Name«, flötete Heinrich mit seltsam hoher Stimme, die er wohl für kindgerecht hielt.

Das Abendessen hatte sich als zähe Angelegenheit entpuppt. »Hmm«, »ah« und »oh«, hatte Heinrich mehrmals verlauten lassen. Dies mit der Mimik eines Connaisseurs bei der Weindegustation. Jedoch nicht, ohne dabei so beiläufig wie möglich nach Pfeffer und Salz zu greifen. Richtig verübeln konnte Sylvia ihm das nicht. Wahrscheinlich bekam er bei seinem coachenden Hausmütterchen eine von A bis Z selbstgemachte Lasagne. Sie beschloss, nach dem Essen doch noch das zum Einsatz zu bringen, was ihr eindeutig mehr lag als das Kochen.

Tim war über dem dritten Löffel Lasagne eingeschlafen, was entweder seiner Müdigkeit oder der Stimmung am Esstisch zuzuschreiben war.

Das kurze Gespräch zwischen Heinrich und ihrem Sohn hatte seine eigene Dynamik: »Na, Tim, gehst du denn schon in den Kindergarten?« Er musste doch wissen, dass das *nicht* der Fall war.

»Neeeiiiin!« Mit Engelsmiene katapultierte Tim den Inhalt seines Löffels in Richtung Heinrich. Die Hackfleischtomatenmischung landete nur wenige Zentimeter neben seiner Manschette.

»Das darf man aber nicht, Tim! Da freut sich die Mama nicht.« Der pädagogische Kunstgriff lief ins Leere, denn Tim praktizierte nun seine bewährte Technik für unliebsame Situationen. Er kniff die Augen zu und presste seine Hände auf die Ohren.

Sylvia hatte ihren Sohn dann ins Bett getragen, während Heinrich den Tisch abräumte und sich zu einem Telefonat auf den kleinen Balkon zurückzog.

»Geschäftlich«, hatte er von draußen durch die ein Viertel geöffnete Balkontür gehaucht, als Sylvia zurück in die Küche kam. Sie ließ sich davon nicht abhalten, trat zu ihm auf den Balkon und presste sich von hinten an ihn. Heinrich schob das Smartphone in seine hintere Hosentasche und drehte sich zu ihr um. »Lass uns ins Schlafzimmer gehen«, raunte er, was auch schon mal begehrlicher geklungen hatte.

38

BERTI BLICKTE von ihrem Computer auf. Eben hatte sich der volle Mond gezeigt.

Seit Martha Spiess sie in ihrem Studio in der Löwenstraße mit den Neuigkeiten über Heinrichs dreiste Pläne konfrontiert hatte, fühlte sie sich nicht mal mehr dort vor Unbill geschützt. Heute Abend wollte sie versuchen, an ihrem Schreibtisch in der Weinbergstraße die nötige Ruhe zum Arbeiten zu finden. Heinrich hatte sich pfeifend verabschiedet, nachdem er zuvor seine Abwesenheit vom Abendessen kundgetan hatte. Als wenn sie das auch nur marginal interessieren würde!

Sie hatte ihn allerdings noch gefragt, was mit Nixon passiert sei. Die Voliere samt Inhalt war verschwunden.

Aber du wolltest doch, dass ich ihn wegbringe, hatte er

mit erstaunter Miene geantwortet. Das stimmte. *Zu Tante Hella.*

Tante Hella hatte bereits einen Vogel. Eigentlich zwei, wenn man respektlos anmerken wollte, dass die jüngere Schwester von Heinrichs Mutter sehr, sehr wunderlich war. Nun war Nixon also bei ihr eingezogen. Gerne hätte Berti noch gefragt, ob sich Nixon denn auch mit dem Wellensittich von Hella vertrug, aber da hatte Heinrich schon die Wohnungstür hinter sich geschlossen.

Er hatte also ihren Wunsch, für Nixon eine andere Bleibe zu suchen, nicht ignoriert. Erstaunlich. Andererseits war Nixon der Beo seiner Mutter gewesen und alles, was mit seiner hochverehrten verstorbenen Mutter zusammenhing, lag ihm am Herzen. Wider Erwarten missfiel Berti Nixons Abwesenheit. Kein Rascheln, kein Hüpfen, kein Einfordern des von ihm so geliebten Nackenkraulens. Hoffentlich ging es dem kleinen Kerl gut in seinem neuen Zuhause.

Berti war dank Rosa Hallhuber zu einer interessanten und lukrativen Aufgabe gekommen. Sie sollte für die Frauenzeitschrift *Anna* als eine Art Briefkastentante fungieren. Wobei, und das hatte die zuständige Redakteurin bei ihrem Treffen vor einer Woche mehrmals betont, man von ihr professionelle Beziehungsberatung erwartete und nicht etwa abgedroschene Rezepte. *Bitte nichts im Stil von »Fragen-Sie-Frau-Alberta«, Frau Fischer!*

Zunächst musste sie allerdings eine Probe ihres Könnens liefern. Eine gewisse Katja T. (38), Name von der Redaktion geändert, sollte Bertis Probebeitrag sein. War man mit ihrer Bewältigung der Fragestellung zufrieden, würde sie im Zweiwochenrhythmus unter dem Titel *Keine Rezepte in Sachen Liebe* schriftliches Coaching betreiben.

Nun saß sie also hier und grübelte über das Problem von Katja T. Die Ratsuchende war seit sechs Monaten mit einem verheirateten Mann liiert und wartete auf die baldige, da versprochene, Trennung des Mannes von seiner Frau.

Ihre Frage war nun die: Würde sie die moralische Bürde tragen können, Auslöser für die Auflösung einer Ehe zu sein, die jedoch bereits – sie beeilte sich, das zu betonen – zerrüttet war?

Berti stöhnte. Hatte Katja T. etwa die Ehefrau zum Thema *Zerrüttung* befragt oder waren das doch eher die Worte des Mannes? Wusste die Arme, dass ihre Geschichte alles andere als originell war? *Lass die Finger von dem Mann*, wollte Berti rufen. *Bildest du dir ein, du bist die große Heilerin, die ihn bis zum Ende seiner Tage glücklich macht?*

Natürlich schrieb sie das nicht. Stattdessen:

Liebe Katja

Die Frage ist nicht, ob Sie die moralische Bürde tragen können. Der Mann, den Sie lieben, ist erwachsen und für sein Handeln verantwortlich. Wenn es überhaupt um Mo-

ral geht, so ist er derjenige, der sich damit auseinandersetzen muss. Sie hingegen müssen sich die Frage stellen …

Berti hielt inne. Ja, welche Frage sollte sich diese Katja eigentlich stellen? Die Stille in der Wohnung war bedrückend. Berti stand auf und verband ihr Smartphone mit dem Lautsprecher. Die Stimme von Luciano Ligabue erklang. *Niente paura, ci pensa la vita, mi han detto così. Si vede la luna perfino da qui. – Keine Angst, das Leben wird's richten, so hat man es mir gesagt. Den Mond sieht man sogar von hier.*

Das stimmte. Er schien jetzt noch kräftiger als zuvor auf Bertis Schreibtisch.

Die Worte des Sängers waren so tröstlich wie ermutigend. Sie setzte sich zurück an den Computer und tippte drauf los: *… ob Sie diesen Mann genug lieben, um den zweifellos anstrengenden und aufreibenden Weg mit ihm zu gehen, die eine Scheidung mit sich bringt. Ist es dieser Mann, den Sie wollen, oder geht es Ihnen um das Gefühl, das er Ihnen vermittelt, seine Retterin zu sein?*

Den letzten Satz löschte sie wieder. Erst mal wollte sie sich ein Gläschen Wein genehmigen. Sie war nun zuversichtlich, Katja T. ein paar sinnvolle Überlegungen mit auf den Weg geben zu können.

Und wie konnte sie sich selbst behilflich sein?

Der Vollmond leuchtete noch heller als zuvor. Aber einen guten Rat schien er nicht für sie zu haben.

Nein, sosehr ihr Ligabues Klänge auch unter die Haut

gingen, so klar war ihr doch auch, dass sie sich nicht mehr darauf verlassen durfte, ihre missliche Lage *vom Leben* gerichtet zu bekommen. Da war sie nun selbst gefragt. Kein Mond und kein wohltätiger Akteur, der sich Leben nannte, würde ihr diese Arbeit abnehmen.

39

DAS SAH JA nicht gerade nobel aus. Berti stand am Eingang des Genossenschaftswohnblocks in der Stauffacherstraße und sah an dem Gebäude hoch. Der Wohnraum hier, im ansonsten teuren Zürich, war den weniger Zahlungskräftigen vorbehalten. Roter Backstein mit baumbestandenen Innenhöfen. Fahrräder vor den Eingängen, Kinderwagen. Ohne Frage, hier wohnten Familien, junge Leute, alte Leute. Und hier wurde gelebt.

Sie hatte Sylvias Handynummer ausfindig gemacht, denn einen Festnetzanschluss gab es zu ihrem Namen nicht. Dazu hatte sie Heinrich überlisten müssen, ohne sein Handy den Raum zu verlassen. Ob er im Handschuhfach seines Lexus nach ihrer braun-schwarzen Sonnenbrille schauen könne. Heinrich hatte sie verwundert angesehen und der unausgesprochene Satz: *Kannst du das nicht selbst tun?* hing in der Luft. Was Heinrich jedoch tatsächlich sagte: *Wozu brauchst du denn jetzt eine Sonnenbrille?*, hatte sie mit majestätischem Schweigen und hochgezogenen Brauen quittiert. Er war dann ohne weiteren Kommentar gegangen. In der ihr zur Verfügung stehenden Zeit hatte sie seine Kontakte durchforstet. Sylvia Bächtholds Nummer fand sich, ohne dass sie dafür detektivische Kniffe hatte aufwenden müssen. Heinrich schien keine Spionagetätigkeit zu befürchten.

Sylvia hatte sich am Telefon ihre Überraschung, falls sie denn welche verspürte, nicht anmerken lassen. Berti hatte sie um eine Unterredung gebeten, und sie hatten sich auf den darauffolgenden Tag geeinigt. Wegen Sylvias Sohn sollte das Treffen bei ihr zu Hause stattfinden, was Berti gelegen kam. Informationen und Hinweise sammeln, nannte sie das für sich.

Sie betätigte den obersten Klingelknopf. *Sylvia und Tim Bächthold* stand da, was Berti exaltiert vorkam. Schließlich war Tim ein kleiner Junge und nicht ihr Mann. Aber vielleicht war sie da etwas altmodisch. Als sich nichts tat, drückte sie gegen die Eingangstür, die sich auch ohne Einlassautomatik öffnen ließ. Tapfer erklomm sie Etage um Etage. Vor den Wohnungstüren standen Turnschuhe, Schirmständer, Kartons mit Altglas und Einkaufskörbe. Der beschränkte Wohnraum zwang wohl zum Auslagern. Ob Heinrich hier öfters aus und ein ging? Sie konnte ihn sich in dieser Umgebung nicht vorstellen.

Die rechte Wohnungstür der fünften Etage war einen Spalt geöffnet, und ein kleiner, dunkelbraungelockter Junge mit fast schwarzen Augen und milchkaffeebraunem Teint hatte seinen Kopf durch die Öffnung geschoben. Er schaute ihr neugierig entgegen.

»Ist die Mama daheim?« Der Kleine antwortete nicht, machte aber auch keine Anstalten Berti einzulassen. Natürlich wusste sie, wer der hübsche Lockenkopf war. Wo wohl sein Vater abgeblieben war?

»Tim, lass die Frau rein.« Sylvia erschien hinter ihrem Sohn und öffnete die Tür ganz. »Kommen Sie, Frau Fischer!« Sie trat zur Seite und deutete Berti mit einer Handbewegung an, die Wohnung zu betreten. Die beiden Frauen reichten sich ohne zu lächeln die Hand.

Was für eine hübsche junge Frau, dachte Berti. Sylvia hatte sich nicht die Mühe gemacht, sich zu schminken, trug abgewetzte Jeans und ein enges Shirt, das ihre kräftigen Brüste betonte. Was konnte sie schon gegen so viel jugendlichen Reiz ausrichten, ging es Berti durch den Kopf. Nichts! Und das wollte sie auch gar nicht mehr.

»Mama, wer ist die Frau?« Der Kleine zerrte seiner Mutter am Hosenbein und schaute zwischen ihr und Berti hin und her.

»Das ist Frau Fischer, Tim. Ich möchte jetzt gerne mit ihr sprechen, und du kannst dir im Wohnzimmer die DVD von *Pettersson und Findus* anschauen. In Ordnung?«

Berti war froh, nicht in Anwesenheit des Kleinen sprechen zu müssen.

»Sie können ja schon mal den Mantel ablegen, und wir gehen dann in die Küche«, sagte Sylvia zu Berti gewandt, während sie mit Tim in Richtung Wohnzimmer verschwand.

Berti sah sich im engen, mit einem bunten Kelim ausgelegten Flur um. Die Wände waren mit mehreren Fotos aus Marokko oder Tunesien, Berti war sich da nicht sicher, bedeckt.

An der übervollen Garderobe sah sie keinen Ort, an dem ihr Mantel noch hätte Platz finden können und so beschloss sie, diesen gar nicht auszuziehen. So warm war es sowieso nicht, und lange wollte sie nicht bleiben.

»Gehen wir da rein.« Sylvia war aus dem Wohnzimmer zurückgekommen. Die Tür hatte sie nur angelehnt. Sie wies in Richtung Küche. Auch dort gab es nur wenig Platz, und Ordnungmachen stand ganz offensichtlich nicht an oberster Stelle ihrer To-do-Liste. Ein bunt dekorierter Adventskranz mit drei brennenden Kerzen, ein Kakaobecher und eine Teetasse deuteten darauf hin, dass Mutter und Sohn es sich in der Küche gemütlich gemacht hatten. Berti dachte an ihren eigenen Adventskranz zu Hause in der Weinbergstraße. Geschmackvoll in erdigen Tönen mit goldenen Akzenten. Nicht ein einziges Mal hatte sie die Kerzen angezündet, und Heinrich hatte ihn wie zu erwarten keines Blickes gewürdigt.

»Sieht so aus, als würde ich stören.« Berti wies auf das Stillleben auf dem Küchentisch.

»Ist schon in Ordnung. Wir waren gerade fertig. Mögen Sie einen Tee? Es ist noch was in der Kanne.«

»Nein, danke.« Sie setzte sich auf einen der drei Holzstühle, die nach Möbelmarkt aussahen. Kiefer, die günstigste Variante. Auch an den Küchenwänden hingen Fotos mit nordafrikanischen Motiven. Gerne hätte Berti gewusst, ob das was mit Tims Vater zu tun hatte. Aber das war wohl nicht angebracht. Für Geplauder war sie schließlich so wenig gekommen wie zum Tee trinken.

»Sie möchten mit meinem Mann nach Amerika ziehen?« Das war eine Überraschungsattacke und Sylvia reagierte entsprechend verständnislos an.

»Wie bitte?«

Hatte sie nicht verstanden oder wollte sie sich unwissend stellen?

»In die USA, nach Rhode Island.« Und nachdem sich an Sylvias entgeistertem Ausdruck nichts änderte, fügte Berti noch hinzu: »Mit Heinrich!«

»Nein, warum sollte ich das tun? Also, ähm, wir. Warum sollten wir das tun wollen?«

Wie reizvoll Sylvias leicht schräg gestellte Augen waren. Das dunkle Grau zum Rot der Haare.

Bertis Zorn, der sie seit Martha Spiess' Eröffnung immer wieder heimgesucht hatte, war jetzt, seit sie hier in Sylvias Wohnung war, erstaunlicherweise verflogen. Sie fühlte sich ruhig und beherrscht.

Was für eine Reaktion hatte sie von Sylvia erwartet? Dass sie ihr Heinrichs und ihre Pläne gleich minutiös darlegen würde?

Ja, liebe Frau Fischer, Ihr Mann und ich hatten vor, uns in den Staaten ein neues Leben aufzubauen. Ganz frei und ohne störende Exfrauen. Da haben Sie doch sicher nichts dagegen.

Nein, natürlich nicht. Allerdings schien die Verblüffung der jungen Frau nicht aufgesetzt zu sein. Berti traute sich eine solche Einschätzung zu. Trotzdem, sie brauchte weitere Hinweise.

»Wann kam denn meinem Mann der Gedanke, die Kanzlei zu verkaufen? Oder war das Ihre Idee? Haben Sie da ein bisschen gepusht?«

Sylvia sah sie argwöhnisch an. »Entschuldigen Sie meine unverblümte Gegenfrage, Frau Fischer, aber … haben Sie irgendwelche Medikamente genommen oder getrunken?«

Ah, jetzt wollte dieser Zürcher Julia-Roberts-Abklatsch ihr also auf diese Tour kommen: die ältliche Ehefrau. Nahm Medikamente, war aus lauter Frust dem Alkohol zugetan.

Berti zog ihren Mantel nun doch aus. Ihr war heiß, und sie fühlte sich plötzlich unterlegen. Wer saß schon gerne unförmig wie eine Regenwassertonne im Wollmantel auf dem Küchenstuhl, wenn die schlanken Beine des Gegenübers in engen Jeans steckten und der pralle Busen von maximal gedehntem T-Shirtstoff umspannt wurde.

»Nein, Frau Bächthold.« Berti musste die Sache anders abwickeln. »Lassen wir jetzt einfach mal das Katz-und-

Maus-Spiel. Mein Mann möchte die Kanzlei verkaufen, mehr noch, er hat bereits einen Käufer. Danach wird er sich auf den Weg nach Newport, Rhode Island, machen. Zumindest mal für ein Jahr. Was danach sein wird, weiß ich nicht. Kann sein, dass Sie mich darüber aufklären können. Das sind keine Spinnereien oder Sinnestäuschungen nach Alkoholkonsum. Das sind Tatsachen.« Berti fühlte sich zum Glück wieder Herr, nein, Frau der Lage. Sie ließ sich keine von Sylvias Regungen entgehen. Im Gesicht der jungen Frau verflüchtigte sich jede Farbe.

»Davon weiß ich nichts«, sagte Heinrichs Herzdame mit dünner Stimme.

Noch bevor Berti sich zu diesem angeblichen oder tatsächlichen Nicht-Wissen äußern konnte, erfüllte ein so schrilles »Und ich glaube Ihnen auch kein Wort!« die Küche, dass Berti sich beinahe erschrocken umgeschaut hätte, um nach dem Quell des jähen Gekreisches Ausschau zu halten.

»Heinrich hat nicht die geringsten Absichten, *irgendwohin* zu gehen. Weder nach Newcastle noch nach … was-weiß-ich-wohin. Er sucht nämlich hier eine Wohnung für uns.« Eine Dreizehnjährige hätte nicht patziger klingen können.

»Newport«, korrigierte Berti. Auf Genauigkeit legte sie Wert.

»Mein Heinrich hat mir gegenüber Verpflichtungen und die wird er auch wahrnehmen. Das hat er mir versprochen! Daran können Sie mit Ihren abstrusen Geschichten nichts ändern, Frau Fischer.« Sylvia funkelte Berti herausfordernd an. »Geben Sie sich keine Mühe. Auf diese Weise bekommen Sie Ihren Mann nicht zurück!«

War es *mein Heinrich*, war es, die völlig unrechtmäßig durch Sylvia monopolisierte Empörung, bei Berti war auf einmal Schluss mit der Contenance. »Nun aber mal langsam, Sie Flittchen!«

Oh. Das war krass. So was sagte sie doch sonst nie. Aber egal.

»Welche Verpflichtungen sollte *mein* Heinrich Ihnen gegenüber schon haben? Was genau könnte die Schuldigkeit übertreffen, die er *mir* gegenüber hat? Ich befürchte, Sie haben in Ihrer jugendlichen Naivität vergessen, dass Heinrich nach wie vor mit mir verheiratet ist.« Auch Berti war laut geworden. Wie eine heimtückische Windböe hatte der Zorn sie erfasst und ein Stück mit sich getragen.

Sylvia sah sie mit undurchdringlicher Miene an. Sie kaute auf ihrer Unterlippe. Falls sie noch vorgehabt hatte, mit irgendetwas aufzutrumpfen, so war es zu spät dafür. Die angelehnte Küchentür wurde aufgestoßen, und Tim kam in die Küche gesaust. »Mama, warum schreit die Frau so?« Der Junge sah ängstlich zu Berti und kletterte zu seiner Mutter auf den Schoß.

»Sie hat sich über etwas geärgert. Aber nun ist wieder

alles in Ordnung.« Sylvia sah Berti über Tims Schulter hinweg grimmig an. »Nun möchte Frau Fischer gehen. Bringen wir sie zur Tür.«

Frau Fischer hatte zwar nichts dergleichen geäußert, aber auch sie hatte genug von der Situation.

Berti stand auf, zog ihren Mantel über und ging zur Tür. Wieder mal zog sie aus einer Wohnung ab, die nicht die ihre war. Wieder mal hatte sie nicht erreicht oder erfahren, was sie wollte.

Nein. Das stimmte so nicht.

Grußlos ließ Berti die Wohnungstür hinter sich ins Schloss fallen. Sie war bereits eine halbe Etage tiefer, als die Tür nochmals aufgerissen wurde. Sylvia erschien am Treppengeländer und schaute zu ihr runter. Die roten Haare umhingen wirr ihr Gesicht, die Nase ragte spitz heraus wie der Schnabel eines Tukans. Sylvia, so dachte Berti befriedigt, konnte also auch unvorteilhaft aussehen. Und nicht nur das, sie konnte einen höchst unangenehmen Ton anschlagen. »Ganz egal, welche phantasievollen Manöver Sie probieren, um meinen Heinrich und mich zu trennen«, legte sie wieder los, deutlich lauter als fürs Treppenhaus angemessen, »es wird Ihnen nicht gelingen. Heinrich wird zu mir halten, zu uns. Er wird ein guter Vater sein!« Sie drehte sich um und rauschte zurück in ihre Wohnung.

Heinrich ein guter Vater? Für Tim? Wie sollte das gehen mit dem Stiefpapa in Amerika?

Wie sollte das gehen mit einem wie Heinrich?

Berti hatte mit einem Schlag das Gefühl, der jungen Frau da oben haushoch überlegen zu sein. Ja, sie war die Betrogene. Aber sie machte sich wenigstens keine Illusionen mehr.

Und etwas sagte ihr, dass Sylvia Bächthold so wenig von Heinrichs letzten Streichen wusste wie sie selbst.

40

Der See hätte grau aussehen sollen, so düster, wie sie sich fühlte. Aber das tat er nicht. Juliane stand auf der Quaibrücke und blickte auf die glitzernde Wasseroberfläche, deren Blau ihr heute gar nicht in den Kram passen wollte. Der Dezembernachmittag war ungewöhnlich mild und bot nicht den richtigen Hintergrund für ein paar Weihnachtseinkäufe. Dazu war ihr ohnehin die Lust vergangen. Abgesehen davon konnte sie sich keine Extraausgaben leisten, denn das Monatsgeld ihres Vaters war nicht wie sonst am 2. des Monats auf ihrem Konto gewesen. Auch nicht am 3., 4. oder irgendeinem der folgenden Tage.

Heute, fünf Tage vor Heiligabend, hatte sie ihren Vater in der Kanzlei aufgesucht, nachdem er telefonisch nicht erreichbar gewesen war. Sie hatte die Mittagszeit gewählt, um ihn nicht bei der Arbeit zu stören. Sie wusste, dass er meistens nur ein Sandwich aß, das ihm Frau Spiess gefällig auf einem Teller angerichtet auf den Schreibtisch stellte. Er hatte sie so erstaunt angesehen, als könnte er sich keinen plausiblen Grund der Erde für ihr Auftauchen vorstellen. »Juliane, mein Liebes, was machst du denn hier?«

»Hallo, Papa. Ich, also ... Hast du mich diesen Monat vergessen?« Sie wusste, dass ihr Vater es schätzte, wenn man gleich zur Sache kam. Geplänkel in seinem Arbeitsumfeld quittierte er gewöhnlich mit ungeduldigem Fingertrommeln.

»Warum sollte ich dich vergessen haben?« Er klang unbeteiligt freundlich.

Juliane war erleichtert. Er hatte keine Ahnung, wovon sie sprach. Folglich musste es sich bei den nicht überwiesenen 1500 Franken Ausbildungsbeitrag um ein Versehen oder einen Irrtum handeln. Irgendetwas, das sich im Nu beheben ließ.

»Das Monatsgeld für mich. Es ist noch nicht auf meinem Konto.« Sie lächelte entschuldigend, fast als handelte es sich dabei um einen von ihr verursachten Lapsus. Aber ihr Vater reagierte nicht. Der erlösende Satz: *Oh, du Ärmste, da muss was schiefgelaufen sein* kam nicht.

Er griff nach einem Stapel Papier, klopfte ihn auf der Tischoberfläche in Form und legte ihn so zurück, dass er exakt mit einem Zentimeter Rand in der Ecke des Schreibtischs platziert war. Dann ordnete er voller Hingabe einen Bleistift, zwei Kugelschreiber und einen Füller in Reih und Glied und mit gleichmäßigem Abstand neben dem Stapel an, als handle es sich dabei um einen bedeutungsvollen Akt. Was war los? Wollte er nicht antworten? Hatte sie sich unklar ausgedrückt? Endlich sah er sie wieder an. »Juliane, du wirst, wenn ich mich nicht irre, in einem halben Jahr dein Studium mit dem Bachelor abschließen. Richtig?«

Was für eine Frage. Das musste er ja nun wirklich wissen. »Ja, Papa.«

»Gut. Könntest du dir vorstellen, bis dahin eigenständig deinen Lebensunterhalt zu erwirtschaften? Mit so etwas wie … Arbeit?« Der letzte Satz klang anzüglich. So als sei sie ein verwöhntes Ding, das man endlich mal dem rauen Wind des Lebens aussetzen musste. Juliane war bestürzt. Das Geld von ihm und die 300 Franken monatlich von ihrer Mutter reichten allemal nicht. Allein die Miete verschlang 700 Franken. Sie verdiente regelmäßig noch etwas mit Nachhilfeunterricht dazu. Und warum meinte er nun, aus heiterem Himmel nichts mehr bezahlen zu müssen? Ohne Ankündigung oder Begründung? Immerhin handelte es sich bei ihrem Studium an der Kunsthochschule um ihre erste Ausbildung, nach einem Auslandsjahr, das sie nicht untätig verbracht hatte. Ein armer Schlucker war ihr Vater nun gerade auch nicht.

Wenn sie nur wüsste, was mit ihm los war.

Als hätte er ihre Betroffenheit bemerkt, bemühte sich ihr Vater nun um einen konzilianteren Ton: »Julianchen, ich bin momentan in einem Engpass. Es läuft hier«, er machte eine ausladende Bewegung mit der linken Hand, die auf seine gesamte Kanzlei hindeutete, »nicht so, wie es sollte. Wir müssen alle den Gürtel etwas enger schnallen. Ich, Berti, eben wir alle ...« Der *Mont Blanc*-Füllfederhalter mit der 14-karätigen Goldfeder, nach dem er griff, um ihn zwischen seinen Händen zu drehen wie einen Zauberstab, funkelte im Licht der Sonnenstrahlen, die durch das große Fenster auf den Schreibtisch fielen.

»Aber hättest du mir das nicht sagen können? Wir hätten doch darüber sprechen können.« Juliane verstand überhaupt nichts mehr, und sie sah – nicht zum ersten Mal – an ihrem früher doch so verehrten Vater eine wirklich unsympathische Seite.

So durfte er doch nicht mit ihr umgehen!

»Ich bin damit nicht einverstanden.« Hatte sie das wirklich gerade gesagt? Ihr Vater sah sie mit großen Augen an. Offenbar war er über eine derart dezidierte Ansage seiner Tochter genauso überrascht wie sie selbst.

»Juliane, das ist ja nur für die nächsten Monate«, wiegelte er ab. »Danach sehen wir weiter.«

Und als hätte er gerade eine glänzende Idee, eine Eingebung des Augenblicks, fügte er noch hinzu: »Kann deine Mutter nicht mal einspringen? Die verdient doch nicht schlecht.«

Meinte er das ernst? Ihre Mutter war Floristin und verdiente höchstens ein Sechstel von dem, was Heinrich Fischer monatlich kassieren konnte. Das nahm Juliane zumindest an.

»Papa, ich weiß nicht, was du mit einem *Engpass* meinst, aber ich möchte, dass du mir weiterhin Geld überweist, zumindest bis zum kommenden Juli. Ich bin mittendrin in meiner Abschlussarbeit, bereite mich Tag und Nacht auf meine Prüfungen vor …« Sie brach ab. Wieso musste sie ihm das erklären? Er wusste doch, wie viel ihr das Kunststudium bedeutete, wie viel Arbeit sie investierte. »Ich kann mir nicht vorstellen, dass das plötzlich nicht mehr drin sein sollte«, fügte Juliane doch noch hinzu. So hatte sie noch nie mit Heinrich gesprochen. Sie ging noch einen Schritt weiter: »Du bist dazu verpflichtet.« Das klang trotzig, aber es fühlte sich gut an.

»Na, na, na, na.« Heinrich schlug einen Ton ermahnender und doch nachsichtiger Strenge an, wie man ihn einem ungezogenen Kind zuteil werden ließ. »Nun wollen wir mal nicht übermütig werden. Aber gut, ich werde sehen, was sich …«

Das Klingeln des Telefons unterbrach ihn. Mit der Geschwindigkeit eines attackierenden Habichts griff er nach dem Telefon und gab Juliane mit einem Winken zu verstehen, dass er nicht nur höchst Wichtiges zu tun hatte, sondern außerdem die Sache als erledigt betrachtete, obwohl sie das mitnichten war.

Aber Juliane ließ sich nicht wegwedeln. Die eben entdeckte Renitenz hatte etwas Reizvolles, und sie hätte gerne noch mehr gewagt. Aber Heinrich war vom Schreibtisch aufgestanden. Er hatte ihr den Rücken zugewandt, was etwas so steif Abweisendes ausstrahlte, dass sie schließlich doch aufstand und sein Büro verließ.

Frau Spiess sah sie von ihrem Schreibtisch aus forschend über den Rand ihrer Lesebrille an. »Alles in Ordnung, Juliane?«

Sollte sie Martha Spiess fragen, ob sie wüsste, was da los war? Von wegen *Engpass* und *Gürtel-enger-schnallen*? Sie entschied sich dagegen. Auch wenn sie sich schon lange kannten, wollte sie keine Vertraulichkeit heraufbeschwören, die es nie gegeben hatte.

»Ja, so einigermaßen.« Sie reichte der älteren Frau die Hand. »Ihnen noch schöne Weihnachtstage! Wir sehen uns ja gewiss nicht mehr vorher.«

Martha Spiess hielt Julianes Hand länger in der ihren, als dies sonst zwischen ihnen üblich war. Nicht, dass sie beide auf eine beachtliche Tradition im Händeschütteln zurückschauten.

Das warme Lächeln war ungewöhnlich für die sonst so hocheffiziente, nicht unbedingt für ihre Herzlichkeit bekannte Frau. »Ihnen auch, Juliane! Alles Gute für Ihre Zukunft.«

Nanu? Das klang ja richtig pompös. Ob Frau Spiess da nicht doch ein bisschen übertrieb? *So* selten sahen sie sich nun auch wieder nicht.

Kaum hatte Juliane das Haus in der Bellerivestraße hinter sich gelassen, verflüchtigte sich der ohnehin nur bescheidene Anflug von Bestimmtheit, den sie noch kurz vorher in der Auseinandersetzung mit ihrem Vater verspürt hatte. Stattdessen machte sich das dumpfe Gefühl von Enttäuschung breit, das sie so gut kannte.

Der Lärm der vorbeirauschenden Autos trug Juliane dahin zurück, wo sie tatsächlich war, an die Brüstung der Quaibrücke. »So kannst du nicht mit mir umspringen«, sagte sie zu einem vorbeiziehenden Schwan, den der Appell völlig kalt ließ. Nicht mal *der* hörte ihr zu. Sie lief weiter in Richtung Bürkliplatz. Ob sie mal mit Berti sprechen sollte? Die müsste doch am ehesten wissen, von welcher seltsamen Engpass-Geschichte ihr Vater da geredet hatte und was die Gründe für sein harsches Verhalten sein könnten.

Sie hatten noch nie über Geldangelegenheiten miteinander gesprochen. Nicht nur das. Juliane erinnerte sich, peinlich berührt, an die Szene, die sie der zweiten Frau ihres Vaters vor gar nicht so langer Zeit gemacht hatte. Mangelndes Verständnis, fehlendes Interesse an Heinrich hatte sie Berti vorgeworfen. Ihr zu verstehen gegeben, dass sie am Grasen ihres Mannes auf fremden Weiden selbst schuld war. Heute kam ihr das altkluge Gerede auf dem Uetliberg nicht nur anmaßend vor, sie befürchtete auch, zu Recht belächelt zu werden, wenn *sie* nun diejenige war, die sich beklagte.

Und wenn sie es trotzdem versuchen würde? Berti war Beziehungscoach. Da musste sie doch Verständnis haben für menschliche Schwächen und Widersprüche.

Juliane schaute auf die Uhr. Von hier zu Bertis Studio würde sie keine Viertelstunde benötigen, wenn sie sich ein bisschen beeilte. Aber ob Berti jetzt überhaupt dort war? Und vielleicht hatte sie auch gerade eine ihrer Klientinnen bei sich.

Sie zog das Handy aus ihrem gewebten Umhängebeutel. Nach einem Moment des Zögerns wählte sie Bertis Nummer.

41

DAS GING JA Schlag auf Schlag. Berti legte ihr Telefon zur Seite. Zuerst Sylvia und jetzt Juliane. Alle wollten sie zu ihr kommen, um mit ihr über Heinrich zu sprechen. Die ganze Angelegenheit erinnerte Berti an eine alberne Sitcom, bei der sie unlängst mal am Fernsehen hängengeblieben war. Atemlos waren die Akteure durch eine Wohnzimmertür erschienen, um gleich drauf durch die andere wieder zu verschwinden. Kontrahenten und Verbündete in den für die Zuschauer verwirrendsten Konstellationen. Aber sie war keine Zuschauerin. Sie war mittendrin.

Juliane hatte sie vertrösten können. Die Arme hatte von nicht überwiesenem Geld für den laufenden Monat gesprochen. Wenn sie wüsste, wie unbedeutend die paar fehlende Scheinchen im Verhältnis zu den Hokuspokus-Verschwindibus-Plänen ihres Vaters waren.

Außerdem hielt es Berti nicht für sinnvoll, die empfindliche, leicht zu verunsichernde Juliane zu diesem Zeitpunkt in das einzuweihen, was ihr von Martha Spiess gerade erst zugetragen worden war. Sie musste selbst Klarheit darüber gewinnen, wie sie mit den irritierenden Neuigkeiten umgehen wollte. Was – auch das musste vielleicht nochmals abgeklärt werden –, wenn sich hinter der ganzen Geschichte nicht das verbarg, was Martha Spiess und sie aus dem entdeckten Dokument schlossen? Stand Heinrich der In-dubio-pro-reo-Grundsatz zu? Musste man die Angelegenheit handhaben, wie dies gemeinhin üblich war, wenn man vom *mutmaßlichen Täter* sprach, auch wenn niemand mehr an der Schuld des Bösewichts zweifelte?

Nein, entschied Berti, die Sachlage sprach eindeutig gegen Heinrich. Schließlich hatte er seine Sekretärin höchstpersönlich über den Kanzleiverkauf informiert.

Als Sylvia Bächtold sie angerufen hatte, war ihre erste Regung ablehnend gewesen. Was bildete sich der Rotschopf ein? Vor zwei Tagen hatte sie Berti noch beschuldigt, sich die USA-Geschichte und den Kanzleiverkauf allein aus Sabotagegründen ausgedacht zu haben, hatte sie sogar noch zeternd bis ins Treppenhaus verfolgt. Und nun war ihr nach einem Gespräch zumute? Andererseits musste sie als Beziehungscoach über Souveränität verfügen. Auch wenn sie persönlich involviert war. Ein Wutausbruch durfte nicht überbewertet werden.

Und neugierig war Berti natürlich auch.

Wollte Sylvia zugeben, von allem gewusst zu haben? Gab es Details, die sie ihr, aus was für Gründen auch immer, nun doch zukommen lassen wollte?

Als Treffpunkt hatten sie die Cafébar zwei Häuser weiter ausgemacht. Sozusagen auf neutralem Terrain und mit zeitlicher Begrenzung.

Berti hatte ihr Make-up aufgefrischt und war in die enorm vorteilhaften schwarzen Jeans geschlüpft – *Not your daughter's* – die sie zusammen mit einem perlgrauen Pulli für alle Fälle im Studio deponiert hatte. Diesmal würde sie aufbieten, was es aufzubieten gab.

Trotz kalkulierter Verspätung war Sylvia noch nicht da, als Berti das Lokal betrat. Sie machte kehrt und ging wieder nach draußen. So hatte sie sich das nicht gedacht. Wer hatte hier eigentlich um ein Gespräch gebeten?

In einem Hauseingang mit Sicht auf die Cafébar behielt sie, vorsichtig um die Mauerecke lugend, das Kommen und Gehen im Auge. Wann auch immer dieses kapriziöse

Geschöpf aufzutauchen gedachte, wäre sie so in der Lage, ohne Entschuldigung nach ihr einzutreffen.

»Hier bin ich.«

Berti gab einen erschrockenen Quietschton von sich. Sylvia stand dicht hinter ihr. Sie trug schwarze, enge Hosen und kniebedeckende Stiefel, was ihre Beine noch länger und schlanker erscheinen ließ, als sie so schon waren. In ihrem Gesicht erspähte Berti eine nur notdürftig kaschiertes Grinsen.

»Wollen wir nicht reingehen?« Sylvia wies auf die Cafébar.

»Ja, natürlich. Ich …« Nein, Berti würde *nicht* irgendeine ärmliche Erklärung heraushaspeln, warum sie wie ein Privatdetektiv im Sichtschutz eines Hauseingangs gelauert hatte. Das hatte sie nicht nötig.

Erhobenen Hauptes überquerte sie neben Sylvia die Löwenstraße. Allerdings änderte das nichts daran, dass diese sie mit ihren hochhackigen Overknees um gut zehn Zentimeter überragte.

Berti ließ Sylvia beim Betreten des Lokals den Vortritt, was der jungen Frau die Blicke aller anwesenden Männer sicherte.

Sie war, da gab es nichts dran zu drehen, ein Hingucker.

Vermutlich hielt man Berti für die Mutter oder Tante. Daran änderten auch die figurschmeichelnden *Not your daughter's* nichts.

Ob man sich bei Heinrich auch fragte, ob er ihr Vater

war? Oder hielt man ihn einfach für einen Erfolgstypen, der sich auf Grund messbarer Qualitäten, bei denen es sich durchaus um eine gut gefüllte Brieftasche handeln konnte, eine so junge und attraktive Begleitung hatte an Land ziehen können?

Für einen kurzen Moment glitten Bertis Gedanken zurück zu dem Tag, als sie Heinrich kennengelernt hatte. Sie war damals jünger als Sylvia jetzt, elf Kilo leichter und berauscht davon, die Aufmerksamkeit eines so charmanten Mannes auf sich ziehen zu können. Nein, so eine Augenweide wie diese Frau hier war sie nie gewesen. Aber doch hübsch genug, um Heinrich für sich einzunehmen.

»Da in der Ecke?« Sylvia holte Berti ins Hier und Jetzt zurück.

»Und, was bringt Sie dazu, nochmals mit mir sprechen zu wollen?«, fragte Berti in geschäftsmäßigem Ton, nachdem sie sich auf der ledergepolsterten Eckbank niedergelassen hatten.

Sylvia rutschte kaum merklich auf dem Sitz hin und her. »Was Sie da gesagt haben, woher haben Sie das? Ich meine, hat Heinrich Ihnen das gesagt?«

»Liebe Frau Bächthold, warum sind Sie gekommen?« Berti sprach langsam und deutlich. Dazu hatte sie ein freundliches Lächeln aufgesetzt. Nein, sie würde keine Gegenfrage auf ihre Frage dulden. Es war an der Zeit, sich die Gesprächshoheit zu sichern.

»Ich meine, vielleicht hat es Ihnen irgendjemand erzählt, der nicht Heinrich ist. Dann könnte das auch alles erfundener Blödsinn sein.«

»Aber das hatten wir doch schon vor zwei Tagen, Frau Bächthold. Da haben Sie mich der Lüge bezichtigt. Und heute schlagen Sie vor, ein anderer oder eine andere könnte sich das ausgedacht haben? Wenn Sie mich *deshalb* zu einem Treffen gebeten haben, dann verschwenden Sie meine Zeit.« Berti griff nach Tasche und Mantel und rutschte auf der Lederbank zur Seite.

»Nein, bitte bleiben Sie!« Sylvia legte ihrer Widersacherin die Hand auf den Arm. Die kämpferische Attitüde von vor zwei Tagen war verpufft. »Ich meine ja nur. Also, das kommt mir so abwegig vor. Ich verstehe das alles nicht …« Das sagte Sylvia leise und erschreckend … überzeugend.

Was Berti bereits geahnt hatte, bestätigte sich. Sylvia wusste so wenig von Heinrichs Plänen wie sie selbst, bevor Martha Spiess sie in ihrem Studio aufgesucht hatte. Es bedurfte keines Psychologiestudiums oder hochsensibler Antennen, um die echte Bestürzung in Worten und Ausdruck dieser jungen Frau zu erspüren.

»Von wem wissen Sie das denn alles, Frau Fischer? So wie es aussieht, hat er Ihnen das ja nicht erzählt.«

»Darüber möchte ich nicht sprechen.« Berti blieb dabei. Sie war hier nicht diejenige, die Rede und Antwort stand.

»Also«, kombinierte Sylvia, »wenn Sie das nicht von ihm wissen, dann wollte er uns beide verar… reinlegen.«

»Ja«, sagte Berti nur.

Das *Ja* blieb zwischen ihnen hängen, schwang ein wenig hin und her und fiel dann auf die Tischplatte aus Holz und Schiefer, auf die die beiden nun ihren Blick richteten.

Es gab hier, so dachte Berti, keine Gewinnerin mehr. Wie bei einer Testamentseröffnung, bei der die auf das Erbe hoffenden Verwandten die Beute plötzlich an einen unbekannten Dritten entschwinden sahen, blieb betretene Verblüffung zurück.

»Entschuldigung fürs Warten. Was darf's denn sein?«

Berti und Sylvia wurden jäh aus ihrer partiellen Hypnose gerissen. Der junge Kellner, der sich ihnen nun endlich annahm, sah Sylvia an, als wäre er bereit, ihr alles nur Erdenkliche zu bringen, wenn sie ihn nur darum bat. Bertis Bestellung, eine heiße Ovomaltine, wurde mit einem höflichen Seitenblick quittiert. Erst als sich Sylvia – sie fuhr sich dabei mit ihren schlanken Fingern selbstvergessen durch die rote Mähne – für das gleiche Getränk entschied, wurde aus heißer Ovomaltine augenblicklich ein Anwärter zum neuen In-Drink seiner Bar.

Sylvia wartete, bis er die Tischoberfläche endlich vom letzten Krümel der Vorgänger befreit hatte, wobei er mit seinem Arm mehrmals ihren streifte. Erst als er sich schließlich davonmachte, setzte sie räuspernd und mit ernster Miene zum Reden an: »Ich erwarte ein Kind von Heinrich.«

Ein Kind von Heinrich. Ein Paket vom Postboten. Ein Blumenstrauß von der Nachbarin.

Irgendetwas an dem, was Sylvia gerade gesagt hatte, blieb beliebig.

Berti rieb sich den Nacken, der sich steif anfühlte. Und woher kam das bleierne Gefühl in ihrem Magen?

Berti sah Sylvia an. Sylvia sah Berti an.

Die Geräusche im Lokal schienen auf leise gestellt. Oder war es das Sausen in Bertis Ohren, das anderes fernhielt?

»Wann?«

»Ich bin im vierten Monat.«

»Und Heinrich weiß das?«

»Ja, klar.«

»Und er findet das … gut?«

»Hm. Wohl eher nicht. Es sei denn, er macht sich aus unbändiger Freude aus dem Staub.« Sylvia lachte knapp.

Der Kellner kam mit den beiden Bechern mit heißer Milch. »Da ist sie, die Ovomaltine!«, rief er strahlend, als präsentierte er seine neueste Cocktailkreation.

Aber er erntete keinen Beifall, nicht mal ein mageres Lächeln von Sylvia. Eilig machte er sich wieder davon. Dass es hier weder etwas zu flirten noch zu scherzen gab, war wohl selbst seiner von Bewunderung vernebelten Wahrnehmung nicht entgangen.

Berti griff nach dem Beutelchen mit der Schokomalzmischung, schüttelte es, riss es auf und entleerte es in der Milch. Dann rührte sie. Und rührte. Ob es eigentlich einen Guinness-Rekord im Umrühren gab?

»Er ist ein gemeines Schwein«, unterbrach Sylvia Bertis Rühraktion. Sie selbst hatte den Becher von sich geschoben.

»Ein Halunke.« Aus welcher Mottenkiste hatte Berti dieses Wort hervorgezogen?

»Ein Mistkerl.« Sylvia überbot sie mit einer weniger antiquierten Variante.

»Ein elender Schurke.«

»Bad-ass.« Sylvia war einfach zeitgemäßer, da ließ sich nichts machen.

Seltsam, dachte Berti verwundert, wurde sie langsam zum Profi im Wegstecken von schlechten News? Keine fünf Minuten war es her, dass die junge Frau, mit der sie hier am Tisch saß und sich in Heinrich-Schmähungen überbot, ihr Unerhörtes mitgeteilt hatte. Ihr Magen hatte einen Moment lang rebelliert. Der Nacken war kurzzeitig zu Eisen geworden. Und jetzt? Hatte sich schon so etwas wie Abgeklärtheit eingestellt.

Heinrich konnte nicht hören, was sie hier über ihn sagten. Und wenn er es hören könnte? Befiele ihn darüber Kummer? Eher nicht. Der brauchte andere Geschütze. Und die mussten aufgefahren werden.

»Wie wär's, wenn wir in meinem Studio weiterreden?«,

unterbrach Berti das Schweigen, das sich zwischen ihr und Sylvia nach dem krönenden *bad-ass* eingestellt hatte.

Das Lokal hatte sich mit Feierabendklientel gefüllt, und der Geräuschpegel war angestiegen.

»In Ordnung. Eine halbe Stunde habe ich noch. Danach muss ich Tim bei meiner Mutter abholen.«

Sie ließen dem hin und her flitzenden Kellner das Geld für die Ovomaltine zurück, von der keine von beiden getrunken hatte. Erneut waren Sylvia zahlreiche Blicke sicher, als sie sich zum Ausgang begaben. Nur Berti befand sich im Tarnkappenmodus. Wer nahm schon eine Einundfünfzigjährige wahr, die hinter einer Frau wie Sylvia hertrottete? Aber noch etwas anderes ging Berti durch den Kopf, auch wenn sie in diesem Augenblick die Einzige war, die das wusste: Hier und jetzt waren sie beide gleich. Gleich zornig, gleich ratlos, gleich betrogen.

42

Wer hätte gedacht, dass Sylvia eines Tages auf ihrem blauen Sofa sitzen würde. Zwar nicht als Klientin, schon gar nicht als Freundin, aber auch nicht als Widersacherin. Das war erstaunlich. Sollte sie nicht außer sich sein? Heinrichs Geliebte zum Teufel jagen, Gift und Galle spucken? Stattdessen saßen sie sich gegenüber, auf dem

Tischchen zwischen sich zwei Gläser mit Mineralwasser, in so etwas wie gefasstem Schweigen vereint. Sylvia hatte den Kopf zurückgelehnt und die Augen geschlossen.

Nun richtete sie sich auf: »Ich werde ihn morgen Abend damit konfrontieren.«

Das klang resolut, fast kämpferisch. Sie schien keine Anhängerin von Tränenorgien zu sein. Aber vielleicht kam das später.

»Und wenn wir alle zu dem Thema schweigen?« Die Vorstellung, dass die von ihr eher unbeabsichtigt praktizierte stille Problembewältigung der letzten Monate auch jetzt und weiterhin die besseren Früchte tragen könnte, hatte bei Berti in den letzten Minuten Konturen angenommen.

Sylvia sah sie ungläubig an. »Schweigen? Im Sinne von *ihm nicht die Hölle heiß machen*?«

»Genau. Schweigen als Gegenstück zu reden.« Bertie wartete einen Moment, bis sie weitersprach: »Sehen Sie, Sylvia, Sie und ich sind gewiss die Hauptleidtragenden seiner hochgradig egoistischen und feigen Absichten. Aber wir sind nicht die Einzigen, die darunter leiden.« Berti hatte Sylvia zuerst genannt, was kein Zufall war. Sie selbst hatte sich viele Jahre ein Kind gewünscht. Mit Heinrich. Aber er hatte sie in den ersten Jahren um Geduld gebeten und später dann, als es nicht mehr klappen wollte, mit dem Trost abgespeist, dass sie es doch ganz gut hatten ohne Verpflichtungen. Nun sah sie Sylvia vor sich, die in Erwartung dessen war, was sie selbst nie bekommen hatte. Sie könnte am Boden zerstört sein über diese Ungerechtigkeit. Aber wie die Dinge standen, bekam auch Sylvia nicht, was sie sich eigentlich wünschte. Zumindest das war tröstlich. Und verband. Das wilde Auf und Ab ihrer Emotionen in der Cafébar, gleich nach Sylvias Mitteilung, war tatsächlich von Ruhe abgelöst worden.

»Da ist zum Beispiel noch Heinrichs Sekretärin.« Berti musste der verständnislos dreinschauenden Sylvia ihren Gedankengang erklären. »Die ist auch sehr verärgert über Heinrichs trickreiches Vorgehen. Überdies ist sie ihren Job los. Na, und Heinrichs Tochter Juliane ist gerade auch nicht sehr gut auf ihren Vater zu sprechen. Wobei …«, sie überlegte, ob sie in deren heute am Telefon geäußerten Frust nicht doch zu viel hineininterpretierte. »Also, ich könnte mir vorstellen, dass auch Juliane ihrem Vater gerne mal klar und deutlich sagen würde, was sie von seiner Gleichgültigkeit und seiner Willkür hält.«

»Und?«, bohrte Sylvia ungeduldig. Offenbar konnte sie sich nach wie vor nicht vorstellen, worauf Berti hinauswollte. Eher sah sie aus, als wolle sie Heinrich auf der Stelle einem Verhör unterziehen.

»Ich denke einfach, Heinrich hat die erstaunliche Fähigkeit, sich bei Konfrontationen unter vier Augen zu entziehen, abzuwiegeln, abzulenken, zu vertrösten. Wenn er sich jedoch uns allen stellen muss, gibt es für ihn keine Ausflüchte mehr.«

Sylvia schaute skeptisch, und Berti kamen selbst Zweifel. Wie stellte sie sich das vor? Vielleicht enthielt ihre Idee etwas viel Hollywood-Kolorit.

»Es gibt da ja auch noch seine konkrete Verantwortung Ihnen gegenüber.« Sie schaute auf Sylvias Bauch, der nicht die geringste Wölbung zeigte. »Er hat offensichtlich die Absicht, sich dieser nur teilweise oder, schlimmer noch, gar nicht zu stellen. Vielleicht brauchen Sie bei so viel Abgebrühtheit doch auch ein bisschen Verstärkung und Rückhalt. Von mir, von Martha Spiess, von Juliane.«

Verstärkung, Rückhalt? Hatte sie das wirklich gerade eben gesagt? Unglaublich, sie, Berti Fischer, bot Sylvia tatsächlich ihre Solidarität an?

Berti griff nach ihrem Glas und trank einen Schluck. Sie schauten sich an. Berti auf ihrem Sessel. Sylvia, jetzt aufrecht, gesammelt, ihr gegenüber. Im wortlosen Sich-Anschauen bekamen sie langsam Routine.

Nein, ihre Solidarität war natürlich nicht uneigennützig. Berti war keine Mutter Teresa. Aber sagte man nicht, in der Einheit läge die Kraft?

Sie dachte an das Haus in Ascona, Heinrichs Verkaufsabsichten und die von ihm genannten Gründe. Natürlich hatte der Schurke ihr gegenüber verschweigen müssen, dass es ihm einfach nur um seinen Anteil ging. Stattdessen hatte er ihr vorgegaukelt, für den Fortbestand der Kanzlei über die nötige Liquidität verfügen zu müssen. *Fortbestand der Kanzlei*! Berti schlug unversehens mit der flachen Hand auf den Tisch, so dass die beiden Wassergläser darauf klirrend hüpften und Sylvia zusammenzuckte.

»Aber wie soll das laufen? Sollen wir ihm zu viert an einer Straßenecke auflauern und ihm jeder einen Kinnhaken verpassen?« Sylvias Gedanken strickten offenbar noch immer an dem ihr von Berti nahegelegten Schweigen und der konzertierten Vergeltungsaktion.

Eine verlockende Vorstellung. Aber Berti ging nicht darauf ein.

»Ich muss an meine Zukunft denken, Sie müssen an ihre Zukunft denken! Das verbindet uns, Sylvia. Mehr sicher nicht. Wir wollen nicht so tun, als könnten oder wollten wir nun Freundinnen werden, nur weil wir beide vom gleichen Mann verschaukelt werden. Aber wir können unsere Energien bündeln. Wie wäre es, wenn Sie nun nach Hause gehen und erst mal zur Ruhe kommen? Und Heinrich gegenüber so tun, als glaubten sie weiter an …«, Berti stockte. »An was eigentlich?«

»An eine gemeinsame Wohnung und eine Familie und …« Sylvias Stimme wurde leiser, und über ihre Wangen kullerten nun doch eine, zwei, drei Tränen. »Ja, eben das ganze Paket vom Glück! Wie aus dem Werbespot von der *Migros*: Die Familie, fröhlich im sommerlichen Garten. Der Mann am Grill. Die Frau deckt den Tisch. Die Kinder spielen auf dem Rasen mit dem bellenden Hund.« Ein Lächeln ob so viel zuckriger Idylle schob die drei Tränen weg.

»Wenn Sie einverstanden sind, Sylvia, werde ich Martha Spiess kontaktieren, die uns gegebenenfalls noch ein paar erhellende Fakten über Heinrichs Pläne liefern kann. Ob sie mit von der Partie sein wird, wenn wir Heinrich zur Rechenschaft ziehen werden, weiß ich natürlich nicht. Und mit Heinrichs Tochter Juliane werde ich auch sprechen. Aber da muss ich erst mal sondieren, wie sie nun tatsächlich zu ihrem Vater steht. Und was sie sagt, wenn sie von seinen Absichten erfährt. Wir können niemanden gebrauchen, der uns unvermutet in den Rücken fällt.« Berti nahm noch einen großen Schluck Wasser. »Ist das für Sie in Ordnung so?« Sie blickte Sylvia durchdringend an. »Ich meine, können Sie ihre Enttäuschung vorerst für sich behalten? Ihn in der Annahme lassen, dass Sie all das weiterhin glauben, was … sie mir da eben von Ihren Träumen erzählt haben?«

Sylvia saß nun noch gerader auf dem Sofa als vorher. »Ja, das kann ich!«, sagte sie mit klarer, kräftiger Stimme, als befände sie sich im Zeugenstand.

»Gut, ich denke, wir vereinbaren ein erstes gemeinsames Treffen noch vor den Feiertagen. Für Weiteres müssen wir die Weihnachtstage verstreichen lassen und vielleicht sogar das Neue Jahr abwarten. Ich nehme die ganze

Sache selbstverständlich in die Hand.« Darüber, wer hier das Zepter schwang, wollte Berti keine Zweifel aufkommen lassen. »Werden Sie vorerst hier in Zürich bleiben?«

»Ja, wir feiern bei meiner Mutter Weihnachten. Danach fahre ich mit Tim drei Tage zu meiner Schwester ins Berner Oberland. Und Sie?«

So hatte Berti sich das eigentlich nicht gedacht. Eine Plauderei mit Sylvia? »Ich werde an den Feiertagen ins Tessin fahren«, antwortete sie knapp. Alleine, fügte sie noch an, ohne es auszusprechen.

Mit Heinrich hatte sie bisher kein Wort über die nicht mehr fernen Feiertage gewechselt. Bisher hatten sie Weihnachten fast immer gemeinsam in Ascona verbracht. Aber nicht dieses Jahr. Nein, dieses Jahr nicht!

Berti erhob sich. Es war an der Zeit, diesen ungewöhnlichen Konvent zu beenden.

Sylvia schnappte sich ihr Wollcape, das sie bei ihrer Ankunft nachlässig über die Sofalehne geworfen hatte.

Verlegenheit stellte sich ein. Wie verabschiedete man sich von jemandem, mit dem man sich unfreiwillig einen Mann geteilt hatte? Von jemandem, den man noch vor kurzem zum Teufel gewünscht hatte und der unvermittelt zum Verbündeten geworden war?

»Also dann«, Berti reichte Sylvia die Hand, »trotz allem schöne Festtage!«

»Die wünsche ich Ihnen auch.« Sylvia trat ins Treppenhaus, drehte sich aber noch einmal um. »Kann ich mal bei

Ihnen anrufen? Ich meine, wenn sich irgendwas Wichtiges ergeben sollte.«

Berti nickte.

»Danke, dass Sie mich nicht hassen.« Das kam ganz schnell und quetschte sich zusammen mit einem fast schüchternen Lächeln durch die sich schließende Lifttür.

Berti stand noch einen Moment an ihrer Wohnungstür und lauschte dem nach unten gleitenden Lift nach, bis er sich seiner Fracht entledigt hatte.

Hassen, was für ein gewaltiges Wort, was für ein gewaltiges Gefühl. War sie nicht selbst mal, wie Juliane vor einiger Zeit so treffend angemerkt hatte, eine Männerräuberin gewesen? Sylvia hatte nichts anderes getan als sie. Mit den gleichen Illusionen.

Ein Kind. Jetzt, da sie hier so alleine zurückblieb, kam die vorübergehend weggeschobene Eröffnung als das wieder in ihr hoch, was es war: ein Aberwitz.

Heinrich, der Wagen bricht, sagte der junge König zu seinem Diener im Märchen vom Froschkönig. *Nein, Herr, es ist ein Band von meinem Herzen*, antwortete der Märchen-Heinrich.

Aber ihrem Heinrich brach gar nichts, kein Band, kein Herz und kein Wagen. Ihr Heinrich zog sein Ding durch, wie es ihm beliebte.

Berti nahm ihren Mantel von der Garderobe und löschte das Licht, bevor auch sie ging.

43

Heinrich parkierte den Lexus in der Tiefgarage. Lange würde er das gute Stück nicht mehr sein eigen nennen. Wehmütig strich er ihm über die Kühlerhaube, wie einem liebgewordenen Haustier, das bald in andere Hände gegeben würde. Wobei er Nixon mit weit weniger Emotionen im chaotischen Haushalt seiner Tante Hella zurückgelassen hatte.

Er hatte einen Käufer gefunden, einen Kollegen, dem er über die Gründe des Verkaufs eine kleine Geschichte hatte auftischen müssen. Leider wollte der Mann den Wagen schon in vier Wochen haben. Für die verbleibende Zeit in der Schweiz würde ihm nichts anderes übrigbleiben, als Bertis Golf mitzubenutzen. Berti! Der Gedanke an sie, in Verbindung mit dem Verkauf, bereitete ihm Unbehagen. Da musste er sich noch etwas einfallen lassen. Als er den Wagen vor einem Jahr gekauft hatte – ein außergewöhnlich günstiges Angebot, das nach sofortigem Zugriff rief – befand er sich in einer drei Monate andauernden führerscheinlosen Phase. Achtzig km/h in der Ortschaft, ein ärgerlicher Lapsus. Kurzerhand hatte er Berti als Käuferin eingesetzt, zumindest auf dem Papier. Eigentlich hatte er vorgehabt, die Besitzverhältnisse gleich im Anschluss wieder zu ändern, was er dann dummerweise verschleppt hatte. Nun würde sie als Verkäuferin auftreten müssen, was ihm nicht in den Kram passte, denn er wollte die Transaktion alleine durchziehen. Nur so würde der effektive Kaufpreis nicht bis zu Berti vordringen. Es ging darum, stillschweigend eine Art Bonus auf sein Privatkonto verschieben zu können. Berti gegenüber hätte der Lexus dann für wesentlich weniger den Besitzer gewechselt. Nicht, dass er generell zu solchen Unehrlichkeiten neigte. Nein, das wollte und konnte er von sich nicht sagen. Aber er war nun mal in einer Situation, in der er ein gewisses finanzielles Polster aufbauen musste. Zum Glück war Berti in solchen Belangen recht unbedarft. Er war überzeugt, dass sie keine Ahnung hatte, was er vor einem Jahr für das Auto bezahlt hatte und was er jetzt noch dafür bekommen könnte. Andererseits, er durfte den Bogen auch nicht überspannen. In letzter Zeit reagierte sie oft anders, als er dies von ihr kannte. Kluges Vorgehen war gefragt.

Als sich der Lift in Bewegung setzte, machte sich Appetit bemerkbar. Wie beim Pawlowschen Hund löste bei ihm die sich nähernde Wohnungstür einen Reflex in Form von knurrendem Magen aus. Ob Berti etwas Gutes gekocht hatte? Zeitlich sprach nichts dagegen, er war früh dran. Allerdings konnte er sich in den letzten Wochen leider nicht auf sie verlassen. Schon des Öfteren hatte er sich gezwungen gesehen, auf den Pizzakurier zurückzugreifen.

Der Lift hielt im zweiten Stock, und Frau Rieder, aufgetakelte Endvierzigerin aus der Wohnung unter ihnen, stieg zu. »Herr Fischer! Endlich sehen wir uns mal wieder!« Ihre Augen hatten zu leuchten begonnen. Wie zufällig rieb sie ihren enormen Busen beim Betreten des Lifts an seinem Arm. Er hatte in der Vergangenheit den Fehler gemacht, mit kleinen Zweideutigkeiten eine gewisse Schwäche für sie anzudeuten. Rein spielerisch und nur zur routinemäßigen Überprüfung seiner Verführungskräfte natürlich, denn wirklich interessiert war er nie. Nun ließ sie dummerweise keine Gelegenheit aus, sich ihm zu nähern. »Wie geht's denn so?« Sie drückte zuerst auf die Drei für die Etagenwahl, dann sich selbst gegen ihn. Er hatte auf Ilse Rieders plumpe Annäherung so wenig Lust wie auf eine lauwarme Pizza vom Kurier. »Danke, gut. Und Ihnen?« Er wich zurück, soweit die Enge des Lifts dies gestattete. Glücklicherweise würde sie gleich wieder aussteigen. Entgegen seiner Hoffnung, sie schnell los zu sein, hielt sie beim Hinaustreten einen Fuß auf die Bodenschiene. »Und, geht's an Weihnachten wieder ins Tessin?« Warum nur schürzte sie die Lippen?

Ihre Nachfrage rief ihm die Sache mit der *Casa Armonia* ins Gedächtnis. Auch das musste dringend mit Berti besprochen werden. »Ja, ja, ins Tessin, wie jedes Jahr.« Er lächelte honigsüß.

Ilse Rieder verabschiedete sich mit einem koketten Zwinkern und guten Festtagswünschen. Zerstreut hatte er ihr ein gutes neues Jahr gewünscht, die Gedanken bereits beim Verkauf des Hauses in Ascona. Die Frau eines

Mandanten beabsichtigte, eine kürzlich geerbte Geldsumme beträchtlichen Ausmaßes in Immobilien zu investieren und war geradezu in Verzückung geraten, als sie von dem Objekt gehört hatte. Sie hatte sich Fotos zeigen lassen und sich bereits in ersten Visionen ergangen. Das Ganze sollte unter Leitung eines gefragten Architektenfreundes in einen Beton-Glas-Palast umgewandelt werden. *Vista lago, das findet man ja kaum mehr in Ascona!* Sie hatte Heinrich um eine baldige Gelegenheit gebeten, sich das Anwesen *en grandeur nature* ansehen zu dürfen. Dass er die Sache bisher zur Seite geschoben hatte, lag an der berechtigten Befürchtung, bei Berti mit der Mitteilung überhaupt nicht gut anzukommen. Aber es musste sein, da gab es nun mal keine Sentimentalitäten.

Von Berti war nichts zu sehen. Zu seinem Bedauern stieg ihm auch kein verlockender Duft in die Nase, zumindest nicht von Frischgekochtem. Sie musste wohl in ihrem Zimmer sein, dem früheren Abstellraum. Ein feiner Lichtstreifen fiel in Bodennähe durch den Türschlitz. Ob er die Geschichte mit der *Casa Armonia* gleich in Angriff nehmen sollte? Heinrich straffte die Schultern und klopfte an. Das wäre doch gelacht, wenn er sich nicht wie immer auf seine Überzeugungskraft, gepaart mit einer Extradosis Liebenswürdigkeit, verlassen könnte.

»Ja?«

»Hallo, Berti! Wollte mal sehen, wie es dir geht.«

Berti erwiderte sein Lächeln nicht.

»Stör ich?«

»Ja.« Und als er keine Anstalten unternahm, sich zurückzuziehen: »Ich arbeite.«

Das begann nicht gut. »Ich lass dich auch gleich in Ruhe.« Sein Lächeln begann zu gefrieren. »Wollte nur mal hören, wann wir ins Tessin aufbrechen wollen.« Das hatte er an ihren Hinterkopf gerichtet, denn sie hatte sich bereits wieder ihrem Laptop zugewandt. Egal, so schnell ließ er sich nicht ins Bockshorn jagen. »Nach den Festtagen könnten wir auch gleich eine Hausbesichtigung mit einer Interessentin durchführen. Stell dir vor, die Frau vom Wenger, diese magersüchtige Giraffe, du weißt schon, würde doch glatt zwei Millionen auf den Tisch blättern.« Sein Lachen, haarfein eingesetzt bei der humoristischen Note mit der *Giraffe*, klang sogar in seinen eigenen Ohren nach dem Meckern eines Ziegenbocks. Sie konnte ja wenigstens mal in seine Richtung schauen!

Tatsächlich, Berti drehte sich zu ihm um. »Ins Tessin fahre ich alleine. Was das Haus angeht, wird die Giraffe den Januar abwarten müssen.« Das warf sie ihm zu, wie ein Rädchen Wurst für einen lästigen Hund. Früher hätte sie über seine spitzzüngige Bemerkung gelacht.

»Alleine?«

»Ja, alleine. Und jetzt schließ bitte die Tür.«

Da war nichts zu machen. Auch Heinrich erkannte,

wann Beharrlichkeit an ihre Grenzen stieß. Natürlich hatte Berti berechtigte Gründe, auf ihn sauer zu sein. Trotzdem ärgerte er sich über ihre unzugängliche Art. Hatte sie nicht immer das hohe Lied der lösungsorientierten Kommunikation angestimmt?

Missmutig begab er sich zum Küchenbereich, wo zwei schmutzige Töpfe, ein benutzter Teller und ein Glas mit einem kleinen Rotweinrest darauf hindeuteten, dass hier vor kurzem gespeist worden war. In einem der Töpfe klebte eine verschwindende Menge Pasta. Konnte Berti eigentlich nicht respektieren, dass er kein dreckiges Geschirr in der Küche vorfinden wollte? Er öffnete den Kühlschrank, in dem gekochter Schinken, Käsereste und ein zum Dauerbewohner gewordener Erdbeerjoghurt zu finden waren.

Er hatte Besseres verdient.

44

Sie hörte ihn rumoren. Jedes Tellergeklirre eine Anklage!

Heinrich hatte sie beim Schreiben unterbrochen. Der erste Beratungsbeitrag für die Zeitschrift! Die Redakteurin, zufrieden mit dem Probeartikel, hatte sie gebeten, gleich zu Beginn die Anfrage eines Mannes zu berücksichtigen. Männer mussten als neue Zielgruppe angesprochen und umworben werden. Man wusste bereits durch eine Vielzahl an Rückmeldungen, dass der sensible Mann ein wachsendes Interesse an Körperpflege, Problemen in der Partnerschaft und generell an Lebensfragen zeigte.

Hartmut H. hatte Bertis besondere Aufmerksamkeit erregt. *Meine Frau bekommt ein Kind von einem anderen Mann, will sich aber nicht von mir trennen. Ich selbst bin zerrissen.* Nun, wer wäre das nicht? *Ich liebe meine Frau, aber die Vorstellung, dass das erste Kind nicht das unsere ist, schmerzt mich.* Berti erfuhr, dass sich der biologische Vater, dem Hartmuts Frau auch sehr zugetan war, gerne im Hintergrund halten und mit gelegentlichen Besuchen zufriedengeben würde. Hartmut haderte mit einem solchen Arrangement. *Können Sie sich vorstellen, Alberta* – so durfte man sie nennen –, *dass so etwas gutgehen könnte?* Nun, vorstellen konnte man sich vieles.

Lieber Hartmut, legte Berti los, *die Antwort auf Ihre Frage geben Sie sich in weiten Teilen Ihrer Ausführungen bereits selbst. Und das ist gut so. Indem Sie von Zerrissenheit, Zweifeln und Schmerz sprechen, nehmen Sie nicht nur Ihre Empfindungen ernst, sondern spüren bereits das Ausmaß der emotionalen Anstrengung, das vor Ihnen liegt, sollten Sie den Vorstellungen Ihrer Frau zustimmen. Hören Sie in sich hinein, Hartmut …*

Wieder klopfte es an die Tür. Heinrich schob seinen Kopf durch den geöffneten Spalt, ohne ihre Aufforderung abgewartet zu haben. Ob sie *Achtsamkeit in der Partnerschaft* nach ihm werfen sollte? Das Buch lag griffbereit neben ihrem Laptop.

»Ich a-r-b-e-i-t-e, Hartmut!«

»Wieso Hartmut?« Der Störenfried sah beleidigt aus.

»Dann eben Heinrich. Heinrich, ich arbeite!«

Im Leben kam so manches zur falschen Zeit. Ein Mann, der im Viertelstundentakt ihre Nähe suchte, hätte sie noch vor einem halben Jahr oder weniger mit Freude erfüllt. Wobei die Gründe seiner abendlichen Beharrlichkeit natürlich nichts mit seinen wiederentdeckten Gefühlen für sie zu tun hatten, sondern rein geschäftlicher Natur waren.

»Ich weiß, ich weiß.« Das versuchte er entschuldigend klingen zu lassen. »Bevor ich es vergesse: Könnten wir bei der Versicherung und beim Straßenverkehrsamt den Lexus auf meinen Namen übertragen lassen, wie es ursprünglich gedacht war? Ich möchte ihn verkaufen.« Er stand nun schon in ihrem Zimmer, rieb sich die Hände, bereit, sich weiter zentimeterweise vorzuarbeiten. »Im Hinblick auf die Sanierung der Kanzlei-Finanzen möchte ich ein bisschen kürzertreten. Dachte an einen Smart oder ähnliches. Für den Lexus kriegen wir noch satte 50000 Franken.«

»Gute Idee!« Auf dieser Laientheaterbühne konnte auch sie sich einen Auftritt gönnen. »Aber warum kann ich nicht als die Verkäuferin auftreten, wenn die Papiere schon auf mich ausgestellt sind? Du weißt, jede Änderung kostet was.«

Einen Smart kaufen, ging es eigentlich noch dümmer?

»Kleine Formalität, Berti. Der Käufer ist ein Mandant von mir, und ich möchte da nicht so dastehen wie …, du weißt schon.«

Nein, sie wusste nicht. Klar war jedoch, dass sie der Angelegenheit auf ihre Weise nachgehen musste.

»Heinrich, das eilt nun wirklich nicht. Du kannst das sowieso nicht vor Weihnachten erledigen. Und bitte geh jetzt!«

Sie spürte Heinrichs Zögern, auch wenn sie sich bereits von ihm weggedreht hatte. Als sich nach einigen Sekunden die Tür dann doch schloss, gestattete sie sich ein Lächeln. Sie hatte noch nie ein Auto verkauft, aber so schwierig konnte das ja wohl nicht sein.

Zuerst musste Sie sich aber Hartmut widmen. Dieser Mann verdiente ihre Aufmerksamkeit. Gerne hätte sie ihm mehrere Sitzungen in ihrem Coaching-Studio vorgeschlagen, was natürlich nicht ging. Zumindest nicht so direkt.

Berti lehnte sich auf ihrem Stuhl zurück. Sie dachte an Sylvia und das Kind, das diese von Heinrich erwartete. Immerhin kam Heinrich nicht auf die Idee, den Nachwuchs im Dreiergespann großziehen zu wollen, wie sich Hartmuts Angetraute und der den Hintergrund vorziehende Liebhaber das vorstellten. Da konnte Berti sich ja geradezu glücklich schätzen, dass Heinrich den Zaubertrick vorzog, sich selbst verschwinden zu lassen.

Gerade wollte sie ihre Arbeit wiederaufnehmen, als sich ein Facetime-Anruf ankündigte. Lara. Schön, dass sie sich meldete. Berti hatte der Freundin, die sich noch immer in ihrem genuesischen Familiendomizil befand, bisher nichts von den letzten Heinrich-Unglaublichkeiten erzählt, obwohl sie den ersten Teil der Geschichte schon seit einigen Tagen mit sich herumtrug.

»Ciao bella«, trompetete ihr Lara etwas zu laut entgegen. »Come va?« Sie saß am Schreibtisch eines Zimmers, das nach einer jugendlichen Bewohnerin aussah. Ausgedruckte Selfies, Fotos im wieder aktuellen Retro-Stil der Sofortbildkameras und ein bunter Seidenschal hingen hinter Lara an der Wand.

»Hm, così così … Heinrichs Geliebte ist schwanger.«

»Schwanger?« Aus Laras Gesicht wich jede Farbe. »Von wem?«

»Von Heinrich.«

»Das, das … kann ich mir nicht vorstellen.«

Was war denn mit Lara los? Natürlich war das eine schockierende Mitteilung. Wer, wenn nicht Berti selbst konnte das beurteilen. Aber nicht *vorstellen*? Hatte Lara etwa die Beziehung zwischen Heinrich und seiner Geliebten Sylvia für eine platonische gehalten? Berti ignorierte Laras mangelnde Vorstellungskraft.

»Das ist aber längst nicht alles. Heinrich will sich aus

dem Staub machen. Einfach so: Nach mir die Sintflut!« Berti fand diesen Teil der Geschichte eindeutig empörender. War das seltsam? Sollte sie sich, wie Lara, über Sylvias *Zustand der guten Hoffnung* echauffieren?

Natürlich hatte sie das getan. Natürlich war Sylvias Mitteilung wie ein Messer in sie gedrungen, hatte aber schlussendlich doch nur die Schmerzdauer eines angeschlagenen Kopfes gehabt. Immerhin hatte Berti Heinrich nicht erst damit verloren, dass er eine andere Frau geschwängert hatte.

Lara schien das anders zu sehen. »Sie bekommt ein Kind von ihm?« Das fragte sie nun bereits zum zweiten Mal. Die Begriffsstutzigkeit ihrer Freundin nahm ja bedenkliche Züge an.

»Ja, und er will sich nach Amerika davonmachen«, wiederholte Berti hartnäckig. Das war schließlich der Clou der Geschichte. Für sie gab es zwei mentale Aktenordner. Im ersten hatte sie die Dokumente zu Heinrichs Affäre abgelegt. Im zweiten, dem heißen, heftete sie gerade seinen geplanten kaltschnäuzigen Abgang, die verkaufte Kanzlei und den bevorstehenden Hausverkauf in Ascona ab.

»So ein Schweinehund!« Lara wischte sich mit dem Handrücken über die Wange. War das etwa eine Träne? Nicht zum ersten Mal wunderte sich Berti über Laras Empathie, eine Eigenschaft, die sie in diesem Ausmaß bisher nie an ihrer Freundin festgestellt hatte.

Sie schwiegen eine Weile, was sich bei einem Videotelefonat nicht gut machte.

»Und Heinrich hat keine Ahnung, dass du bereits alles weißt?«

»So ist es. Und so soll es auch erst mal bleiben.« Berti war froh, dass sie sich nun auf weniger emotionsgeladenem Terrain bewegten.

»Und was versprichst du dir davon?«

»Sehr viel. Wissen ist Macht, Lara! Ich …«

Hinter Lara wurde die Tür aufgestoßen. Sabrina, Laras Nichte, kam ins Bild. »È pronta la cena.«

Lara zuckte zusammen. Erschrocken schaute sie von Sabrina zu Berti. »Ich muss Schluss machen. Ich melde mich morgen bei dir. Ciao!«

Zu einem *Ciao* von Berti war es nicht mehr gekommen. Die Verbindung war bereits unterbrochen. Diese Eile wegen eines bereitstehenden Abendessens?

Warum hatte sie eigentlich nicht längst mit Lara Kontakt aufgenommen? War sie nicht immer die Erste gewesen, der sie Nöte, Sorgen oder irgendwelche Neuigkeiten anvertraut hatte? Das musste wieder so werden wie früher. Berti nahm sich fest vor, im neuen Jahr alles zu tun, um die Freundschaft in alter Form wiederzubeleben. Laras Anteilnahme eben, wenn auch in Teilen etwas sonderbar, hatte doch zum Ausdruck gebracht, wie viel Verbundenheit zwischen ihnen bestand.

Aber nun war der Moment, an anderes zu denken. Sie

schloss das Hartmut-Dokument. Auch der musste warten, zumal sie sich ihre Antwort noch mal reiflich überlegen wollte.

Berti beugte sich wieder über ihren Laptop und googelte nach einem Portal für den An- und Verkauf von Autos. Die Marke konnte sie in der Suchmaske noch problemlos eingeben, aber damit verließen sie ihre Kenntnisse über das luxuriöse Gefährt. Tatsächlich war der Lexus vor einem Jahr auf ihren Namen angemeldet worden, da sie für die Versicherung einen gültigen Führerschein vorzulegen hatten. Was sie jetzt brauchte, war der Fahrzeugausweis.

Im Flur war kein Licht mehr. Heinrich saß im Wohnbereich auf seinem Sessel, die Füße auf den dazugehörigen Hocker gelegt, auf dem Schoss einen Teller mit … Brot und Käse. Es war Nachrichtenzeit. Die Tagesereignisse hielten Heinrich wie immer in ihrem Bann. Von seinem Platz aus konnte er nicht zur Garderobe sehen, was Berti einen schnellen Griff in die Innentasche seines Sakkos erlaubte. Der Ausweis befand sich säuberlich zusammengefaltet im hintersten Fach seiner Brieftasche. Heinrichs Ordnungsliebe erlaubte gar nichts anderes. Sie schob das gesuchte Dokument in die Tasche ihrer Strickjacke, steckte die Brieftasche wieder an ihren angestammten Platz und schlich sich in ihr Zimmer zurück.

Gut. Wie war das also? Modell, Jahrgang? Für den Kilometerstand musste sie einen kurzen Abstecher in die Tiefgarage unternehmen.

Zehn Minuten später hatte sie alle nötigen Informationen beisammen. Zufrieden stellte sie fest, dass es auch für eine in diesem Metier ungeübte Einundfünfzigjährige problemlos möglich war, den Wert eines Autos herauszubekommen. Da konnte das Verkaufen auch keine Hexerei mehr sein.

90 000 Franken wurden von Anbietern für vergleichbare Modelle verlangt. Heinrich hatte von 50 000 Franken gesprochen. Kein Wunder wollte er den Verkauf des Wagens ohne ihr störendes Beisein über die Bühne bringen.

Entrüstet klappte sie den Deckel des Laptops zu.

Heinrich, der Wagen bricht.

Oder, in leichter Abwandlung: *Heinrich, dein Wagen ist bald weg.*

45

»Sie und Frau Bächthold? Wie ist das denn zustande gekommen?«

Martha Spiess zog die Brauen hoch. Das konnte Berti am Telefon nicht sehen, aber es musste einfach so sein. Davon war sie überzeugt.

Ja, es war eine erstaunliche Allianz. Aber die veränderte Sachlage rief nach veränderten Maßnahmen. Selbst Marthas Gefühle zu ihrem Chef hatten einen solchen Tiefpunkt erreicht, dass es nur weniger Worte bedurfte, sie als Komplizin für eine konspirative Zusammenkunft bei Berti zu gewinnen.

Oh, hatte Martha gesagt, als Berti ihr von Heinrichs Miteigentum an ihrem Haus in Ascona und seinen Verkaufsabsichten erzählt hatte, und *oh*, als sie von Sylvias Schwangerschaft erfuhr.

Berti war zu dem Schluss gekommen, sie müsse die Sekretärin ihres Mannes, zu der sie vor gar nicht so langer Zeit trotz aller Freundlichkeit ein doch eher distanziertes Verhältnis gehabt hatte, auch über Privates aufklären. Nur wenn Heinrichs Schurkereien auf dem Tisch lagen, konnten sie eine geeinte Truppe sein.

»Gut, dann werde ich um fünf bei Ihnen sein. Soll ich mich zu der Sache mit dem Haus mal ein bisschen schlaumachen? Herr Fischer hat ja auch ein paar private Ordner hier stehen. Vielleicht …« Martha ahnte wohl, dass die Chance, etwas Hilfreiches dazu zu finden, nicht groß war. Trotzdem, Berti schätzte ihren Vorschlag.

Sylvia war im Nu für das Treffen zu haben. Wie vereinbart hatte sie versucht, Ruhe zu bewahren. »Ich bin fast geplatzt vor innerer Anspannung, aber ich habe durchgehalten, habe andere Verpflichtungen vorgeschoben, obwohl er mich unbedingt sehen wollte.«

Das kleine Detail vom begehrlichen Heinrich versetzte

Berti trotz allem einen Stich. Manche Gefühle schienen Kapriolen zu schlagen und den harten Fakten um Meilen hinterherzuhinken.

Was Juliane betraf, hatte Berti lange gezögert. War es klug, sie in die Sache hineinzuziehen? Auch Julianes Bild von ihrem Vater hatte Risse bekommen. Aber ob das ausreichte, sie mit an Bord holen zu können? Andererseits würde Juliane ohnehin mit den Geschehnissen konfrontiert werden. Die unterlassene Ausbildungszahlung war nur ein Vorgeschmack.

Sie hatte sie dann doch angerufen.

»Das kann ich nicht glauben!« Julianes erste heftige Reaktion erinnerte Berti an ihre kurze Auseinandersetzung auf dem Uetliberg vor ungefähr zwei Monaten. Diesmal würde sie auf jeden Fall ruhig bleiben. »Das wäre schön, wenn wir *alle* das nicht glauben müssten, Juliane. Hör zu, wenn du kommen möchtest, dann bist du willkommen. Aber wenn nicht, dann könnte ich es auch verstehen. Nur um eines bitte ich dich wirklich«, Berti hielt inne, um ihren Worten Nachdruck zu verleihen, »sprich nicht mit deinem Vater über das, was du von mir erfahren hast!«

Juliane hatte nicht geantwortet.

»Juliane? Bist du noch dran?«

»Ja.«

»Kannst du mir das versprechen?«

»Warum soll ich das versprechen? Vermutlich stimmt

nichts von dem, was du mir erzählt hast.« Da war er wieder, dieser kindlich trotzige Ton, den Juliane anschlug, wenn sie glaubte, ihren Vater verteidigen zu müssen. Aber da war auch Verunsicherung. »Das würde er mir doch sagen.« Ihre Stimme war leise geworden.

Nein, das ist ja das Schlimme. Das würde er nicht. Aber das sagte Berti nicht. Stattdessen: »Warum sollte Martha Spiess eine solche Geschichte erfinden? Oder ich?«

Wieder schwieg Juliane. Dann unternahm sie einen letzten Anlauf. »Das muss ein Missverständnis sein. Vermutlich hat die Spiess da was in den falschen Hals bekommen. Sie ist nicht mehr die Jüngste. Und du schließlich …«

… auch nicht. Berti vollendete für sich Julianes Satz. Nein, sie ließ sich nicht provozieren.

Juliane gab auf. »Gut, ich verspreche es dir. Aber bei diesem Hexen-Konzil möchte ich nicht dabei sein.«

»Das steht dir frei.« Das *Hexen-Konzil* kommentierte Berti nicht. Und dass Juliane, die so wankelmütig in ihren Gefühlen für ihren Vater war, bald ein Halbgeschwisterchen bekommen würde, behielt sie geflissentlich für sich.

Neben Martha stand ein großgewachsener Mann in schwarzer Kabanjacke, die seinen athletischen Körperbau noch massiger wirken ließ. Durch die Gläser einer dunklen Hornbrille blitzten Berti wache grün-braune Augen entgegen. Er musste Ende dreißig sein. Sie hatte ihn noch nie gesehen.

»Darf ich vorstellen, Herr Dr. Moser, der Nachfolger von Herrn Fischer.« Formell, wie es ihre Art war, präsentierte Martha Spiess ihren Begleiter, der sich verlegen lächelnd mit der linken Hand über seinen strubbeligen braunen Haarschopf strich und Berti die rechte entgegenstreckte. »Ruedi Moser, freut mich.«

»Ich habe mir die Freiheit genommen, ihn heute mit hierherzubringen. Beziehungsweise Herr Moser war so freundlich, sich überhaupt dazu überreden zu lassen.«

Berti wusste nicht, was sie von dem unerwarteten Gast halten sollte, dem die Situation auch nicht so geheuer zu sein schien. »Zu meiner Entschuldigung, ich habe mich nicht aufgedrängt, heute mit hierherzukommen.«

Was hatte sich Martha dabei gedacht? So eine Eigenmächtigkeit passte doch gar nicht zu ihr.

Sie schien Bertis Gedanken zu erahnen. »Ich dachte, ein paar ergänzende Auskünfte von Herrn Moser könnten von Nutzen sein. Ich habe mich gleich nach Ihrem Anruf heute Morgen daran gemacht, nach seinen Kontaktdaten zu suchen, und ihn dann angerufen. Herr Fischer war nämlich den ganzen Vormittag außer Haus«, erklärte sie.

Wie effizient diese Martha! Trotzdem wurmte es Berti, dass sie als Organisatorin vor vollendete Tatsache gestellt wurde. »Kommen Sie doch erst mal rein.« Sie nahm den beiden die Mäntel ab und hängte sie an den neu gekauften Bügeln an die Garderobe.

»Wir müssen allerdings ein bisschen zusammenrutschen. Mein Studio ist gar nicht für so viele Besucher gedacht.« Berti wies auf das blaue Sofa und den Sessel, der eigentlich ihr Stammplatz war. Sie würde mit dem Reservestuhl vorliebnehmen.

Das Sofa reduzierte sich mit Moser auf seiner Sitzfläche zum Puppenformat. So viel Mann! Wollte sie das heute in ihrer Runde?

»Sie sind über alles informiert, was meinen Mann betrifft? Ich meine, was seine privaten Pläne angeht?« Berti tastete sich langsam vor. Ihre Skepsis machte der Neugier Platz. Was hatte Heinrich diesem Mann wohl gesagt? Noch bevor Ruedi Moser antworten konnte, läutete es, und Berti eilte zur Tür. »Das muss Frau Bächthold sein!«

Sylvia stand mit entschuldigendem Lächeln vor der Tür.

»Tut mir leid, aber Tim hat heute nicht kollaboriert.«

Sie wartete Bertis Aufforderung zum Reinkommen gar nicht ab. Ungeduldig zupfte sie sich ihre türkisfarbene Wollmütze vom Kopf und wedelte damit den anderen zweien grüßend zu. Ihr roter Haarschopf schien sich der wiedergewonnenen Freiheit zu erfreuen und entlud sich elektrisiert in seiner ganzen Fülle.

»Entschuldigung, dass ich Sie alle habe warten lassen. Aber …«

Was dann passierte, ließ sich nur als Schauspiel der

Naturkräfte beschreiben, dessen Entfaltung Berti und Martha als staunende Komparsen beiwohnten. Sylvias und Ruedi Mosers Blicke trafen sich. Blitze und Donner funkten und krachten im Sekundentakt. Dass dabei trotzdem kein einziger Ton laut wurde, war Teil der spektakulären Inszenierung.

Niemand erfuhr, was Sylvias *Aber* hätte folgen sollen. Und niemanden interessierte es. Schon gar nicht Ruedi Moser.

Blitz und Donner zogen sich zurück. Mit fast einfältiger Andacht hingen Mosers Augen an der noch immer stehenden Sylvia.

»Setzen Sie sich doch, Sylvia.« Berti wies auf ihren Reservestuhl. Sie selbst würde mit dem Hocker vorliebnehmen. Erst jetzt merkte Moser, dass er das Zweiersofa monopolisierte. Erschrocken sprang er auf: »Wie kann ich nur ...!« Er wies auf den knappen Platz neben sich, den Sylvia nicht in Anspruch nahm, als fürchtete sie die sprühenden Funken, die die Nähe auslösen würde.

»Hm ... dann wollen wir doch mal loslegen.« Martha Spiess erinnerte die Anwesenden an den eigentlichen Grund ihres Hierseins, was – so grollte Berti – nicht ihre Aufgabe war. »Ich denke, jeder von uns sollte kurz darlegen, was sich Heinrich Fischer aus persönlicher Sicht hat zuschulden kommen lassen. Was mich betrifft«, sie räusperte sich kurz, »so gibt es vergleichsweise wenig zu sagen.«

Und das sollten Sie auch bitte beherzigen, Frau Spiess, knurrte Berti ihr im Geiste zu. Aber Martha, unberührt von Bertis innerem Zürnen, eröffnete nicht nur die Sitzung, sie gab auch noch gleich *ihre* Geschichte zum Besten.

»Mein Arbeitgeber wollte mich trotz meiner langjährigen treuen Dienste auf ein unattraktives Halbtagspensum setzen, um für eine junge Kraft Platz zu schaffen.« Sie warf einen knappen, aber unmissverständlichen Blick auf Sylvia, die beschämt zu Boden blickte. »Das konnte ich verhindern. Nun aber hat er mir unter Angabe falscher oder nur teilweise stichhaltiger Gründe gekündigt. Sein Nachfolger«, Moser wurde mit einem schnellen Blick bedacht, »möchte eine junge Equipe um sich scharen. Was ich ihm nicht … wirklich übelnehmen kann.« Das klang versöhnlich, aber Berti kaufte ihr die Großzügigkeit nicht ab. »Ich bin, um es zusammenzufassen, von Herrn Fischer sehr enttäuscht. Aber ich habe keinen Anlass für einen Rachefeldzug, auch wenn ich mich als Frau, und überhaupt, mit Ihnen solidarisch fühle.«

Endlich war Martha mit ihrem für sie ungewöhnlich langen Monolog fertig, und Berti ergriff eilig das ihr schon längst zustehende Wort. »Bei mir sieht die Sache leider etwas dramatischer aus.« Diese Steigerung stand ihr nun wirklich zu. »Heinrich, mein Mann, hat eine Geliebte«, sie sah bewusst nicht zu Sylvia rüber, »was zwar unerfreulich ist, aber nicht ungewöhnlich und somit auch kein Grund für Vergeltungsschläge. Zumindest nicht für mich.« Die Anwesenden durften durchaus daran erinnert werden, dass sie es mit Berti Fischer zu tun hatten, ihres Zeichens Beziehungscoach, die auch an Hochemotionales mit professioneller Nüchternheit heranzugehen verstand. »Was mich jedoch wirklich verärgert, ach was, maßlos empört, ist sein Vorhaben, sich aus dem Staub zu machen. Mit größter Wahrscheinlichkeit, ohne seinen finanziellen Verpflichtungen mir gegenüber nachkommen zu wollen. Im Gegenteil: Unter Vorspiegelung eines falschen Motivs möchte er unser gemeinsames«, sie schluckte, »Haus im Tessin verkaufen. Zu einer weiteren Gaunerei, die es nachweislich gibt, möchte ich mich jetzt nicht äußern.« Die Sache mit dem Lexus, fand Berti, musste an dieser Stelle nicht extra erwähnt werden. »Ich bin also nicht nur von Heinrich enttäuscht. Das wäre eine Untertreibung. Ich fühle mich nach Strich und Faden von ihm hinters Licht geführt und möchte, mehr noch, muss ihn zur Rechenschaft ziehen.«

Martha, Sylvia und Moser nickten unisono. Heinrichs Schandtaten-Register sprach für sich.

Nun räusperte sich Ruedi Moser und richtete sich auf, was ihn noch raumfüllender erscheinen ließ, auch, so schien es Berti, weil er dabei seine ohnehin schon breite Brust zusätzlich aufpumpte.

»Ich erlaube mir, bereits an dieser Stelle das Wort zu ergreifen, auch wenn ich mir bewusst bin, dass ich erst ganz zum Schluss an der Reihe wäre. Und zwar aus folgendem Grund: Ich hatte noch keine Gelegenheit, mich Ihnen vorzustellen. Sie werden sich wundern, was ich hier tue.« Er erhob sich und reichte der errötenden Sylvia die Hand. Darum ging es ihm also! Förmlich verkündete er: »Ruedi Moser. Anwalt und Nachfolger von Herrn Heinrich Fischer.«

Sylvia schenkte ihm ein anmutiges Lächeln, das sie mit dem Senken ihrer Augenlider vollendete.

Ja gab es das noch? Berti war hingerissen.

Sanft untermalt von den Klängen eines Streicherquartetts griff der Liebesgott Amor in seinen Köcher, tastete nach den letzten Pfeilen, die er nach der verschwenderischen Ouvertüre noch in seinem Köcher hatte und schoss auch diese treffsicher ab.

Tatsächlich verstrich erstaunlich viel Zeit, bis Sylvia zu sprechen begann. »Ich bin Sylvia Bächthold und«, wieder senkte sie den Blick, »mit Herrn Fischer … liiert. Dass Sie Heinrichs Nachfolger sind, habe ich schon vermutet.« Nun schaute Sylvia Moser direkt an und Berti war, aber da konnte sie sich durchaus irren, als schwankte er ganz leicht in den Knien.

Ein Schauspiel war das, welches so gar nicht dem entsprach, was Berti sich vorgestellt hatte. Es gewann seinen ungeahnten Reiz dadurch, dass Heinrich, ohne auch nur einen Funken Ahnung davon zu haben, schon in diesem Moment der Dolchstoß versetzt wurde.

»Sylvia, möchten Sie nicht bei der Gelegenheit erwähnen, worin ihre persönliche Kränkung durch Heinrich besteht?« Das kam von Martha, die auch ein wenig Blut geleckt zu haben schien.

Was würde Sylvia, die ihre Hände nervös über den Stoff ihrer jeansbehosten Schenkel rieb, nun sagen?

»Es fällt mir nicht leicht, vor Ihnen allen über so Privates zu sprechen. Aber ich will es trotzdem tun. Andernfalls hätte ich nämlich heute gar nicht hierherkommen müssen. Meine Wut auf Heinrich Fischer hat natürlich auch mit seiner Unehrlichkeit zu tun. Sich heimlich durch die Hintertür davonstehlen zu wollen ist für mich deshalb so verletzend, als er weiß, dass ich«, Sylvia atmete tief ein und schaute mit flatternden Lidern in die Runde, »dass ich … ein Kind von ihm erwarte.«

46

Mosers Gesicht war eine von einem plötzlichen Windstoß ausgelöschte Laterne. Seine Schultern sackten nach vorne. Mit gefalteten Händen senkte er den Blick, als wolle er in sich kehren.

Er tat Berti leid. Erstaunlicherweise empfand sie aber auch für Sylvia Bedauern, die, wie sie da saß, fahrig an ihren Haaren zupfend, sehr jung und verletzlich aussah.

Berti hätte sich daran laben können, dass die geschwängerte Geliebte ihres Mannes nunmehr zum Ladenhüter geworden war. Zwar immer noch ein sehr schöner Ladenhüter, aber eben doch ein bisschen ramponiert. Der sympathische und attraktive Ruedi Moser würde trotz des amourösen Paukenschlags keine Frau wollen, die das Kind seines Vorgängers erwartete. Oder irrte sie sich da? Auf jeden Fall triumphierte Berti nicht. Gerne hätte sie die Situation gerettet. »Herr Moser, wie wäre es wenn Sie uns erzählen, was Heinrich Ihnen so alles gesagt hat? Vielleicht erfahren wir durch Sie mehr über seine Pläne, vor allem was die zeitlichen Abläufe betrifft.«

Moser sah nicht aus, als verspürte er dazu noch große Lust. Aber er war auch ein Gentleman, und sein solides Format beschränkte sich nicht allein auf seinen Körperbau.

»Also …« Die Türklingel unterbrach seinen Anlauf.

Berti stand auf und ging zur Tür. Es war bereits nach halb sechs, und sie erwartete niemanden mehr.

»Hallo! Es ging nicht früher.« Kein Wort von Juliane, dass sie eigentlich gar nicht zum *Hexen-Konzil* kommen wollte, keine Entschuldigung.

Sie hatte ihre langen braunen Haare zu Zöpfen geflochten und ein Lederband um den Kopf geschlungen, was merkwürdig aussah. Die angestrebte Squaw blieb trotz buntem Alpakapullover und Fransenstiefeln eine blasse Studentin. Ohne Bertis Aufforderung abzuwarten, war sie zu der versammelten Runde vorgestoßen und begrüßte die Anwesenden mit einem betont lockeren *Hallo*, das nicht zu ihrer sonst eher zurückhaltenden Art passte. Irgendetwas stimmte nicht mit ihr.

»Heinrichs Tochter Juliane«, stellte Berti vor. »Juliane, das ist Frau Bächthold, die gute Bekannte deines Vaters und Herr Dr. Moser, Heinrichs Nachfolger. Frau Spiess kennst du ja.«

Juliane nickte allen zu, ohne sich zum Händeschütteln durchzuringen. An Ruedi Moser und Sylvia blieb ihr Blick länger hängen.

»Wenn du dich bitte gleich neben Herrn Moser setzen möchtest … Er war nämlich im Begriff, uns ein paar Einzelheiten zum Kanzleiverkauf zukommen zu lassen, von dem dein Vater bekanntlich weder mir noch Frau Bächthold, noch dir erzählt hat.« Dem letzten Teil des Satzes verlieh Berti besonderen Nachdruck.

Moser informierte, dass er die Kanzlei am ersten März des kommenden Jahres übernehmen würde und merkte an, dass Heinrich ihn um Diskretion gebeten hatte. Ähnlich wie bei Martha Spiess hatte er dafür aber andere Gründe genannt als die tatsächlichen. Von einem vorgezogenen Ruhestand war die Rede gewesen. Und von einem kleinen finanziellen Leck, das Heinrich zu stopfen beabsichtigte. Zu Letzterem hatte er sich Moser gegenüber allerdings nur vage geäußert.

»Warum sind Sie dann hier und erzählen uns das alles«,

funkte Juliane herausfordernd dazwischen, »wenn mein Vater Sie doch um Diskretion gebeten hat?«

Moser sah sie erstaunt an. »Weil ich mich nicht gerne anlügen lasse.« Das kam so knapp, wie Julianes Unterbrechung unhöflich gewesen war. Er wandte sich nun allen zu. Sylvia, so schien es Berti, ein bisschen mehr. »Ich habe die Kanzlei übernommen und freue mich auf meinen beruflichen Neuanfang. Aber das ändert nichts an der Tatsache, dass ich doch sehr schockiert bin über die Hintergründe des Verkaufs, von denen ich erst heute erfahren habe. Es wäre mir selbstverständlich lieber, gerade bei meinem Beruf, diesen Neuanfang auf sauberem Terrain begehen zu können.« Er lehnte sich zurück. Mehr hatte er offenbar nicht zu sagen.

Auf sauberem Terrain. Ja, da befände sie sich jetzt auch gerne. Berti empfand ganz unvermittelt Scham, als trüge sie eine Mitschuld an dieser Posse, die für einen Außenstehenden tatsächlich grotesk wirken musste.

»Danke, Herr Moser. Juliane, erzählst du uns bitte, warum du heute doch noch hierhergekommen bist?« Neben ihrem ganz persönlichen Unbehagen war da auch noch der Ärger über das ungewohnt forsche Auftreten ihrer Stieftochter. Was trieb sie an? Und vor allem, auf wessen Seite stand sie nun?

»Ich, ich …, ich weiß es nicht.« Juliane zupfte hektisch an ihren Zopfspitzen. Dabei zitterten ihre Hände kaum merklich. »Ich glaube, weil ich so enttäuscht bin.« Die

Angriffslust war verpufft, und übrig blieb eine junge Frau, die einfach verwirrt und niedergeschlagen war. Berti hätte sie nun doch gerne in den Arm genommen. Wieder einmal.

Anschließend hatten sie Überlegungen angestellt, wie sie mit Heinrich verfahren wollten, und waren sich über die Notwendigkeit eines Tribunals einig geworden, bei dem Berti, Martha und Sylvia in die Rollen der Richterinnen schlüpfen würden.

Nur Juliane hatte auf der Unterlippe kauend um Bedenkzeit gebeten.

Sie war dann auch die Erste, die sich zum Gehen bereitmachte. Besorgt betrachtete Berti ihre Stieftochter, die nicht gut aussah, fahrig und gereizt wirkte. Dabei hatte sie heute doch nichts wirklich Neues erfahren, denn dass Sylvia von Heinrich schwanger war, hatte sie durch ihr verspätetes Erscheinen nicht mitbekommen.

Martha, die so etwas wie mütterliche Gefühle zu verspüren schien, schlug Heinrichs Tochter einen gemeinsamen Spazier-Heimweg vor, obwohl sie nicht in die gleiche Richtung gehen mussten. Juliane stimmte zu, war aber sichtlich nicht bei der Sache.

Auch Sylvia stand auf. »Ich muss zu meinem Sohn«, sagte sie und sah dabei Moser an, als wäre er der Adressat ihrer Mitteilung. Wollte sie ihre Lebenssituation ungeschminkt auf den Tisch legen? *Sieh her, das bin ich, Syl-*

via Bächthold, schwanger und mit Sohn. So ist das nun mal.

»Darf ich Sie nach Hause fahren?«, fing Moser den ihm zugeworfenen Ball im Flug auf.

Ein Mann, der wusste, was er wollte, dachte Berti. Aus anderem Holz geschnitzt als sein Kanzleivorgänger in der Bellerivestraße, den sogar ein von ihm höchst persönlich gezeugtes Kind in die Flucht schlug. Dabei hatte natürlich auch Moser, wie alle Anwesenden beobachten konnten, an der Sache mit dem Heinrich-Kind in Sylvias Bauch zu kauen gehabt.

»Gerne«, entgegnete Sylvia und schenkte dem galanten Moser einen Blick, mit dem sie ihm vermutlich noch zwei weitere Kinder hätte unterjubeln können, ohne dass das entzündete Feuer in ihm erloschen wäre.

Berti geleitete ihre Gäste zur Tür. »Ich werde mich demnächst per Mail melden. Sobald ich entschieden habe, wann, wo und wie genau sich unser Heinrich-Vorhaben am besten in die Tat umsetzen lässt.« Zu Juliane sagte sie nur: »Schweigen wie vereinbart?«

»Ja«, murmelte Juliane, was Berti zu schwächlich ausfiel. Da würde sie noch mal nachhaken müssen.

»Herr Moser, es freut mich, dass Sie sich die Zeit genommen haben, zu mir zu kommen. Das ist nicht selbstverständlich.« Berti bedankte sich händeschüttelnd bei dem sie einen Kopf überragenden Mann, dessen Erscheinen ihr zunächst nicht recht gepasst hatte.

»Schon in Ordnung. Das habe ich auch für mich getan. Schließlich führe ich die Kanzlei von Herrn Fischer weiter und möchte gerne wissen, was für ein Mann mein Vorgänger ist. Ach, und lassen Sie mir bitte so schnell wie möglich den Vertrag zukommen, der anlässlich der Änderung der Besitzverhältnisse Ihres Hauses in Ascona aufgesetzt wurde. Damit ich sehen kann, was sich da eventuell machen lässt.«

Berti versicherte ihm, das umgehend erledigen zu wollen. Klarheit darüber zu erlangen war in ihrem eigenen Interesse. Es war peinlich genug, dass sie auf Mosers Nachfrage zugeben musste, Heinrichs Ansinnen bisher noch nicht auf seine Berechtigung hin abgeklopft zu haben.

Als alle draußen waren, lehnte sie sich einen Moment an die Innenseite der Tür. Nicht nur die Ruhe tat gut. Auch dass sie jetzt immer deutlicher den Weg vor sich sah, wie man Heinrich die Leviten lesen konnte, machte sie ein bisschen beschwingter.

Natürlich musste die Sache nun gut ausgefeilt werden, was ihre Aufgabe sein würde. *Sie* war die Zeremonienmeisterin!

Berti ging zum Fenster, um frische Luft in ihr kleines Coaching-Studio zu lassen, in dem sich kurz zuvor noch fünf Leute gedrängt hatten. Ein kühles Abendwindchen wehte in den Raum. Unten auf der Straße sah sie Ruedi Moser und Sylvia im Licht des Schaufensters des

Schuhgeschäfts stehen. Sie unterhielten sich. Dann gingen sie zusammen weiter, und Berti schien es, aber aus der Distanz ließ sich das nicht so einfach ausmachen, als wenn Moser Sylvia bereits auf eine Weise am Ellbogen fasste und geleitete, als hätte er sich zu ihrem Beschützer ernannt. Erstaunlich, was sich da in so kurzer Zeit angebahnt hatte. Wirklich erstaunlich. Da mussten Kräfte besonderer Art wirken. Kräfte, die so ganz nebenbei aus Heinrich dem Abservierer einen abservierten Heinrich machten.

47

Nie, nie mehr würde sie in ihrem Leben eine solche Gleichgültigkeit und Unbedarftheit walten lassen! Um Geldangelegenheiten hatte sie sich all die Jahre nicht gekümmert. Solange ihr genügend für ein komfortables Leben zur Verfügung stand, hatte sie Heinrich keine Fragen gestellt. Schließlich verdiente er das Geld, hatte sie sich gedacht. Wenn sie überhaupt gedacht hatte. Ihr wurde heiß vor Scham über so viel Einfalt.

Finanziell schwierige Situation, hatte Heinrich gesagt. Auch Martha und Ruedi Moser hatten das angedeutet. Und sie hatte keine Ahnung, wusste nicht mal, wie oder wo sie sich darüber informieren sollte, ohne sich an

Heinrich zu wenden. Ein Heimchen am Herde war sie, ein naives Anhängsel. Berti krönte ihren Ärger mit dem gezielten Wurf eines Aktenordners gegen die Wand. Der, in dem sie die Dokumente ihrer beruflichen Qualifikationen aufbewahrte. Aufgeklappt, mit geöffnetem Bügel und herausgelösten Dokumenten, lag er auf dem Boden. Das Diplom ihrer Coach-Ausbildung höhnisch grinsend obenauf.

Sie klaubte die Blätter und Sichtmappen zusammen und stellte den lädierten Ordner zurück ins Regal. Natürlich gab es im Haus keinen einzigen Hinweis auf Finanzielles.

Immerhin hatte sie am Abend zuvor den Vertrag gefunden, der Heinrichs Miteigentum an der *Casa Armonia* attestierte. Sie hatte ihn gleich gescannt und Ruedi Moser gesendet.

Wieder etwas ruhiger setzte sie sich an ihren improvisierten Schreibtisch.

Seien Sie nachsichtig mit sich selbst. Sie können durchaus kritisch sein, ohne zu ihrem eigenen ungnädigen Richter zu werden, riet Beziehungscoach-Berti mit wissender Miene der frustrierten Berti.

Gut, dann wollte sie sich jetzt zur Ablenkung an ihre schriftlichen Coachingbeiträge machen, von denen ein neuer fällig war. Die Redakteurin hatte ihre eine Auswahl der Kümmernisse der Leserinnen und Leser zukommen lassen. Berti las sich im Schnellverfahren durch die ersten zehn Anfragen. Bei Rita D. blieb sie hängen. … *hat er die Wohnung in Davos seiner Mutter geschenkt*, las Berti, die nun zu Alberta, Beziehungsberaterin bei *Anna*, geworden war. Berti-Alberta schnalzte empört mit der Zunge. Nein, diese haarsträubende Geschichte konnte sie nicht zur Veröffentlichung auswählen. Da gab es nichts mehr zu beraten. Nur noch beizupflichten.

Rita D. wollte sich endlich ihres Mannes entledigen, einem Zwangsneurotiker, der sie zehn Ehejahre lang zu Tode gelangweilt hatte. Josef, der öde Gatte, hatte sich allerdings am Ende ihres gemeinsamen Weges als weitaus phantasiereicher erwiesen, als Rita ihm das zugetraut hätte. Die gemeinsame Ferienwohnung in Davos hatte er kurzerhand seiner Mutter zum Fünfundsechzigsten geschenkt und somit dem aufzuteilenden Besitz entzogen. Zumindest glaubte der Einfältige, seine Frau mit diesem Husarenstreich hinters Licht führen zu können.

Bertis Finger flogen nur so über die Tastatur ihres Laptops. Sie betätigte sich hier sozusagen in privater Sache, nicht als *Alberta* für ihre Rubrik. Dieser Mann war eine wandelnde Beleidigung an die Intelligenz seiner Frau, nein, aller Frauen. *Nehmen Sie umgehend Kontakt mit einem Anwalt auf*, bestärkte Berti Rita D. in ihrer bereits ins Kämpferische umschlagenden Befindlichkeit. Befriedigt drückte sie auf *Senden*.

Nun musste sie allerdings noch etwas finden, das sich für die übernächste Ausgabe von *Anna* eignete.

Berti nahm gerade einen Schluck vom Johanniskrauttee – nervenberuhigend hatte ihr die nette Apothekerin versichert –, als sie den Hinweis für einen neuen Eingang in ihrer Mailbox sah. Moser! Ein Mann ein Wort, das lobte sie sich. Er hatte sein Versprechen gehalten und ihr das Ergebnis seiner Prüfung umgehend zugesandt.

Sehr geehrte Frau Fischer, schrieb er, was Berti etwas förmlich fand nach der gestrigen Zusammenkunft in ihrem Studio. *Die Sache mit dem Miteigentum lässt, wie zu erwarten, keine Interpretation zu. Ihr Mann ist Mitbesitzer der Immobile in Ascona und zwar zur Hälfte.*

Folgendes ist jedoch zu beachten: Sie haben in jedem Fall das Vorkaufsrecht. Dies allerdings, und das ist in Ihrem Fall genauso bedeutsam wie erfreulich, nicht zum Marktwert, sondern zum amtlichen Wert. Ich gehe davon aus, dass in Ihrem spezifischen Fall der amtliche Wert *deutlich unter dem Marktwert liegt. Das müsste man noch abklären. Ebenfalls zu Ihren Gunsten ist die Klausel mit dem Recht auf Nutznießung.* Es folgte eine kurze Abhandlung über die juristische Bedeutung der Nutznießung und die Möglichkeiten, welche sich daraus ergaben.

Berti las die Mail zu Ende und bedankte sich bei Heinrichs Nachfolger für seine prompte und hilfreiche Auskunft.

Etwas war bei Mosers Ausführungen mit ihr geschehen, etwas, das längst überfällig war. Jemand hatte die

Lederriemen aufgeschnitten, die ihr die zwanzig Kilo schwere Ritterrüstung am Leibe hielten, mit der sie nun schon eine Weile durch die Gegend stapfte. Unwillkürlich richtete sie sich auf, lockerte die Schultern. Tatsächlich: Ohne Rüstung war sie flink und beweglich. Verletzlich, ja, aber nicht behäbig. Sie hatte Optionen, war nicht Spielball, sondern Spielerin, vorausgesetzt, dass *sie* es so wollte.

48

»Nun erzählen Sie mal, meine Liebe, was sich inzwischen so getan hat!« Rosa Hallhuber rauschte mit fast jugendlichem Elan in Bertis Studio. In den Händen hielt sie eine gigantische, mit einer roten Schleife versehene Weihnachtskonfektschachtel von *Sprüngli*.

In Anbetracht der nahen Festtage trug sie ein rotes Kostüm mit weißem Nerzbesatz. Eilsendung von Richie aus Dallas. Überlegungen zu politisch korrekter Bekleidung schienen weder ihn noch Rosa umzutreiben. Sie ließ sich aufs Sofa fallen, das den Plumps mit einem fast menschlichen Ächzen quittierte. Ihr Blick war erwartungsvoll auf Berti gerichtet.

Die spätnachmittägliche Sitzung, so kurz vor Weihnachten, sollte nicht, das hatte Rosa betont, im Zeichen des Coaching stehen. Wenn doch, dann unter anderen Vorzeichen.

Sie fummelte ungeduldig an der roten Schleife der Schachtel. »Ein Kaffee würde gut dazu passen!« Unter dem gelupften Deckel trat die oberste von drei Schichten köstlichstem Konfekt zutage. Rosa griff mit Kennerblick nach der Luxusvariante eines Zimtsterns und schob ihn sich genüsslich in den Mund, während sich Berti beeilte, ihre Kaffeemaschine zum Leben zu erwecken. »Rosa, ich werde mein Coaching-Studio nicht mehr weiterführen.«

Die Entscheidung, der Wohnung in der Weinbergstraße adieu zu sagen, führte zwangsläufig auch zum Ende ihrer Tätigkeit in der Löwenstraße. Sie empfand darüber kein Bedauern. Etwas Neues sollte beginnen. Rosa war die erste Person, der sie das mitteilte.

Die nickte verständnisvoll. Sie schien nicht weiter überrascht zu sein. Aufmerksam schaute sie zu Berti, die zwei randvolle Espressotassen zum Tisch balancierte.

»Heinrich möchte sich auf Französisch verabschieden, mich hier sitzen lassen, mit allen Verpflichtungen. Aber dafür ohne Abfindung oder Unterhalt. Während er seinen Anteil vom Verkauf des Hauses in Ascona natürlich vorher einsacken möchte.«

Auch von der geschwängerten Sylvia erzählte sie.

Rosa pickte sich bei jedem Detail ein weiteres Konfektstück aus der Schachtel. »Unglaublich! Der Mann hat ja kriminelles Potential«, hauchte sie zwischen zwei Bissen.

So hatte Berti das noch gar nicht betrachtet. Aber die Einschätzung war nicht von der Hand zu weisen.

Rosa nahm einen dunklen Schokoladenstern in Augenschein, betrachtete ihn eine Weile von allen Seiten, als handle es sich dabei um ein besonders interessantes Exemplar und verkündete schließlich: »Ich mache Ihnen einen Vorschlag, meine Liebe.« Dabei beugte sie sich verschwörerisch zu Berti.

Dass nun Nägel mit Köpfen gemacht werden sollten, besiegelte sie mit dem nachdrücklichen Schließen und Zur-Seite-schieben der Konfektschachtel. Dann unterbreitete sie Berti ein Angebot der besonderen Sorte.

»Das geht nicht!« Berti schnappte nach Luft.

»Natürlich geht das!« Rosa sah nicht aus, als würde sie eine Widerrede akzeptieren.

Die gerade ausgebrachte Saat ihres Angebots begann aufzugehen, schoss aus dem Boden und sprießte.

49

Der Panettone war dieses Jahr eine Nummer kleiner ausgefallen. Berti deponierte den eben erstandenen Festtagskuchen auf dem Rücksitz des vollgepackten Golf. Morgen Vormittag würde sie noch ein paar Besorgungen beim Lebensmittelhändler im *Borgo* von Ascona machen, aber jetzt wollte sie unbedingt zur *Casa Armonia* hochfahren. Mit jedem Meter, den sie sich ihrem Reich näherte, fühlte sie sich ein bisschen leichter, und das, obwohl der Wagen voll bepackt war.

Sogar Weihnachtsstimmung verspürte sie, allerdings von einer ganz neuen Sorte. Nicht die mit der stillen Nacht, den Schneeflocken und der Besinnlichkeit, die allemal nicht zur Milde der Temperatur, dem blauen Himmel und dem in der Sonne funkelnden Lago passte, sondern eine belebende, prickelnde. So prickelnd wie der Spumante, den sie gleich auf dem kleinen Balkon auf der Südseite des Hauses zusammen mit einer Scheibe Panettone verzehren würde. Das Auto konnte sie später immer noch entladen.

Es war gestern Abend geschehen. Sie hatte sich in dem Zimmer umgesehen, das sie in den letzten zwei Monaten jeden Tag ein bisschen mehr zu ihrem persönlichen Refugium gemacht hatte. Nur das Nötigste würde sie aus der Wohnung in der Zürcher Weinbergstraße mitnehmen, hatte sie entschieden.

Gefüllte Schränke und Regale, Heinrichs Relax-Sessel, die Minotti-Sitzgruppe, die überdimensionierte Küchenmaschine und der Staubsauger-Roboter konnten bleiben, wo sie waren. Damit sollte sich Heinrich rumschlagen. Ausräumen und putzen? Nicht ihr Problem. Der Mietvertrag lief schließlich nicht auf ihren Namen.

Dass *er* nun alsbald erledigen musste, was *sie* hätte tun müssen, wäre sein Überraschungscoup geheim geblieben, erfüllte sie mit federleichter Heiterkeit. Ein letztes Stück vom Harnisch der Rüstung war zu Boden gefallen.

Ihr Wohnsitz würde die *Casa Armonia* sein.

Heinrich hatte ihr umfangreiches Gepäck beäugt. »Für ein paar Tage Tessin?«, hatte er argwöhnisch hervorgepresst.

Es war nicht verwunderlich, dass ihn die vier Koffer und drei vollen Taschen stutzig machten.

»Sachen für Aurelia«, hatte sie vergnügt geflötet. »*De-cluttering*, du weißt schon.« Aurelia aus dem nahen Cannobio kam gelegentlich zum Putzen in die *Casa Armonia*. Und gegen das *Ballastabwerfen* konnte Heinrich, der Abgebrühteste aller Ballastabwerfer, ja gewiss nichts einwenden.

»Kannst du bitte mal mit anpacken, Heinrich?«

»Eh, ich wollte eigentlich gerade …«

»Nett von dir, danke.«

Heinrich fügte sich.

Er hatte einen Koffer zur Blockierung der Tür auf der Schwelle zum Lift abgesetzt und die drei Taschen in den Innenraum gehievt. »Denk dran, dass die *Casa Armonia* picobello sein muss, wenn die Wenger zur Hausbesichtigung kommt. Der erste Eindruck, du weißt schon. Ich beabsichtige nämlich, noch ein bisschen mehr aus dem Verkauf rauszuschlagen.«

Wie unklug von ihm. Von seinen drei Sätzen waren exakt drei zu viel. Mit einem flinken Griff hatte Berti den Koffer von der Schwelle gezogen, und die so nicht mehr blockierte Lifttür hatte den zurücktretenden Heinrich unsanft in die Zange genommen.

»Bist du wahnsinnig?«, hatte er aufgeheult.

Nein, das war sie nicht. Sie war so klar wie lange nicht mehr.

Berti freute sich auf die Tage des Alleinseins. Ihre Beiträge für *Anna* kamen gut an, und sie würde in Ruhe schreiben können. Und dann war da noch Rosa Hallhubers Angebot, das sie sich nochmals durch den Kopf gehen lassen konnte. Wobei sie ihre Entscheidung, wenn sie ehrlich mit sich war, eigentlich schon getroffen hatte.

In knapp zwei Wochen, am 4. Januar, würde dann Heinrich eintreffen. Sozusagen zu einem verspäteten Silvesterfeuerwerk! Ein paar choreographische Details mussten noch mit den Frauen besprochen werden.

Er nahm natürlich an, dann endlich den Verkauf in die Wege leiten zu können. Der bloße Gedanke zauberte Berti ein sattes Lächeln ins Gesicht: Heinrich der Ahnungslose.

Sie schloss die wie immer ein bisschen klemmende Tür der *Casa Armonia* auf. Über die Schwelle zu treten war, als hätten ihr himmlische Mächte Einlass ins Elysium gewährt, was nun wirklich gut zu den kommenden Festtagen passte.

Auf dem Küchentisch stand ein Arrangement aus feinen Ästen und in der Vase zum Blühen gebrachten Barbarazweigen. Daneben eine Flasche Merlot aus Lorenzos eigener Produktion. Was für eine freundliche Geste! Vielleicht sollte sie ihn zu Panettone und Spumante herbitten. Sie warf einen Blick in den kleinen Spiegel über der Kommode. Nicht übel, was ihr da entgegenblickte. Konnte es sein, dass ihre Züge entspannter wirkten, die Mundwinkel wieder ganz leicht nach oben zeigten? Berti setzte ein übertriebenes Lächeln auf. »Geht doch!«, sagte sie zu ihrem Konterfei. Es war davon auszugehen, dass ihr der milchige Spiegel mit den blinden Flecken am Rand einen schmeichelnden Gefallen tat. Aber ganz egal, sie war bereit für ein bisschen Gesellschaft.

Noch bevor sie Lorenzos Nummer aufrufen konnte, meldete ein *Pling* eine Textmitteilung von Lara.

Möchte unbedingt dabei sein am 4. Januar! Schützenhilfe für euch alle. Immerhin bin ich durch dich Zeuge seiner Missetaten geworden.

Dagegen sprach nichts. Im Gegenteil. Die Unterstützung durch die Freundin tat ihr gut. Außerdem konnte es nicht schaden, wenn Heinrich sich vor einer ordentlichen Zahl von Frauen entblößt sah.

Sie hatte Lara in einer Mail von der Zusammenkunft in ihrem Studio berichtet, von der unerwarteten Anwesenheit von Heinrichs Nachfolger, der fulminanten Begegnung zwischen ihm und Sylvia und von dem Plan, Heinrich den Prozess zu machen.

Prima, freue mich auf dich und deine moralische Unterstützung, antwortete Berti, der es guttat, wieder mehr Engagement und Interesse seitens der Freundin zu spüren. Das alte Gefühl der Verbundenheit kehrte zurück.

Und jetzt würde sie Lorenzo bitten, auf ein Glas vorbeizukommen.

Der kleine Balkon mit dem Eisengeländer, der länger von der flachstehenden Wintersonne bestrahlt wurde als die Terrasse darunter, bot gerade genug Platz für zwei. Von hier aus konnten sie auf den immer noch im Licht glitzernden See schauen, ohne dass Bäume und Büsche die Sicht versperrten.

Außer dem weihnachtlichen Panettone auf ihren Tellern deutete nichts auf die bevorstehenden Festtage oder die Jahreszeit hin.

»Salute!« Berti erhob ihr Glas mit Spumante und stieß mit Lorenzo an.

»Salute, carissima! Und du bleibst ganz alleine hier? Zu Weihnachten und … danach?« Berti hatte ihm erzählt, dass es zwischen Heinrich und ihr nicht mehr gut stand. Auch, dass sie vorhatte, die *Casa Armonia* zu ihrem Zuhause zu machen. Lorenzo hatte sie nachdenklich angesehen, aber nicht weiter nachgehakt. Seine feine Zurückhaltung hatte ihr schon immer gefallen.

»Warum kommst du übermorgen nicht zu mir rüber? Mein Bruder und seine Familie werden da sein. Und natürlich mein Sohn mit Frau und Kindern. Wir würden uns freuen.«

»Nein, Lorenzo. Danke. Aber ich brauche die Zeit für mich. Keine Sorge, ich werde schon nicht heulend vor einer flackernden Kerze sitzen und mein trauriges Schicksal im Grappa ertränken.«

Lorenzo lachte nicht über Bertis Versuch, die Sache scherzhaft klingen zu lassen. Wieder sah er sie lange an.

Nein, Unbehagen war es nicht, das mulmige Gefühl in ihrer Magengegend. Irgendetwas anderes, das sich nicht greifen ließ. Die unbefangene Stimmung zwischen ihnen hatte sich verflüchtigt.

»Es wird kalt!« Berti sprang auf und griff mit der Effizienz der betriebsamen Kellnerin, die sie einmal gewesen war, nach den halbleeren Gläsern, Tellern und Gabeln. Die Proseccoflasche quetschte sie mit akrobatischem Geschick zwischen Brust und Oberarm.

»Du bist eine entschlossene und beherzte Frau. Das gefällt mir«, sagte Lorenzo, während er die Flasche vorsichtig wieder aus ihrem prekären Transportfach herauszog und ihr die Teller aus der Hand nahm.

Hitze schoss Berti in die Wangen wie in längst vergangenen Mädchentagen. Entschlossen und beherzt. War sie das?

Wenn du wüsstest. Entschlossen wie eine Schnecke,

sagte sie – ohne Ton – zu Lorenzo, der bereits nach drinnen gegangen war. Als stumme Prozession stiegen sie die Treppe hinunter ins untere Stockwerk.

An der Küchentür hielt Lorenzo unvermittelt inne, um ihr den Vortritt zu lassen.

»Hoppla!« Der Zusammenstoß hatte sich nicht vermeiden lassen.

»Scusa!«, rief Lorenzo erschrocken.

Wie zwei Bocciakugeln stießen ihre Köpfe zusammen, als sie sich beide gleichzeitig nach der auf den Boden gefallenen Gabel bückten. Dass sich dabei noch der restliche Prosecco aus den Gläsern auf ihre Füße ergoss, reichte aus, Berti in hysterisches Teenagergekicher verfallen zu lassen.

Meine Güte, wie führte sie sich auf? Das war ihr alter Bekannter Lorenzo und nicht George Clooney. Und doch hätte sie gerne noch ein bisschen länger seinen Duft eingesogen. Kein edles *Eau Sauvage* wie bei Heinrich, nur das würzige Aroma von Kaminfeuer, das sich in den Maschen seiner braunen Wolljacke verfangen hatte. Und wenn sie ihr Gesicht im weichen Material der Jacke vergraben würde? Das war ein so flüchtiger wie verlockender Gedanke.

»Ich werde mich jetzt mal auf meinen langen Heimweg machen«, scherzte Lorenzo mit einer Extraportion Nonchalance, nachdem sie sich in der Küche des Geschirrs entledigt und ihre prosecconassen Füße mit Küchenpapier trockengerieben hatten. Sie waren nun wieder die beiden Jugendfreunde, die eben einfach nur ein Gläschen zusammen getrunken hatten.

»Sag mir, wenn du etwas brauchst. Oder ... auch sonst.«

Berti blieb noch einen Moment an der Tür stehen und sah ihm nach. Bevor Lorenzo durch das Tor auf die Straße trat, drehte er sich nochmals zu ihr um. »Buon Natale, Berti!«

»Buon Natale a te, Lorenzo!«

50

Heute konnte man sogar Korsika in der Ferne erahnen. Sabrina war mit dem Aufzug von der Piazza Portello auf die Spianata Castelletto hochgefahren. Zu diesem Aussichtspunkt kam sie öfter, wenn sie das Bedürfnis nach Ruhe hatte oder ungestört etwas überlegen wollte. Unter ihr breiteten sich die Schieferdächer der Altstadt aus, etwas weiter rechts der Hafen, die Schiffe, das Meer. Und weiter hinten, gut erkennbar, die Konturen der Riviera di Ponente. Das mild-sonnige Wetter schien weiterhin nicht die Absicht zu haben, der für Genuas Winter nicht seltenen feuchten Kühle das Feld zu räumen.

Sabrina dachte an die zurückliegenden Weihnachtstage.

Das Zusammensein der Familie, die sich über Stunden ausdehnenden Mahlzeiten, das Reden, Lachen und Diskutieren im Kreis der zahlreichen Verwandten. Sie hatte die Zeit genossen, aber nun war sie froh über ein paar Tage Normalität, zumindest bis zum Jahreswechsel. Lesen und lernen wollte sie. Und nachdenken.

Meine Güte, wie lange sie dafür gebraucht hatte! Die Freundin ihrer Mutter, die Frau, der sie in Zürich begegnet war, war die Ehefrau ihres Vaters. Das war ja schon peinlich, wie schwer von Begriff sie war. Oder war die Sache einfach so haarsträubend, dass sie *so* niemand in Erwägung zog? Es war das Videotelefonat, bei dem das Zwanzig-Cent-Stück endlich in den Automaten gefallen war. Die panische Reaktion ihrer Mutter, als sie das Zimmer betrat.

Mamma, dimmi la verità. Chi è questa donna?, hatte sie später gefragt.

Das Schweigen ihrer Mutter. Dann der Versuch des Ausweichens. Schließlich das Eingeständnis.

Wie konnte sie nur mit dem Mann ihrer Freundin ein Kind haben? Und die Freundin hatte keine Ahnung! Unvorstellbar.

Ma come, mamma? È la tua amica!, hatte Sabrina empört gerufen.

Wie hatte sie die Selbständigkeit ihrer Mutter bewundert. Ihre Fähigkeit, das Leben zu meistern, auch ohne Mann. Immer hatte sie die Mutter verteidigt, wenn eine ihrer Freundinnen Sabrina mit gerunzelter Stirn fragte, wieso sie denn bei ihrer Tante lebte, anstatt bei ihrer Mutter in der Schweiz. Hundert Erklärungen hatte sie gehabt, mit denen sie vielleicht auch ihre eigenen Zweifel hin und wieder zu ersticken versuchte. Nein, ihre Mutter war für sie die angesehene, erfolgreiche Anwältin, die alles daransetzte, der Tochter ein materiell gesichertes Fundament zu schaffen, die sie in Italien aufwachsen ließ, um sie ihrer *kulturellen Identität* nicht zu berauben. Was für ein Blödsinn! Sabrina rieb sich mit dem Ärmel ihres Mantels die Tränen von den Wangen. Und doch, neben ihrer Wut, war auch versöhnendes Mitleid. La mamma, eine Frau, die allein war und vielleicht sogar ein bisschen verbittert.

Cosa avrei dovuto fare?, hatte ihre Mutter sie gefragt. Als wenn sie, ihre neunzehnjährige Tochter, ihr sagen könnte, *was sie hätte tun sollen?*

Dabei schien es Sabrina, als wenn ihre Mutter gar keine Antwort wollte. Mehr noch – und das war viel schlimmer –, sie hatte nicht die Absicht, an der festgefahrenen Situation etwas zu ändern. Sabrinas Vorschlag, reinen Tisch zu machen, hatte sie vehement von sich gewiesen. *È troppo tardi. Es ist zu spät.*

Daraufhin hatte Sabrina etwas getan, was sie bisher für unvorstellbar gehalten hatte: Sie hatte in den Mails und Mitteilungen ihrer Mutter gestöbert. Sie musste mehr erfahren. Wenn ihre Mutter nicht in der Lage war, ihr Leben in den Griff zu bekommen, dann musste sie ihr eben dabei helfen. Sie erfuhr, dass eine eigenartige Zusammenkunft im Januar geplant war, wo man beabsichtigte, Heinrich, ihrem Vater, die Leviten zu lesen. Heinrich hatte anscheinend einiges an Ärger in seinem weiblichen Umfeld auf sich gezogen. Ganz schlau war sie daraus allerdings nicht geworden. Wie es schien, wollte ihre Mutter an dem Treffen teilnehmen.

Und dann der Clou. Beim Zusammensetzen einiger bruchstückhafter Informationen war sie noch auf etwas weiteres gestoßen: Sie hatte eine Halbschwester, etwas älter als sie.

Mit zittrigen Fingern hatte Sabrina im Netz recherchiert und war schließlich mit Hilfe der Social Media fündig geworden. Juliane Fischer hieß die Schwester, die den gleichen Vater hatte wie sie und Kunststudentin in Zürich war.

Die Kontaktaufnahme war nicht ganz reibungslos verlaufen, aber sie würden sich bald kennenlernen.

Nicht nur das. Sabrina hatte auch noch einen anderen Entschluss gefasst.

51

Geschafft! Er war nie ein Weihnachtsfan gewesen. Aber dieses Jahr hatten sich die Feiertage als besonders zähe Angelegenheit erwiesen. Und dann die bohrenden

Fragen seiner Schwester, von der er sich unklugerweise zu ihrem siebengängigen Weihnachtsessen hatte einladen lassen. *Wo ist Berti? Warum bist du nicht bei ihr in Ascona? Du siehst dünn aus! Was ist los?* Nach dem letzten Schluck Espresso und einem Rülpser – er vertrug ihre sahnigen Soßen nicht – hatte er sich mit einer Ausrede verabschiedet, die Tüte mit Weihnachtsgebäck, die sie ihm noch aufgedrängt hatte, im nächstbesten Abfalleimer entsorgt und die Heimfahrt von Basel nach Zürich angetreten.

Und Sylvia? Sylvia, mit der er sich gerne getroffen hätte, war seltsam zugeknöpft gewesen und hatte sich zu nichts überreden lassen. *Auf zwei gemütliche Stündchen bei dir?*

Tut mir leid, Heinrich, aber Weihnachten ist Familienzeit. Im neuen Jahr dann wieder.

Familienzeit? War *sie* nicht diejenige, die ihn um jeden Preis zum Teil ihrer Familie machen wollte? Nun, sie war selbst schuld, die vergleichsweise wenigen Gelegenheiten für Schäferstündchen, die bis zu seinem – wie sollte er es nennen? – Wohnortwechsel blieben, so leichtfertig in den Wind zu schlagen. In gut zwei Monaten würde er nicht mehr zur Verfügung stehen. Aber das konnte er ihr ja schlecht auf die Nase binden. Ärgerlicherweise verspürte er gerade jetzt ein außergewöhnliches Verlangen nach ihr. Er war aber gewillt, ihren kapriziösen Rückzug auf die Schwangerschaft zurückzuführen. Hormonelle Veränderungen eben. Ihm fiel ein, dass er sie gar nicht mehr danach gefragt hatte. Wahrscheinlich hatte sie ihm das übelgenommen und zierte sich deshalb in einem Bedürfnis nach kleinlicher Vergeltung.

Und Berti? Die hatte nicht mal wissen wollen, *wie* und *wo* er Weihnachten feierte. Ihre unpersönliche Art, als er ihr mit dem Gepäck geholfen hatte, so als wäre er ihr Lakai. Dieses kalte Lächeln, als die Lifttür ihn eingeklemmt hatte. Er fasste sich an die rechte Schulter, die empfindliche, die ihn noch immer schmerzte.

Nun war er also in seiner Kanzlei und sortierte seit Stunden Akten aus. Alleine. Martha Spiess würde erst im Januar wiederkommen. Sie hatte sich Urlaubstage erbeten. In all den Jahren, die sie nun schon für ihn arbeitete, hatte sie nie die gesamte Menge der ihr zustehenden Ferien in Anspruch genommen. *Brauche ich nicht*, hatte sie immer gesagt. *Meine Arbeit ist für mich Unterhaltung und Erholung zugleich*.

Er hatte keinen Anlass gesehen, sie von dieser Sichtweise abzubringen.

Heute war er jedoch froh, ungestört hantieren zu können. Bis zum März gab es noch genug zu erledigen. Allem voran die Sanierung seiner Finanzen. Aber da war er zuversichtlich. Das Geld für die Kanzlei und sein Anteil am Verkauf der *Casa Armonia* würden ihm einen soliden Rückhalt für die erste Zeit seines neuen Lebens in den Staaten gewähren. Mit einem Teil des Geldes für den Lexus würde er sich von seinen gelegentlich aufkeimenden

Gewissensbissen freikaufen: Zehntausend Franken für Sylvia und das Kind, zehntausend für Berti. Auch für Juliane musste er natürlich noch etwas abzweigen. Sie sollte ihren Vater schließlich in guter Erinnerung behalten.

Sie würden das Geld vorfinden, wenn er bereits auf und davon war. Sozusagen als Starthilfe für die ersten Monate ohne ihn. Berti würde natürlich ein bisschen mit ihrem Coaching zulegen müssen. Immerhin war er derjenige gewesen, der ihr die überteuerte Ausbildung seinerzeit bezahlt hatte. Da ließen sich gewiss noch ein paar unbedarfte Seelen finden, die ihr Heil im Psycho-Palaver suchten und bereit waren, sich gutes Geld dafür aus der Tasche ziehen zu lassen. Nein, um Berti brauchte er sich keine Sorgen zu machen. Die war wie eine Katze. Fiel immer auf die Füße. Heinrich hielt beim Verpacken der Ordner inne. Vielleicht würde sie ihm ein bisschen fehlen. Ja, durchaus möglich.

Er verschloss eine weitere Kiste mit Akten, die nicht in der Kanzlei bleiben konnten. Die würde er demnächst im geräumigen Keller seiner Schwester deponieren. Das hatte er bei seinem Besuch bei ihr mit der Begründung eingefädelt, sein Keller sei zu feucht für Akten.

Mit knacksenden Knien erhob er sich. Er stellte sich den Aufruhr vor, wenn sie alle merken würden, dass er sich davongemacht hatte. Ihm wurde schwindlig. Sein Kreislauf. Er hatte sich zu schnell aus der Hocke in die Senkrechte gebracht.

Nein, er musste nichts befürchten. Weder Berti noch Sylvia waren Frauen, die rechtliche Schritte erwägen würden. Schon gar nicht mit ihm *over the ocean*. Das war ihnen zu kompliziert. Da war er sicher. Oder doch zumindest *ziemlich* sicher. Natürlich würden sie schnell erfahren, dass er die Kanzlei verkauft hatte. Das war unvermeidlich. Aber auf Marthas Schweigen konnte er sich vorläufig verlassen. Sie war immer eine absolut treue Angestellte gewesen, auch wenn er sich in letzter Zeit ihre Loyalität mit ein paar ungeschickten Schritten – da machte er sich nichts vor – fast verscherzt hätte.

Heinrich ging ins Bad und füllte ein großes Glas mit kaltem Wasser. Gierig stürzte er den Inhalt in drei Schlucken hinunter. Wie kam er nur zu einer so trockenen Kehle?

Er dachte an das, was kommen würde. Die USA. Newport. Eigentlich hatte er sich das immer gewünscht. Ein Leben am und mit dem Ozean. Seit der Zeit als Austauschschüler vor neununddreißig Jahren.

Manchmal beschlichen ihn Zweifel über die Radikalität seiner Entscheidung. Er hatte sich in seinem Leben nie umwälzende Veränderungen gestattet. Nun ja, die erste Scheidung vor zwanzig Jahren. Aber das war nichts wirklich Ungewöhnliches. Und sonst? Heimlichkeiten hie und da, kleine Winkelzüge im Verborgenen.

Er schaute sich im Spiegel an, fuhr sich durch die Haare. So üppig waren die auch nicht mehr. Aber er sah noch gut aus. Er trat näher an sein gespiegeltes Abbild heran. Nein wirklich, er sah noch verdammt gut aus. Etwas blass vielleicht. Ob er ein paar Tage zum Skifahren in die Berge fahren sollte? Er verwarf den Gedanken. Das kam zu teuer. Und seiner Meniskusläsion würde es auch nicht bekommen. Heinrich schloss die Toilettentür hinter sich, begab sich an seinen Schreibtisch, ließ sich auf seinen Sessel fallen und schaute sich im Raum um.

Bald würde man ihn hier nicht mehr antreffen. Aus Heinrich würde Henry werden.

52

Berti kratzte die Reste der Estragonsoße vom Teller. Warum musste man in diesen Gourmettempeln nur so knausrig damit umgehen? Mit Pipetten tropften sie Kleckse auf die Teller, als handle es sich um homöopathische Dosierungen. Aber vermutlich hatten die Gäste hier nur in den seltensten Fällen Hunger, in den besten Fällen lediglich Appetit.

Richie hatte sich bereits nach der Vorspeise in die Suite zurückgezogen. Der Jetlag! Niemand wies ihn kleinlich darauf hin, dass sein First-Class-Flug von Dallas nach Zürich schon mehr als eine Woche zurücklag. Er hatte sich von Rosa mit Handkuss und innigem Blick verabschiedet, als würde ihre Trennung sich weit über die Dauer eines Hauptgangs, Desserts und Kaffees hinausziehen.

Sie waren ein Paar, nach dem man sich umdrehte. Den halben Kopf, der Richie zu Rosas Größe fehlte, kompensierte er nur ungenügend mit fünf Zentimetern Absatz an seinen Stiefeln, die im Übrigen das einzige Tribut an seine Südstaatenherkunft darstellten. Mit seiner spitzen Nase, die ihn einem Frettchen ähnlich machte, und seiner grazilen Statur war er kein viriler Marlboro-Cowboy. Rosas verschwenderische Fülle ließ ihn an ihrer Seite noch schmächtiger erscheinen. Nein, Richie war weder Cowboy noch Rhett Butler. Und Rosa war keine Southern Belle. Aber sie kümmerten sich auf so rührende Weise umeinander, turtelten und scherzten, dass Berti fast ein wenig schwermütig wurde. Ob ihr das noch jemals vergönnt sein würde?

Nun saßen nur noch Rosa und Berti vor ihren leeren Tellern am besten Fensterplatz des *Eden Roc* Restaurants. Der Lago Maggiore zeigte sich heute spröde in blassen Grautönen. Wolken und Wasser schienen sich zu berühren.

»Ich habe mit meinem Anwalt über alles gesprochen, Berti. Machen Sie sich keine Gedanken. Die Unterlagen werden vorbereitet und die Sache kann bald über die Bühne gehen. Glauben Sie mir, auch ich habe dabei Vorteile.« Sie tätschelte Berti in freundlicher Rosa-Manier den Unterarm.

Gemäß den letzten Abklärungen betrug der für Berti ausschlaggebende amtliche Wert der *Casa Armonia* 950000 Franken. Das war erheblich weniger als der Marktwert und lag somit weit unter dem, was sich Heinrich versprach. Da sie bereits zur Hälfte Hausbesitzerin war, blieben noch 475000 Franken, die sie aufbringen musste, um Heinrich auszuzahlen. Diese Summe bekam sie in Form eines zeitlich unbegrenzten, zinslosen Darlehens von Rosa Hallhuber, zusammen mit weiteren 200000 Franken für den sanften und in Etappen verlaufenden Umbau zu einem Bed & Breakfast. Ja, die zeitgemäße Form der guten alten Pension war es, die sich Berti für die Zukunft der *Casa Armonia* wünschte! Mit ihr als Gastgeberin. Damit wäre sie dem Coach-Sein auch gar nicht so fern. Sie war gerne mit Menschen zusammen, hörte sich ihre Geschichten an, kümmerte sich, gab kleine Tipps. Es mussten ja nicht immer die großen Beziehungsgeschichten sein. Und so ganz musste man auf ihre klugen Gedanken ohnehin nicht verzichten. Bei *Anna* würde sie im Vierzehntagesrhythmus weiterhin ihre Lebenshilfe im Kolumnen-Format anbieten können.

Rosa, ihre Gönnerin, hatte nur eine Bedingung an ihre Großzügigkeit geknüpft: Die Schaffung einer für sie und Richie nach Bedarf zur Verfügung stehenden Junior-Suite. *Für unsere Tessin-Reisen*, hatte sie gesagt. *Das ist viel gemutlicher als das Eden-Roc*, hatte Richie hinzugefügt, der in der kleinen Schweiz die Gemutlichkeit ohne Ü für sich entdeckt hatte.

Die juristische Regelung sah eine Umwandlung des Darlehens in eine Art Erbe vor, sollte Rosa vor Berti sterben. Im umgekehrten Fall, Bertis Ableben vor dem von Rosa, musste das Darlehen vom Nachlassempfänger zurückerstattet werden.

»Schauen Sie, Berti, ich habe keine Kinder. An Geld mangelt es mir nicht. Diese Beträge sind für mich, verzeihen Sie mir die etwas großmäulige Formulierung, Peanuts. Und Richie …«, sie wies mit dem Finger nach oben, wo sie ihren Richie in blütenweißer Baumwollbettwäsche beim Nickerchen ortete, »hat selbst genügend Geld. Gelegentlich in Ihrer hübschen *Casa Armonia* logieren zu dürfen, ist uns Gegenwert genug. Vielleicht brauche ich ja auch hin und wieder ein bisschen Coaching von Ihnen.« Sie zwinkerte verschwörerisch, wie jemand, der still für sich davon ausging, dass das gar nicht mehr nötig sein würde.

Berti hatte Skrupel gehabt, das generöse Angebot anzunehmen. Nun war sie einverstanden. Und dankbar. Sie drückte kräftig die Hand ihrer Klientin, deren langatmiges Lamentieren ihr in manchem vergangenen Moment eine rechte Portion Geduld abverlangt und die sie doch so ins Herz geschlossen hatte. Nicht nur, wie ein zynischer Betrachter annehmen könnte, wegen der willkommenen Hilfeleistung in einer prekären Lage.

Der Kellner räumte die blank geputzten Teller ab und brachte ihnen die Dessertkarte. Schweren Herzens entschied Berti, sich auf einen Espresso zu beschränken, während Rosas unbeschwerte Wahl auf *Panna Cotta an weißem Pfirsich mit Basilikum und Meringue* fiel.

»Und nun erzählen Sie mir noch mal genau, wie das Programm morgen aussieht.« Rosa hatte ihre helle Freude an dem Vorhaben, den egozentrischen Heinrich im großen Stil zu kompromittieren. Besonders gefiel ihr der Moment, in dem sie und Richie zu ihrem Einsatz im Hintergrund kommen würden.

Berti lieferte einen Überblick, wie sie sich das Heinrich-Tribunal vorstellten. Nicht zum ersten Mal. Rosa klatschte an einigen Stellen vergnügt in die Hände. »Zu schade, dass ich nicht dabei sein kann. Sie müssen mir danach alles haarklein erzählen!«

Die Ankunft des einem Kunstwerk gleichen Desserts unterbrach den Blick auf den kommenden Tag. »Sind Sie sicher, meine Liebe?« Rosa schaute skeptisch auf Bertis schwarzen Espresso, während sie den Löffel beherzt in die Sahne stach. »Zucker ist Nervennahrung. Und gute Nerven werden Sie morgen brauchen.« Rosas Ernährungstheorien! Berti schmunzelte.

Ein Küsschen links, ein Küsschen rechts, und schon hatte sich Rosa mit wehender Seidenstola aufgemacht, Richie bei seinem Ruhestündchen Gesellschaft zu leisten. In ihrer Goldkettchen-Moschino-Tasche befanden sich der Zweitschlüssel und die Fahrzeugpapiere von Heinrichs Lexus, denn Rosa würde die zukünftige Besitzerin des komfortablen Gefährts sein, auch wenn sie sich in Zürich ausnahmslos mit dem Taxi chauffieren ließ. Der Kauf war, so viel war klar, eine weitere Geste der Zuneigung und Solidarität.

Die Wolkendecke hatte sich zu lichten begonnen und ließ der Sonne ein genügend großes Schlupfloch für einen letzten Auftritt, bevor sie sich für den heutigen Tag davonmachen würde.

Berti ging zügigen Schrittes entlang dem Lungolago zurück zur Collina. In einer Viertelstunde würde sie zu Hause sein.

Gerade rechtzeitig für Sylvias und Ruedi Mosers Kurzbesuch. *Ruedi und ich würden uns gerne mal die Örtlichkeit anschauen, wo wir uns übermorgen den Heinrich vorknöpfen. Ist das in Ordnung?*, hatte Sylvia am Telefon gefragt. Das heißt, eine wirkliche Frage war es nicht. Natürlich nahm sie einfach an, dass Berti nichts dagegen haben würde, was nur zum Teil stimmte. Trotz ihres gemeinsamen Vorhabens waren Bertis Gefühle gegenüber Heinrichs abtrünnig gewordener Geliebter zwiespältig. Daran änderte auch die Tatsache nichts, dass der Mann an Sylvias Seite nun ein ganz anderer war. Überhaupt fand Bertie das rasante Voranschreiten dieser Liebesgeschichte bemerkenswert. Und Mosers Gefühle für Sylvia, so viel war schnell klargeworden, mussten um einiges stärker sein als der Vorbehalt, zusammen mit der Angebeteten auch gleich ein ungeborenes Kind aus deren Beziehung mit dem Vorgänger – für ihn im doppelten Sinn – übernehmen zu müssen.

Wir werden in der Turmsuite des Albergo Castello übernachten, hatte Sylvia geschwärmt. *Ach Berti, es gibt so viel zu berichten!*

Das war, so fand Berti, nun wirklich ein bisschen viel des Guten. Waren sie etwa Busenfreundinnen?

Vergessen schien für Sylvia, dass sie beide vor gar nicht so langer Zeit Widersacherinnen im Buhlen um einen Mann gewesen waren. Nun waren sie geeint im Ärger über dessen Verrat, aber mehr auch nicht.

»Buhlen«. Berti wiederholte das Wort mehrmals laut, bis es immer seltsamer klang. So seltsam wie der Mann, um den es dabei ging.

»Buhlen«, sagte sie noch mal. Ein älterer Mann mit seinem Dackel blieb stehen und sah sie an. »Bubi heißt der!«, stellte er richtig.

»Schöner Name.« Berti lächelte Herrn und Hund freundlich an. »Meiner heißt Heinrich, aber ich gebe ihn weg.«

Das verständnislose Kopfschütteln des älteren Mannes bekam sie nur noch aus den Augenwinkeln mit.

53

Die Lust auf Kaffee trieb sie aus dem warmen Bett, obwohl die langen Januarnächte das Aufstehen nicht verlockend machten. Sie hatte schlecht geschlafen. Immer wieder war sie aufgeschreckt. Würde Heinrich auch wirklich kommen? Würde es möglich sein, ihn genügend lange im Wohnzimmer festzuhalten, ohne dass er rebellierte? Oder sollte sie doch besser den Raum vorübergehend abschließen? Nein, das wäre albern.

Sie schlüpfte in ihre blauen Wollhausschuhe mit den heruntergetretenen Fersen. Einen Moment dachte sie an die ausgelatschten Pantoffeln, Sinnbild ihrer Ehe, wie Heinrich diese vor gut drei Monaten auf seine feinfühlige Art illustriert hatte. Ein Schmunzeln machte sich auf ihrem Gesicht breit. Wo waren überhaupt die Wildleder-Slipper, die er in der *Casa Armonia* anstelle von klassischen Hausschuhen trug? Berti zog sich ihren verwaschenen Morgenmantel über und stapfte die Treppe hinunter ins Erdgeschoss. Da standen sie, gleich neben der Truhe im Flur. Ordentlich nebeneinander und brüderlich vereint mit den schwarzen Mokassins, die sich Heinrich vor einigen Jahren in Verona hatte anfertigen lassen. Sie griff kurzerhand nach beiden Paaren und entsorgte sie im Mülleimer unter der Küchenspüle, um sie jedoch gleich darauf wieder herauszufischen. Nein, sie musste es nicht übertreiben mit der Dramatik, für die es nicht einmal

Zuschauer gab. Sie würde sie in einen der Plastiksäcke stecken, die sie in einem ersten Anlauf von Entsorgungswahn geschnürt und für die Rotkreuz-Sammlung bereitgestellt hatte. *Die Seele entrümpeln* war das Thema eines gerade von ihr verfassten Beitrags für *Anna*. Sie hatte der völlig entmutigten Babette K. nahegelegt, nicht nur den beschwerenden Ballast angesammelter Habseligkeiten, sondern auch den nichtsnutzigen und dauerfremdgehenden Lebenspartner beherzt zu entsorgen. Nun ja, nicht genau mit diesem Wortlaut.

Berti füllte den Wasserbehälter des alten Espressokochers, den schon ihre Großmutter benutzt hatte, häufte Kaffeepulver in den Siebeinsatz und stellte die Kanne auf die Herdplatte. Bald begann das Husten und Gurgeln des nach oben treibenden Kaffees, das sie so liebte.

Für ihr Bed & Breakfast würde sie die vollautomatische Kaffeemaschine – eine Heinrich-Anschaffung – gut gebrauchen können, aber für ihr persönliches Morgenritual wollte sie auf den Duft der *Caffettiera* nicht verzichten.

Berti sah sich in der Küche um. Ihr B & B-Projekt! Für den Umbau hatte sie bereits fast alles geplant. Die Arbeiten mussten in Etappen verlaufen, wobei jeweils die touristenarmen Zeiten zu Bauphasen werden sollten. Bereits im April wollte sie den Betrieb mit zwei Gästezimmern beginnen lassen. Rosas Suite und ein weiteres Zimmer würden folgen. Sie freute sich darauf, richtig loszulegen.

Berti goss sich eine Tasse Espresso ein und nippte an dem bitteren Trunk. Heute ging es ums Ganze!

Um zehn musste sie Martha Spiess in Locarno vom Zug abholen. Lara wollte gegen elf Uhr mit dem Auto eintreffen. Lediglich Juliane war vage geblieben, was das Wann und Ob-überhaupt ihres Erscheinens betraf. Sie hatte aber beteuert, sich an das Schweigegelübde gehalten zu haben. Dass Heinrich ihr nach wie vor kein Geld fürs Studium überwiesen hatte, war ihrem Wohlwollen ihm gegenüber nicht gut bekommen. *Dieser miese Trickspieler*, hatte sie am Telefon mit eigenartig düsterer Note von sich gegeben. Das war also aus dem *wunderbaren Mann* geworden, den sie vor drei Monaten noch mit jugendlicher Inbrunst verteidigt hatte. Ein tiefer Fall. Und was genau verstand sie unter einem Trickspieler?

Sylvia würde am Mittag von Ruedi Moser herchauffiert werden. Und für 13 Uhr hatte sich Heinrich angekündigt.

»Wollen wir was Kleines zusammen essen? Ich meine, kochst du uns was?«, hatte er gefragt. Stimmt, in vergangenen Zeiten – in *weit* zurückliegenden Zeiten, wie es ihr nun vorkam – hätte sie das tatsächlich getan. Litt dieser Mann eigentlich an einer dissoziativen Identitätsstörung? Oder, schlichter ausgedrückt: War er nicht mehr ganz bei Trost?

»Hm, warum nicht?«, war ihre Antwort gewesen. »Vielleicht ein pikantes Süppchen …«

Heinrich schien enttäuscht. Vermutlich hatte er an selbstgemachte Tagliatelle oder ihre berühmten Gnocchi gedacht, was bei ihm durchaus als etwas *Kleines* durchging.

Pikante Süppchen gehörten nicht unbedingt zu Bertis Repertoire, doch heute würde sie ihm eins servieren.

Wohl bekomm's, Heinrich!

54

SIE WAR MIT SICH zufrieden. Diskret geschminkt, die Schokoladenseiten betont, kleine Defekte kaschiert. Silbergrauer Kaschmirpullover und ein bunter Seidenschal. An den Ohrläppchen die kleinen Perlenstecker, die ihr Heinrich in Vor-Pantoffel-Zeiten zu Weihnachten geschenkt hatte.

Lassen Sie Ihre Seele sprechen. Wenn Sie mit sich im Reinen sind, brauchen Sie den äußeren Tand nicht. »Unsinn!«, sagte Berti zu der Frau im Spiegel, die die gleiche war, welche hin und wieder im Inbrunst der Überzeugung diese oder ähnliche Blüten von sich gab.

Sie griff nach den Autoschlüsseln und trat aus dem Haus. Ein kühler Wintermorgen mit kristallklarer Luft und blauestem Himmel umarmte sie. Auf nach Locarno!

Ob ihr die Umstände ihres Hierseins nun doch absonderlich vorkamen? Martha saß ein wenig hilflos, eine Tasse Tee vor sich, am Küchentisch. Auf der gut zehnminütigen Fahrt vom Bahnhof bis zur *Casa Armonia* hatten sie über dies und jenes geplaudert. Über das Grau in Zürich, darüber, wie schnell man doch eigentlich hier war und über die meist milden Tessiner Winter. Den eigentlichen Grund von Marthas Besuch hatten sie unerwähnt gelassen. Gleich nach der Ankunft hatte ihr Berti das für sie vorbereitete Zimmer gezeigt. Martha hatte höflich die herrliche Aussicht bewundert, die Namen der Berge auf der anderen Seeseite erfragt und den urwüchsigen Palmengarten bestaunt, der sich vor ihrem Zimmerfenster ausbreitete. Marthas etwas hölzernes Gebaren hatte sich auf Berti übertragen. Was hatten sie sich da vorgenommen? War das Ganze eine verrückte oder kindische Idee?

»Was werden Sie denn machen, wenn Sie nicht mehr in der Kanzlei tätig sind?« Berti rührte einen Teelöffel voll Zucker in ihren Tee, obwohl sie diesen sonst ungesüßt trank. *Nervennahrung* hatte Rosa das genannt und eine solche konnte sie heute tatsächlich gebrauchen.

»Vielleicht kann ich meine Fähigkeiten in wohltätigen Bereichen einsetzen. Jemand, der die Buchhaltung übernehmen oder Bürokratisches erledigen kann, ist immer gefragt.« Das klang nicht begeistert. Sie hatte ihre Arbeit in der Kanzlei mit Leib und Seele ausgeübt und hätte vermutlich noch liebend gerne die nächsten Jahre damit zugebracht.

»Gute Idee. Sie wären ein Geschenk des Himmels für so manche gemeinnützige Organisation. Ein Stück Nusskuchen?« Sie hielt Martha die Platte entgegen.

»Nein, danke. Was wird Ihre Freundin Lara Bortoloni Ihrem Mann heute zu sagen haben?« Die Frage kam unvermittelt, hatte keinen ersichtlichen Bezug zum zuvor Gesagten.

»Eigentlich nichts. Aber sie gehört ja irgendwie zur Familie, nach all den Jahren.«

»Zur Familie? So viel Nähe?« Martha sah Berti forschend an.

»Na ja, sie ist immerhin meine Freundin. Das ist manchmal mehr als Familie.«

»Wissen Sie, Frau Fischer, ich habe ja viel mitbekommen in meiner Zeit als rechte Hand ihres Mannes ...«, Martha hielt inne. Mit dem Zeigefinger ihrer tatsächlichen rechten Hand fuhr sie der Maserung des Kastanienholzes der Tischoberfläche nach. Sie sah aus, als suche sie nach Worten.

»Das glaube ich!« Berti war nicht klar, worauf das hinauslaufen sollte.

»Ich meine, Frau Bortoloni ... sie ... Ach was!« Martha stand abrupt auf. »Ist es in Ordnung, wenn ich mich ein bisschen frisch machen gehe? Später habe ich vermutlich nicht mehr viel Gelegenheit dazu.«

»Selbstverständlich. Gleich rechts neben Ihrem Zimmer ist das Bad. Handtücher habe ich für Sie aufs Bett gelegt.« Berti sah Martha nach. Manchmal wurde sie aus dieser Frau einfach nicht schlau. Auch sie erhob sich vom Tisch. Sie wollte noch ein paar Häppchen für alle vorbereiten. Salami, Käse, Sott'olio. Plötzlich fühlte sie sich unwohl und angespannt.

Es war bereits halb zwölf, als Lara endlich eintraf. Sie war schon an der Haustür ungewöhnlich redselig, umarmte Berti überschwänglich und erzählte in getriebener Manier von den Feiertagen mit der Familie in Italien. »Die Kilos. Siehst du nicht?«, stöhnte sie. »Essen, immerzu essen. Aber so ist es nun mal bei uns. Na ja, das weißt du ja.«

Nein, das wusste Berti eigentlich nicht. Woher auch? Sie hatte Lara nie nach Genua begleitet, obwohl sie mehr als ein Mal angedeutet hatte, wie schön eine gemeinsame Reise doch sein könnte.

»Und du, carissima? Du bist *so* schlank! Und siehst phantastisch aus!«

»Ah ja?« Das übertriebene Kompliment irritierte Berti im gleichen Maß wie das übrige frenetische Gerede. Dabei hatte sie sich doch auf das Kommen der Freundin gefreut. Übergangslos sprang Lara weiter von Thema zu Thema, erkundigte sich nebenbei über Bertis Pläne und jubelte begeistert, als sie von der vorteilhaften Situation beim Rückkauf der Haushälfte hörte. »Phantastisch. Wer hätte das gedacht?«

Ja, wer hätte das gedacht? Für einen Augenblick fragte sich Berti, wieso Lara ihr eigentlich nie angeboten hatte, den Vertrag über Heinrichs Miteigentum für sie nochmals zu überprüfen. Schließlich war auch sie Juristin und wusste von den Defiziten ihrer Freundin in solchen Belangen.

Immer wieder warf Lara fahrige Blicke auf Martha Spiess, die zu all dem Geplapper nichts sagte.

»Wunderbare Idee mit dem B & B. Ich werde bestimmt dein erster Gast sein. Zahlend natürlich!« Sie lachte rasselnd.

»Klar, wirst du mein Gast sein, Lara. Auch ohne Bezahlung. Ich hoffe ja, dass ich noch andere Einnahmequellen haben werde. Zur Not kann ich nebenbei immer noch ein bisschen coachen.«

Es war gut, dass Sylvias und Ruedis Ankunft das Hin und Her endlich unterbrach.

Laras Neugier beim Händeschütteln war unverhohlen. Aber in ihrem Blick lag auch eine Spur Antipathie. Zudem kannte Berti den Zug um Laras Mund – die leicht geschürzten Lippen, die ihre Fältchen über der Oberlippe deutlicher werden ließen –, mit dem sie Missbilligung ausdrückte. Vielleicht hätte sie ihrer Freundin vorher klarmachen sollen, dass sich Zorngefühle Sylvia gegenüber erübrigt hatten. Die Sache war erledigt. So gut wie.

Vermutlich fühlte sich Lara aus Solidarität zu ihr zu einer ablehnenden Haltung *verpflichtet.* Diese Erkenntnis reanimierte in Berti etwas von der Zuneigung für Lara, die in letzter Zeit zu oft und gerade eben aufs Neue von anderen Gefühlen überdeckt worden war.

Sylvia sah heute besonders hübsch aus. Alles an ihr strahlte, vom Lächeln bis zum Teint. Die Schwangerschaft, die sich bei genauerem Hinsehen schon zeigte, tat ihr nur Gutes. Auch Ruedi Moser war bester Dinge. Mit zufriedener Miene hatte er seine Hand auf Sylvias Rücken gelegt, als wäre er der einzige rechtmäßig Zuständige für diese schöne Frau und ihre *veränderten Umstände.*

»Was halten Sie davon, wenn Ruedi hierbliebe und bei der Begegnung mit Heinrich anwesend wäre? Schließlich ist er auch in die ganze Angelegenheit verstrickt.« Sylvia schaute erwartungsvoll von Berti zu Martha.

»Zwar nicht direkt, aber als sein Nachfolger«, hakte Moser ein und hielt verlegen inne. Er wurde sich der doppelten Bedeutung seiner Worte wohl erst in diesem Moment bewusst. »Ich fühle mich von Heinrich Fischers verantwortungslosem Handeln doch sehr tangiert.« Er bedachte Sylvia mit einem innigen Blick.

Berti überlegte. Eigentlich war die Idee nicht übel. Dass dieser gutaussehende Mann nicht nur die Schwangerschaft von Sylvia großzügig hinnahm, sondern auch bereit schien, für die junge Frau und die zwei Kinder, die er nicht gezeugt hatte, Verantwortung zu übernehmen, musste für Heinrich beschämend sein. Wobei, beschämend? War das überhaupt eine Empfindung, zu der Heinrich fähig war? Aber auch wenn Scham nicht zu seinem Repertoire gehörte, so vielleicht der Ärger über die Bloßstellung. Und Anlässe, die Heinrichs Grimm provozieren konnten, waren durchaus willkommen.

»Gut, warum eigentlich nicht? Einer mehr in der Runde. Lara ist ja auch nicht direkt betroffen und ist trotzdem mit von der Partie!« Berti schickte ein Lächeln in Laras Richtung, die jedoch eifrig damit beschäftigt war, nur für sie sichtbare Fusseln von ihrem dunkelblauen Wollkleid zu zupfen.

»Was meinen Sie, Martha?«

»Sie sind hier die Chefin, Berti. Mir soll's recht sein. Da wird Herr Fischer …, Heinrich, gewiss staunen.« Damit durfte Martha recht haben.

»Tee und Kaffee für alle am Ort der Tat?«, warf Berti in die Runde. Es war nun an der Zeit, sich gemeinsam in den Raum zu begeben, der bald Schauplatz für das Heinrich-Tribunal sein würde. Sie wies der zusammengewürfelten Truppe den Weg zum Wohnzimmer mit seinem langen Esstisch und den bunten Stühlen darum herum. Die Geschworenen nahmen Platz.

55

Nicht mehr lange, dann würde es so weit sein. Obwohl ihn der Gedanke, alles hinter sich zu lassen, in prickelnde Erwartung versetzte, gab es doch immer wieder Momente, da ihm sein Vorhaben auch heiße Panikströme bescherte. Verschiedentlich hatten ihn nächtliche Schweißausbrüche aus dem Bett getrieben, nachdem er sich im Halbschlaf mittellos und gottverlassen in irgendeinem runtergekommenen Apartment an der Ostküste gesehen hatte. Heute aber war er guter Dinge. Sehr guter Dinge sogar! Dem Hausverkauf sollte nichts im Wege stehen, denn dass Loredana Wenger anbeißen würde, daran zweifelte er nicht. Wenn nur erst das Geld auf seinem Konto eingegangen wäre. Erst dann könnte er einen verlässlichen Vorgeschmack der ersehnten Freiheit verspüren, die das neue Leben in Rhode Island für ihn bereithielt. Dort wollte er sich beizeiten von Roberts Gnaden unabhängig wissen.

Heinrich bog von der Schnellstraße ab und spurte den Lexus Richtung Ascona ein.

Die Erinnerung an den vergangenen Abend, gerade eben noch erfolgreich verdrängt, durchfuhr ihn unangenehm. Die Wenger hatte ihn angerufen und darauf bestanden, in der Kanzlei vorbeizuschauen, angeblich um noch vor der Hausbesichtigung ein paar Detailinformationen zur *Casa Armonia* für den Architekten zu erhalten. Das war natürlich haarsträubender Unsinn. Es gab keinen Grund für den abendlichen Besuch, außer dem, den er mit Recht befürchtet hatte. Schließlich waren die amourösen Eskapaden der Frau vom Kollegen Wenger ein Waschfrauengeheimnis. Aber er hatte nicht nein sagen wollen. Ihr Angebot für das Haus war gut, und er beabsichtigte zudem, noch ein wenig mehr herauszuschinden. Eine gekränkte Wenger konnte er sich nicht erlauben.

Sie war auf hohen Hacken in sein Büro gestakst, ihren weggehungerten Hintern in hautenge schwarze Hosen gepresst, das platinblonde Haar zu einem Turm drapiert. Schon die Begrüßung – zwei Küsschen links und rechts mit einem Extra an Tuchfühlung – ließ keine Zweifel daran aufkommen, dass die Pläne des Hauses in Ascona sie zu abendlicher Stunde so gut wie überhaupt nicht interessierten. Ihm war die Angelegenheit mehr als unangenehm. Selbst für ein klitzekleines Intermezzo fehlte ihm der Antrieb. Genauso gut hätte er versuchen können, sich am Anblick eines Besenstiels zu erregen. Aber Loredana hatte nicht lockergelassen, und er hatte wunschgemäß den ihm zugedachten Part gespielt. Wenn auch nicht ganz wie gewünscht. An und auf dem Schreibtisch war ein ungeschicktes Gerangel entstanden, das trotz, oder gerade wegen Loredanas Marderschreien, alles andere als erotisch war. Kurzum, er konnte nicht liefern. Ungeachtet der Tatsache, dass ihm Loredana Wenger völlig egal war, missfiel ihm die Vorstellung, einen unvorteilhaften Eindruck hinterlassen zu haben. Loredana lag es selbstverständlich fern, ihre eigene Attraktivität in Frage zu stellen. Als müssten ihre Worte die heilende Kraft eines Wundbalsams haben, hatte sie gezirpt: *Heinrich, das kann passieren. Nimm's nicht zu schwer. Du bist eben nicht mehr der Jüngste.* Dabei hatte sie sich ihr rotes Bolerojäckchen zugeknöpft, ihre bienenstockartige Haartracht zurechtgezupft und ihm aufmunternd die Wange getätschelt. *Nicht, dass ich selbst schon oft … damit konfrontiert worden wäre.*

Nein, bewahre!

Er hatte sie zähneknirschend plappern lassen und still für sich an das Geld gedacht, das sie für die *Casa Armonia* berappen musste. Sich despektierlich über seine mangelnde Standfestigkeit auszulassen, würde sie einen satten Preisaufschlag kosten. Heinrich addierte 200 000 zu den 2 Millionen, die bereits im Raum standen. Er würde pokern, andere zahlungskräftige Interessenten erwähnen.

Das wären dann auch für Berti 100 000 mehr. Sie würde sich freuen und seine … Luftveränderung besser verkraften.

Trotzdem bereitete ihm die Vorstellung, ebendieser Frau in ein paar Stunden bereits wieder gegenüberzustehen, ein unangenehmes Gefühl in der Magengegend. Nun, er wollte die Sache sportlich angehen. Wie ein Hürdenläufer, der trotz Erschöpfung auch die verbleibenden Hindernisse mit Bravour überspringen würde.

Spring, Heinrich!, rief er sich in jeder Kurve der Strada Collina zu. *Spring!*

Auch wenn er das nicht wirklich rief, hatte er doch ein Mantra: Heinrich – deine Stunde naht.

56

KURZ NACH EIN UHR. Sollte er etwa unpünktlich sein? Das wäre nicht seine Art.

Das versammelte Grüppchen hatte im Wohnzimmer Kaffee und Tee getrunken. Von den vorbereiteten Häppchen hatte jeder nur höflich probiert, und Berti hatte die Platte bereits wieder im Kühlschrank versorgt. Nur ein Teller mit übrig gebliebenem Weihnachtsgebäck stand so deplatziert in der Mitte des Tisches wie die Gäste am Tisch.

Man war an einem toten Punkt angelangt. Zum Plaudern und Schmausen war man schließlich nicht gekommen. Der gemeinsame Fokus hieß Heinrich. Und der war noch nicht da.

Die Türglocke durchschnitt den Moment der unbehaglichen Stille. So schrill ihr Ton, so erleichternd die Botschaft: Heinrich, der den Finger nicht vom Knopf ließ.

Berti kannte den Grund für die Penetranz. An der Tür stand der personifizierte Vorwurf. »Mein Hausschlüssel für hier ist verschwunden!« Er blickte Berti anklagend an, als sei sie die Hüterin aller Schlüssel.

»Tatsächlich? Wo hattest du ihn denn hingelegt?« Besagtes Objekt befand sich schon längst in ihrer Handtasche und sollte dort auch bleiben.

»Das weißt du doch! Im Handschuhfach vom Lexus, wo ich ihn immer deponiere.« Heinrich hatte ein eigentümliches Verhältnis zu dem, was die Menschen um ihn herum seiner Meinung nach zu wissen hatten und was sie unbedingt nicht wissen durften. Er schob sich an ihr vorbei in den Flur. »Ist das nicht Laras Auto da draußen vor dem Tor?«

Wie erwartet warf er den Autoschlüssel in die Messingschale auf der Kommode. Eine Handlung, die er immer als erste vollzog, wenn er das Haus betrat. Dieser zweite Autoschlüssel fehlte Berti noch in ihrer Kollektion unentbehrlicher Teile.

Während Heinrich in die Küche eilte, den Kühlschrank öffnete und nach der Flasche mit dem Orangensaft griff, nahm sie den Schlüssel an sich und ließ ihn in ihrer Hosentasche verschwinden. Dass sich Heinrich ohne zu fragen an ihren Einkäufen bediente, mochte für ihn selbstverständlich sein, für Berti war es bereits die übergriffige Dreistigkeit eines zu eigenmächtigen Besuchers.

»Selten dämlich, wie Lara ihren Wagen hingestellt hat. Ich habe den Lexus an der Straße stehen lassen müssen. Was macht die überhaupt hier? Nachher kommt Frau Wenger zur Hausbesichtigung. Wir können deine Freundin jetzt nicht hier gebrauchen«, echauffierte sich Heinrich.

Berti ignorierte seinen Verdruss darüber, nicht alles wunschgemäß vorzufinden und wies auf ein Paar gigantische, graue Filzpantoffeln, wie man sie manchmal bei Schlossbesichtigungen tragen musste. »Könntest du bitte *die da* anziehen?«

»Warum das denn?«

»Ich habe geputzt.«

»Dann gib mir bitte meine Lederpantoffeln!«

»Entsorgt.«

»Wie bitte?«

»Altes muss entsorgt werden. Schließlich wollen wir keinen *Plunder* hier, wenn sich die Besitzverhältnisse des Hauses ändern.«

Heinrich zuckte zusammen. Er hasste es, wenn jemand ihn mit seinen eigenen Appellen schlug. »Da hättest du mich aber fragen können.«

»Ja, hätte ich. Aber im Leben wird man nun mal nicht zu allem befragt.« Sie wies nochmals auf die grauen Pantoffeln. »Also bitte!«

Erstaunlicherweise tat Heinrich, wie ihm aufgetragen wurde. Das war wohl dem Überraschungseffekt zuzuschreiben, denn er kannte Berti nicht so dirigierend.

»Würdest du bitte mit mir ins Wohnzimmer kommen? Wir müssen noch ein paar Sachen besprechen.« Bertis Herz klopfte nun heftig.

»Besprechen? Übrigens, bevor ich's vergesse, rede bitte nicht dazwischen, wenn ich später mit der Wenger über den Preis rede. Da braucht es Fingerspitzengefühl.« Nein, Heinrich hörte ihr Herzklopfen nicht. Er war mit sich und seinen Verkaufsplänen beschäftigt.

Berti ging voraus und öffnete die Tür zum Wohnraum. Gut, hatten diese alten Häuser noch voneinander abgetrennte Zimmer mit richtigen Türen. *Open Space* hätte sich für ihr Vorhaben nicht geeignet.

Heinrich schlurfte in seinen Pantoffeln hinter ihr her. Er hatte gut daran getan, sein Glas nochmals zu füllen. Vermutlich würde er bald einen weiteren Schluck gebrauchen können. Er betrat den Raum nach ihr.

»Ws sll ds?« Zwischen Heinrichs zu dünnen Strichen zusammengepressten Lippen schafften nur die Konsonanten den Weg nach draußen. Sein Teint, sonst ganzjährig dezent gebräunt, hatte beim Anblick der versammelten Gesellschaft eine käsige Nuance angenommen. Er arbeitete sich im Rückwärtsgang an die Tür, die Berti inzwischen hinter ihm geschlossen hatte. Mit der rechten Hand fasste er nach der Klinke. Wollte er wirklich türmen?

Berti bereute es nun doch, die Tür nicht einfach abgeschlossen zu haben. Auf gar keinen Fall durfte er sich jetzt aus dem Staub machen. »Heinrich …«, nein, das klang ja wie das Krächzen eines Raben. Was war mit ihrer Stimme los? Noch mal: »Heinrich, ich glaube, es ist auch in deinem Interesse, dir anzuhören, was wir dir zu sagen haben.«

Für einen Augenblick wirkte er wie ein in die Enge getriebenes Tier. Doch er hatte sich schnell wieder gefasst. »Warum sollte ich ein Interesse daran haben, mit einer zusammengewürfelten Bande mir auflauernder …« Heinrich suchte nach etwas Passendem, hielt aber unversehens inne. »Herr Moser, was machen *Sie* hier?«

Klar, dass ihm unter allen Anwesenden Ruedi Mosers Präsenz am ungeheuerlichsten erscheinen musste. Ob ihm auch aufgefallen war, wie nah sein Nachfolger neben seiner Geliebten, Sylvia, saß?

»Ich glaube, wir lassen den Damen den Vortritt, Herr Fischer. Warum *ich* heute hier bin, kann dann später noch besprochen werden. Oder auch nicht. Das werden wir sehen.« Das sagte Moser mit freundlichem Ton, als bespräche er ein unbedeutendes geschäftliches Detail mit Heinrich.

Berti räusperte sich. Zeit, das Ruder zu übernehmen.

»Die Sache ist die: Wir alle hier sind bestürzt über dein Vorhaben, ohne Abschied aus Zürich, aus der Schweiz, zu verschwinden. Ich ganz besonders. Als deine Frau – Noch-Frau! – hättest du mich zumindest über den Kanzleiverkauf informieren müssen. Darüber erst von Frau Spiess zu erfahren, finde ich doch sehr … ungewöhnlich. Ich nehme an, dass du Verständnis für meinen Ärger aufbringen kannst.« Ihre Stimme, am Anfang noch ein bisschen piepsig, war nun gleichmäßig ruhig. Toll, wie souverän sie das machte. Berti klopfte sich im Geiste selbst auf die Schulter.

An Heinrichs Schläfen pressten sich die geschwollenen Adern hervor. Das anfängliche Käseweiß seines Teints war in ein unvorteilhaftes Rötlich übergegangen. Sein Blick wanderte von Berti zu Martha Spiess, die so kühl und gelassen an ihrem lichten Fensterplatz saß, als wären solcherlei Zusammentreffen ihr tägliches Brot.

»Ist das Ihre Art, mir Ihre Verbundenheit auszudrücken? Für all die guten Jahre, die Sie in meiner Kanzlei verbringen durften? Die Verschwiegenheit müsste Ihnen doch in Fleisch und Blut übergegangen sein. Wenn Sie tatsächlich die untadelige Rechtsanwaltsassistentin wären, für die Sie sich so gerne ausgegeben haben, dann hätten Sie verstanden, dass ich fundierte Gründe habe, vorerst zu meinen Schritten zu schweigen. *Fundierte Gründe!*«

Er hatte sich inzwischen gegen den Heizkörper gelehnt, die Hände in den Hosentaschen. Das Glas hatte er neben sich auf den Boden gestellt. Heinrich, der lässig entspannte Redner, der Jurist, selten um eine gute Formulierung verlegen. Allerdings hatte er vergessen, dass seine Füße keine modischen Mokassins zierten, sondern Pantoffeln im Bootsformat.

Martha brachte sich in eine noch aufrechtere Positur als die, die sie schon innehatte. Sie maß Heinrich von oben bis unten mit einem Blick, um dessen strafende Schärfe sie jede Schuldirektorin beneidet hätte. Das war nicht mehr die Martha Spiess, die ihrem Chef jeden Wunsch eilfertig von den Augen ablas. Selbst ihr Räuspern klang achtungsgebietend, und Berti war es, als ob Heinrich unter dem Blick seiner Sekretärin bereits einen Zentimeter geschrumpft wäre.

»Ich habe lange und zu vielem geschwiegen, Herr Fischer«, sagte Martha, »was im Nachhinein betrachtet vielleicht keine gute Entscheidung war. Und darum bin ich heute auch hier. Ich selbst habe tatsächlich wenig Veranlassung, mich über Sie zu beklagen. Außer vielleicht, und das hat sehr viel mit Ihrem ichbezogenen Wesen zu tun, dass ich Ihnen letztlich völlig egal war, auch wenn mein Einsatz für Sie und die Kanzlei weit über das hinausging, was von mir hätte erwartet werden können. Wissen Sie, wie oft ich bis abends um neun Uhr gearbeitet habe, während Sie schon längst anderes vorhatten?« Martha richtete ihren Blick kurz auf Sylvia, um ihn dann bei der hektisch mit ihrem Armband spielenden Lara verweilen zu lassen.

»Aber«, Martha war bei weitem noch nicht fertig, »es geht heute nicht um mich und meine persönlichen Gefühle. Mit denen kann ich bestens umgehen.« Den Gesichtern der Anwesenden war anzusehen, dass niemand daran zweifelte. »Ich habe einfach genug davon, wie Sie mit den Menschen um sich herum umspringen. Ich bin hier, weil ich mich endlich aufrecht neben die Frau stellen möchte, die von Ihnen am meisten hintergangen wurde.« Sie hatte nun Berti im Visier. »Und mit der Sie von allen, die hier versammelt sind, am skrupellosesten umgegangen sind.« Wäre Martha ein weiblicher Winnetou gewesen, sie hätte ihre lange Rede wohl mit einem *Howgh* beendet. Es war anzunehmen, dass sie noch nie so lange am Stück zu ihrem Chef gesprochen hatte. Vom Inhalt ganz zu schweigen.

Heinrich war anzusehen, dass er nicht mit so einer kühnen Rede gerechnet hatte. Sein Spiesschen, seine treue Seele. Er öffnete den Mund, schloss ihn und öffnete ihn gleich wieder, was ihn wie einen nach Luft schnappenden Karpfen aussehen ließ.

Der Karpfen setzte zum Sprechen an, wurde aber von der erhobenen Hand seiner Sekretärin darauf hingewiesen, dass sie gerade beschlossen hatte, ihre Suada noch zu ergänzen. »Ja, ich fühle mich tatsächlich schuldig. Aber nicht, wie Sie meinen, weil ich Sie angeblich verraten, sondern weil ich so lange geschwiegen habe. Meine falsch verstandene Loyalität hat entgegen meiner Absicht nur Schaden angerichtet. Hätte ich gesprochen, wäre Ihre Rücksichtslosigkeit bereits Jahre früher offenbar geworden.«

Jahre früher? Berti hatte das Gefühl, dass ihr ein paar Puzzleteile fehlten. Sie wollte gerade das Wort ergreifen, als Martha nochmals loslegte. Ihr Redefluss war ja unglaublich! »Sollten die Verantwortlichen oder die Verantwortliche nicht bereit sein, noch heute die letzten verdeckten Karten offenzulegen, so werde ich diese Aufgabe übernehmen.« Das klang schon fast ein wenig furchteinflößend. Marthas Blick war abermals bei Lara hängengeblieben, die diesem nun nicht auswich, sondern ihn mit vorgeschobenem Kinn und undurchdringlicher Miene erwiderte. Ein stummer Austausch? Berti versuchte vergebens, sich einen Reim aus den Andeutungen zu machen.

»Wie Frau Spiess«, Lara setzte mit einem seltsamen Krächzen zu sprechen an, »bin auch ich heute nicht als direkt Betroffene gekommen, sondern in meiner Rolle als emotional involvierte Freundin. Heinrich, ich möchte mich Frau Spiess anschließen. Du hast Berti nie die Achtung entgegengebracht, die sie verdient hätte.« Sie fixierte Heinrich, und Berti wurde das Gefühl nicht los, als wolle sie ihm kraft ihres Blickes eine Botschaft zukommen lassen, die über ihre Worte hinausging.

»Ha!« Heinrich schnaubte, was von einem seltsamen Rasseln begleitet war. Aus dem Karpfen war ein erkälteter Hengst geworden. »In was für eine Laienposse bin ich hier nur geraten!« Das fiel erstaunlich hilflos und dürftig aus für einen Mann, der sonst nicht um Worte verlegen war. Anstatt etwas zu Marthas oder Laras Vorwürfen zu sagen, wandte er sich an Sylvia. »Was hast *du* hier eigentlich verloren? Solltest du dich nicht besser in Zürich um deinen Sohn kümmern, anstatt dir eine Komparsenrolle in diesem miesen Stück andrehen zu lassen?«

Sylvia beugte sich über den Tisch wie eine zum Sprung bereite Katze. Es schien, als hätte sie auf diesen Moment gewartet. Heinrichs unkluge Worte hatten für zusätzlichen Zunder gesorgt. »Du erinnerst mich daran, mich um Tim zu kümmern? *Du*? Erzeuger von diesem kleinen Wesen hier«, sie stand auf und wies mit dem Zeigefinger auf ihren Bauch, »dessen Schicksal dir so sehr am Herzen liegt, dass du dich noch vor seiner Geburt davonstehlen willst? Aber da wir gerade von Verpflichtung und Verantwortung sprechen: Du bist dir als Anwalt doch sicher im Klaren darüber, dass du auch aus der Ferne zur Zahlung von Alimenten verpflichtet bist.«

Heinrich schluckte. Ob es die Alimente waren, die ihm im Hals steckenblieben oder der Anblick von Ruedi Mosers Hand auf Sylvias Arm, war schwer zu sagen.

»Sylvie!« War es ein Versuch, an seine Rolle als Gockel im Hühnerhof und Patron zu erinnern, dass er ihren Namen in der intimen französischen Variante aussprach? »Nun wollen wir mal das Kind nicht mit dem Bade ausschütten.« Die Wendung mit dem *Kind* war, wenn man Sylvias Blick deuten wollte, etwas unglücklich gewählt. »Wer sagt dir denn, dass ich dich, äh, euch, deinem, also eurem Schicksal überlassen wollte? Ich hatte da so meine Pläne.« Heinrich flüchtete sich ins Vage.

»Für wie beschränkt hältst du mich?«

Es war offenkundig, dass es Heinrich nicht gelungen war, Sylvia zu besänftigen. Auch er machte sich da wohl nichts vor, was seinen abrupten Tonwechsel erklärte. Mit dem Blick eines listigen Fuchses – wollte er heute eigentlich Brehms Tierleben abarbeiten? – schoss er seine in Watte verpackte Kugel ab: »Wie kann ich sicher sein, dass ich der Vater bin?« Heinrich lächelte, als hätte er gerade eine besondere Nettigkeit von sich gegeben. »Du scheinst nicht viel Zeit zwischen einer Liebschaft und der nächsten verstreichen zu lassen. Vielleicht gilt das auch für die Liebesnächte. An einem Abend ich, am nächsten Abend ein anderer …« Heinrich bewegte sich – daran änderte auch sein honigsüßer Ton nichts – auf explosivem Terrain. Es schien ihm egal zu sein. Vermutlich ging er davon aus – und nicht zu Unrecht –, es mit den im Raum Versammelten ohnehin verspielt zu haben.

Ruedi Moser sah nicht aus, als hätte er vor, die an Sylvia gerichteten Beleidigungen noch länger hinzunehmen. »Herr Fischer, sehen Sie sich vor!« Er stützte die Hände auf den Tisch und richtete sich halb auf.

Berti erschrak. Eine Schlägerei war nicht vorgesehen. Nicht, dass sie sich um Heinrich Sorgen machte, der gegen den athletischen Moser ziemlich schnell noch älter aussehen würde, als er so schon war. Sie wünschte sich nun mal keine Auseinandersetzung dieser Sorte. Und sie hatten sich hier auch nicht versammelt, um Sylvias Ehre zu retten. Mehr noch, wo blieb *sie* eigentlich bei der ganzen Chose? »Schluss jetzt!«, griff sie mit resoluter Stimme ein. »Darum geht es nicht.«

»Richtig, Berti. Danke für deinen vernünftigen Hinweis. Ich wollte sowieso gerade sagen, dass diese kleine Aufführung, so liebevoll ihr sie auch inszeniert haben mögt, nun zu Ende ist. Hier findet nämlich gleich eine Hausbesichtigung statt, und ich habe Wichtigeres zu tun. Ich darf also bitten …« Heinrich klatschte lehrerhaft in die Hände. Leider ohne den erwünschten Erfolg. Keiner rührte sich. Nur Sylvia griff nach einem überalterten Zimtstern aus der Gebäckschale und knabberte daran.

Berti hielt nun den Moment für gekommen, Heinrich das Sahnestück des Tages zu servieren: »Übrigens, jetzt wo du davon sprichst, die erwähnte Hausbesichtigung hat sich erübrigt. Du solltest deine Interessentin also besser kontaktieren. Frau Wenger wird nämlich keinen ihrer teuer beschuhten Füße über meine Schwelle setzen.« *Meine* zog Berti genüsslich in die Länge.

Heinrich lachte auf. »Und warum, meine Liebe? Auch du wirst in Zukunft Geld brauchen. Oder glaubst du, dein unbeschwertes Leben nur mit Coaching finanzieren zu können? Von mir kannst du nicht viel erwarten.« Er zog den Futterstoff aus seinen Hosentaschen. »Hier, leer«, demonstrierte er und untermalte seine alberne Geste mit einem unkleidsamen Feixen.

»Wie viel ich von dir erwarten kann, müssen wir hier und heute nicht diskutieren, Heinrich. Dafür gibt es Gesetze, über die du dir eigentlich im Klaren sein müsstest. Aber dieses Haus hier, dieses Haus wird nicht verkauft! Ich war dumm genug, dir eine Hälfte davon zuzusprechen. Nun werde ich sie mir zurückkaufen. Zu den schriftlich festgelegten Bedingungen. Muss ich weiter ins Detail gehen? Du kennst den Vertrag doch besser als ich.«

Heinrich sah aus, als hätte man ihm eine Zitronenscheibe in den Mund geschoben.

57

Er hatte sich einen der leeren Stühle geangelt und in sicherer Entfernung vom Revanche-Komitee niedergelassen. Stärker als seine anfängliche Regung, das Weite zu suchen, schienen nun die Neugier und eine gewisse Beunruhigung zu sein. Er nippte an seinem Orangensaft und fuhr sich mit der Zunge über die Lippen. »Und nun, Berti, erzähl mir mal, woher du eine Million – mehr als eine Million! – Franken nehmen willst, um mich auszuzahlen. Welche Bank, glaubst du, sollte dir eine Hypothek gewähren?« Seine langsame, überdeutliche Sprechweise war für ein Kind gedacht, das nicht in der Lage war, sich die Welt der Erwachsenen vorzustellen, dem man aber nachsichtig zuhören wollte. Und doch schwang ein leiser Ton von Verunsicherung mit, den vielleicht nur Berti heraushörte.

»Wer spricht von einer Million?« Hatte er nicht anfangs mal von einem 800 000 Franken-*Sonderpreis* für sie gesprochen? »Du scheinst mich nicht verstanden zu haben, Heinrich. Oder besser, du willst mich nicht verstehen. Ich hole zu deiner Unterstützung zeitlich ein wenig aus: Bei der notariellen Beratung vor vielen Jahren hatte ich zu meinem großen Glück mit Menschen zu tun, die über einen klareren Verstand verfügten als ich. Und damit meine ich nicht dich. Man hatte mich seinerzeit auf einige sinnvolle Klauseln hingewiesen, die der Vertrag unbedingt enthalten sollte. Klauseln, über deren Wichtigkeit ich mir damals keine Gedanken gemacht habe und an die ich vermutlich aus genau diesem Grund nicht mehr gedacht habe. Ich habe mich von dir ins Bockshorn jagen lassen. Vielleicht aus Naivität, vielleicht weil ich mir deine Niedertracht gar nicht vorstellen konnte. Du hattest, hast keine Skrupel, mich unter Vorspiegelung falscher Tatsachen zum Hausverkauf zu nötigen, eiskalt davon ausgehend, dass deine unbedarfte Berti mit Verträgen wenig am Hut hat. Nein, Heinrich, ich muss dir lediglich 475 000 Franken geben. Und das hast du die ganze Zeit gewusst!

Auch wenn dir moralisch gesehen nicht mal das zusteht, wirst du das Geld bekommen. Woher ich es nehme, soll nicht deine Sorge sein.« Berti holte tief Luft.

Heinrich schnitt eine Grimasse, die wohl Belustigung

ausdrücken sollte, ihm aber so hilflos entglitt, dass er eher aussah, als hätten ihn unversehens starke Zahnschmerzen befallen.

Noch im Schwung ihrer Ansprache legte Berti gleich nach: »Dieses Haus hier«, sie streckte beide Arme mit etwas zu theatralischem Schwung, »ist mir sehr ans Herz gewachsen, und dass ich es behalten kann, bedeutet mir ungeheuer viel. Der ganze Rest hingegen, deine Liaison«, sie warf Sylvia, die über den *Rest* ein wenig indigniert zu sein schien, einen kurzen Blick zu, »ist mir mittlerweile egal. So, und nun kannst du von mir aus gehen.« Mit einer Handbewegung in Richtung Tür entließ Berti ihren Noch-Ehemann wie eine Königin, die ihre Audienz für beendet erklärte.

Heinrich, der es nicht gewohnt war, auf diese Art verabschiedet zu werden, begehrte auf: »Genau das, meine Liebe, ist meine Absicht. Allerdings erst dann, wenn ich es für richtig halte.« Grußlos und mit militärisch straffgezogenen Schultern verließ er den Raum, was in Anbetracht seines behäbigen Schuhwerks weit weniger souverän ausfiel als beabsichtigt.

Wie am Ende einer Theateraufführung, beim Verebben des Applauses, wenn die Zuschauer noch unschlüssig verweilten – eiliges Davoneilen könnte als Kulturbanausentum bewertet werden –, legte sich verlegenes Schweigen über die Versammlung. Was nun? Mission erfüllt?

Moser strich Sylvia über die Hand, Frau Spiess nippte

an ihrem inzwischen abgekühlten Tee, und Lara betrachtete mit Andacht ihre perlrosa lackierten Fingernägel.

Berti, die jedes Knarren ihres Hauses kannte, hörte, wie Heinrich die Treppe in den oberen Stock hinaufstieg. Was hatte er vor? »Bin gleich zurück«, warf sie in die Runde und eilte ihm hinterher.

Die Tür zum Schlafzimmer stand offen. Heinrich balancierte auf einem Schemel vor dem geöffneten Kleiderschrank und griff mit beiden Händen nach seinen Pullovern und Hemden, die Berti auf die oberste Ablage verbannt hatte.

»Eine Tasche!«, befahl er, ohne sich dabei zu ihr umzudrehen. »Bevor du dich erdreistest, dir auch noch meine Sachen unter den Nagel zu reißen.«

Unter den Nagel zu reißen?

Tatsächlich hatte sie vorgehabt, sich bei ihrer Ausmistaktion auch den Kleiderschrank vorzuknöpfen, war aber noch nicht so weit vorgedrungen.

»Hah! Die Hosen aus Florenz. Erlesene Qualität.« Triumphierend hielt er ein paar hellgraue Wildlederhosen in die Höhe, die, daran erinnerte sich Berti nur zu gut, unverschämte 900 Euro gekostet hatten.

»Die zieh ich doch am besten gleich an«, sagte er zu niemandem bestimmten.

Heinrich entledigte sich seiner schwarzen Jeans – einem Modell, das für dreißigjährige Hipster gedacht war – und warf sie aufs Bett zu den anderen Sachen.

Berti bebte. Wie er sich aufführte! Hatte er immer noch nicht begriffen, wie fehl am Platz, wie unerwünscht er hier war?

Heinrich hatte offenbar vor, sich ganz umzukleiden. Er machte keine halben Sachen, alles musste aufeinander abgestimmt sein. Ungeduldig knöpfte er sein Hemd auf, warf es über den Stuhl und griff nach einem schwarzen Kaschmirpullover. Nur mit seinen Boxershorts und einem weißen Unterhemd bekleidet, die Pantoffeln bereits wieder an den besockten Füssen – auch in penibel sauberen Räumen fürchtete er sich vor Staubmäusen –, trat er auf den kleinen Granitbalkon und schüttelte den Pullover kräftig aus. Zwangsneurotiker, der er war, duldete er keine einzige Wollfluse, kein Haar, kein noch so feines Fädchen. Berti kannte sie, jede einzelne seiner Macken.

Wie er da stand, über das Eisengeländer gebeugt, wie eine fleißige Frau Holle, als hätte er das Tribunal im Wohnzimmer bereits vergessen! Was just in diesem Moment für ihn zählte, waren seine erlesenen Kleidungsstücke.

»Bitte, Berti, eine der Reisetaschen aus der Kammer! Hast du nicht gehört?«, rief er, den Kopf leicht in Richtung Zimmer gewandt, wo er Berti zu Recht immer noch wähnte.

»Aber ja doch.« Angetrieben von einem galligen Schwall der Verachtung, tat sie die nötigen fünf Schritte und schloss die Balkontür, gerade noch rechtzeitig, bevor Heinrich den Raum wieder betreten konnte, und so schnell, dass eine Kollision seiner Nase mit dem unerwarteten Hindernis nicht zu verhindern war.

Für einen Moment sahen sie sich durch die geschlossene Fenstertür in die Augen wie zwei zum Kampf bereite Krieger. Heinrich durchbrach das stille Kräftemessen. »Mach auf der Stelle auf!«, brüllte er und trommelte gegen die Scheibe, soweit das Glas so etwas wie Trommeln zuließ.

Berti drehte sich um und verließ den Raum. Nein, er würde keine Gewalt anwenden. Heinrich ertrug kein Blut. Nicht bei sich und nicht bei anderen. Und ohne Blutvergießen würde er die erst vor zwei Jahren neu eingesetzte, doppelverglaste Balkontür nicht öffnen können.

Berti fand ihre Gäste schweigend vor. Ob sie versucht hatten zu erlauschen, was sich im oberen Stock abspielte? Sie sahen Berti fragend an. Heinrichs Gezeter vom Balkon, der sich direkt über der Wohnzimmerterrasse befand, war nicht zu überhören.

»Was ist mit ihm?«, wollte Lara wissen und schien fast ein wenig besorgt.

»Er braucht noch ein wenig frische Luft zum Nachdenken«, erwiderte Berti knapp, bevor sie eine Kehrtwende einlegte und wieder in Richtung Flur verschwand. Jemand hatte die Türglocke betätigt.

Durch das Fensterchen in der Haustür erspähte sie Juliane. Neben ihr eine junge Frau. Nein, nicht irgendeine junge Frau. Das war Laras Nichte. Was wollte *die* denn hier? Und warum zusammen mit Heinrichs Tochter?

»Ist er noch da?«, fragte Juliane, während sie eintrat, ohne Berti über ihre Begleitung aufzuklären.

»Sie sich erinnern an mich?« Sabrina streckte der Dame des Hauses die Hand entgegen.

Berti nickte schwach. Sie hatte keine Lust auf höfliches Geplänkel. »Kommt rein!«, sagte sie nur und ging voran, zurück ins Wohnzimmer. Heinrichs deutlich hörbares Klopfen und Fluchen überging sie, als gehöre dies zur alltäglichen Geräuschkulisse.

Juliane und Sabrina schauten verwundert nach oben.

Lara, die der Tür am nächsten saß, bekam die beiden jungen Frauen als Erste zu Gesicht. »Sabrina!«, rief sie mit einem durchdringenden Quietschen in der Stimme. Bleich wie sie war, die Augen weit aufgerissen, sah sie aus, als wäre gerade der Leibhaftige persönlich in den Raum getreten. Dabei war ihr Blick ausschließlich auf ihre Nichte gerichtet, die doch so gar nichts Teuflisches an sich hatte.

»Sabrina, warum …?«

»Mamma«, sagte diese, womit die Sache mit der *Nichte* für Berti wie eine Seifenblase zerplatzte. »Non può andare avanti così.«

Nein, so konnte es wirklich nicht weitergehen. Und das tat es auch nicht. Als junges Mädchen hatte Berti in einem Schulkurs gelernt, wie man Fotos entwickelte. Gute alte Schwarzweißfotos auf Papier. Sie erinnerte sich an den Moment, wenn das Bild sich nach der langen Prozedur langsam zu zeigen begann. Einen solchen Moment erlebte sie gerade, Klarheit stellte sich ein.

»Sagst du es ihr?« Juliane, die zwischen Sabrina und Berti stand, schaute Sabrina auffordernd an.

»Ich bin Laras und Heinrich Fischers Tochter.« Sabrina richtete ihre Worte an Berti, die diese Erklärung nicht mehr brauchte. Und zu Lara sagte sie mit entschuldigender Miene: »Lo sai, mamma, che questa farsa doveva finire da tanto.«

Eine Farce, die schon längst ihr Ende hätte finden müssen. Wie recht diese junge Frau doch hatte. Berti hielt sich an der Stuhllehne vor ihr fest. Ihr war ein bisschen schwindlig.

Lara war aufgestanden und zu Sabrina getreten. Mit der Hand berührte sie zuerst unsicher den Arm ihrer Tochter, bevor sie sich Berti zuwandte. »Berti.« Sie näherte sich ihr ein paar Schritte. »Berti!«

Richtig, so hieß sie. Und nun?

»Ich muss dir so viel erklären. Ich …«

Aber dazu kam es nicht, denn unabhängig von der Tatsache, dass eine Erklärung das Letzte war, was sich Berti gerade von Lara wünschte, bahnte sich vor dem Terrassenfenster eine Darbietung der besonderen Art an. Zwei Filzpantoffeln klatschten auf die Granitplatten, ein Kaschmirpullover segelte hinterher. Als Nächstes zeigte sich ein Fuß in schwarzer Socke, der am Stamm der knorzig wachsenden Glyzinie Halt suchte. Fuß Nummer zwei und eine behaarte Wade baumelten in der Luft. Der restliche Heinrich war für das Publikum im Wohnzimmer zu erahnen, aber noch nicht sichtbar. Kein Zweifel, er hing am Eisengeländer des Balkons und erwog sein weiteres Vorgehen. Ein Sprung, so wusste Berti, kam für Heinrich nicht in Frage. Eine Meniskusläsion am rechten Knie erlaubte ihm keine Kapriolen. Andererseits war der geneigte Glyzinienstamm auch keine zuverlässige Hilfe beim Abstieg, würde er doch dem gesamten Gewicht kaum standhalten. Trotzdem sah es so aus, als habe sich Heinrich wohl oder übel für die akrobatische Stamm-Nummer entschieden. Die Glyzinie neigte sich immer mehr und erlaubte damit dem gebannten Publikum, Heinrich in seiner ganzen Misslichkeit zu erfassen. Nein, das war nicht Tarzan an einer Liane. Eher ein tollpatschig klammernder Affe in gestreiften Boxershorts auf schwankendem Gesträuch.

»Meine Glyzinie«, rief Berti entsetzt, als der Stamm in einer paradoxen Mischung aus Zeitraffer und Zeitlupe ganz nachgab und schlussendlich brach. Unsanft landete Heinrich auf dem Hintern. »Au«, heulte er, was niemanden im Publikum mit Sorge erfüllte. Denn dieses hatte im Gegensatz zu ihm fasziniert festgestellt, was ein in den Boxershorts verfangener Ast angerichtet hatte: Fast die gesamte Vorderfront des schicken Modells war aufgeschlitzt. Die Stelle hätte nicht ungünstiger ausfallen können, was Heinrich selbst noch immer nicht bewusst zu sein schien. Als er sich endlich aufrichtete, war sein Gemächt, in diesem Moment in kümmerlicher Dimension, den neugierigen Blicken der Zuschauer und den zehn Graden des Januarnachmittags unbarmherzig ausgesetzt.

Minutenlang betrachteten sie sich gegenseitig. Heinrich fixierte mit finsterer Miene die versammelte Mannschaft. Diese wiederum bestaunte Heinrich. Niemand tat oder sagte etwas.

Heinrich wollte sich gerade daranmachen, seine wenigen Kleidungsstücke zusammenzusammeln, als ihm zu dämmern schien, dass sich die unliebsame Versammlung im Wohnzimmer um zwei junge Damen erweitert hatte, von denen eine seine Tochter Sabrina war. Hatte er zuvor vielleicht noch die Absicht, sich trotz seiner Aufmachung von der Terrasse aus Einlass ins Wohnzimmer zu verschaffen, so zeichnete sich nun deutlich Hektik ab. Die durch Sabrinas Auftauchen zusätzlich angeheizte Stimmung – schließlich musste er davon ausgehen, dass auch diese spezielle Katze nun aus dem Sack war – weckte in ihm augenscheinlich kein Verlangen, sich noch weiter mit den Anwesenden im Haus, insbesondere Berti, auseinanderzusetzen.

Er griff nach dem schwarzen Pullover und zog ihn sich

über. Erst in diesem Augenblick, so sah es zumindest aus, wurde ihm der Grund für den erweiterten Spielraum und die erhöhte Luftzufuhr im Schritt seiner Shorts bewusst. Schnell stieg er in die Filzpantoffeln und verschwand im Dickicht der Azaleen auf der Nordwestseite des Hauses.

Auch in die Wohnzimmertruppe kam nun wieder Leben, was sich als Erstes in Sylvias prustendem Lachen entlud.

Berti hingegen nahm sich vor, Heinrichs unwürdigen Anblick irgendwo in ihrem Gedächtnis abzuheften, um sich zu einem späteren Zeitpunkt daran zu ergötzen. Im Augenblick lag ihr das Elend der letzten Eröffnung zu schwer im Magen. Nicht nur von ihrem Ehemann, sondern auch von ihrer besten Freundin lange Zeit und auf übelste Weise hinters Licht geführt worden zu sein, ließ sich nicht mal marginal mit der Heinrich-Burleske auf der Terrasse gutmachen.

»Du wirst es verstehen.« Lara nahm den Faden so nahtlos da wieder auf, wo sie zuvor unterbrochen worden waren, als hätte es das Intermezzo mit dem entblößten Heinrich gar nicht gegeben. »Du wirst es verstehen«, wiederholte sie. »Sicher, nicht hier und nicht heute, aber irgendwann. Berti, du *musst* mir die Gelegenheit geben, dir alles zu erklären.« Sie griff nach Bertis Hand, die diese wegzog, als wäre sie an ein heißes Bügeleisen geraten.

»Erklären, verstehen?« Berti sah die Frau an, die sie bis vor kurzem für ihre beste Freundin gehalten hatte.

»Nach, na sagen wir mal«, sie warf Laras Tochter einen kurzen Blick zu, »zwanzig Jahren willst du mir etwas *erklären*?«

»Bitte, Berti.« Das klang flehentlich.

Fünf kurz hintereinander folgende Klingeltöne unterbrachen die Hochspannung.

»Das wird Heinrich sein!« Es war anzunehmen, dass er trotz allem nichts unversucht lassen wollte, für seine außergewöhnlich unerfreuliche Lage eine Lösung zu finden. Berti bedachte Lara mit einem eisigen Blick, bevor sie den Raum verließ und zur Haustür ging.

Sie öffnete lediglich das nach außen mit schmiedeeisernen Stäben versehene Türfensterchen. Von Heinrich war nur sein furioses Gesicht zu sehen. »Mach auf!«, zischte er.

»Nein.«

»Noch ist das hier auch mein Haus, Berti. Komm zur Vernunft!«

»Zur *Vernunft*? Hm, der Prozess des Zur-Vernunft-Kommens hat bei mir vor ein paar Wochen begonnen. Was mir gerade durch die Ankunft deiner Tochter Sabrina eröffnet wurde, hat das Vernünftigwerden noch zusätzlich beschleunigt. Dafür brauche ich deinen Appell nicht.«

»Das wird ein Nachspiel haben«, verkündete Heinrich, ohne auf Bertis Worte einzugehen.

»Ach Heinrich, du warst auch schon mal origineller.«

»Gib mir wenigstens den Autoschlüssel. Der liegt in der Schale.« Er hatte sein Gesicht der Öffnung so weit genähert, dass seine Nase zwischen den Eisenstäben hindurch auf Bertis Seite ragte. Für einen Augenblick überkam sie die kindische Lust, daran zu ziehen. Stattdessen gestattete sie sich den Luxus, Heinrich die letzte niederschmetternde Eröffnung in spielerischer Umständlichkeit zu präsentieren. »Selbst wenn ich dir den Schlüssel geben würde, lieber Heinrich, was allerdings gar nicht geht, weil er nämlich nicht mehr da ist, dann würde er dir nichts nützen.«

»Hör mit dem Unsinn auf, Berti, und gib mir einfach den Schlüssel. Der wird mir gleich sehr nützlich sein. Ob du's glaubst oder nicht, für heute habe ich nämlich die Nase von dir gestrichen voll.« Er schob die gestrichen volle Nase noch zwei Zentimeter weiter nach vorne.

Oh, wie er doch giftig war! Trotzdem oder gerade deshalb musste Berti fast lachen. Nicht über das, was sie sich sagten, sondern über die besonderen Umstände; Gesicht an Gesicht, durch ein Fensterchen, das sie jederzeit zuklappen konnte, wenn ihr der Sinn danach stand.

Aber so weit war sie noch nicht. »So, nun noch mal langsam und zum Mitschreiben: Der Schlüssel ist weg, genauso wie der Lexus weg ist. Den habe ich nämlich verkauft, so wie du es selbst auch vorhattest. Mit dem Unterschied, dass ich ihn zu dem Preis verkauft habe, der seinem derzeitigen Wert entspricht, nicht zu dem lächerlichen, den du mir vorgegaukelt hast. Du wirst deinen fairen Anteil daran bekommen. Irgendwann. Im Gegensatz zu dir ist *mir* Fairness nämlich wichtig.«

»Verkauft? Jetzt?« Heinrich sah gerade nicht besonders intelligent aus.

»Ja, jetzt!« Für Berti war der Moment gekommen, das Fensterchen zu schließen, was Heinrich umgehend zum erneuten Klingeldrücken trieb. Sollte sie ihm noch mal Gehör schenken? Berti zögerte. »Was ist denn noch?« Fast gefiel ihr die Rolle der gebieterischen Gefängniswärterin. Mit dem Unterschied, dass es Heinrich war, der im Freien stand. *Sehr* im Freien, wenn man an seinen luftigen Aufzug dachte.

»Gib mir wenigstens meine Hose und meine Jacke. Da sind schließlich auch das Telefon und das Portemonnaie drin.« Heinrich wurde ja fast bescheiden, aber nicht bescheiden genug.

»Berti, du bist doch Psychologin. Hast du nicht immer gesagt, dass ein offener Austausch das A und O jeder gelungenen Kommunikation ist?«

Berti lachte auf. Nun zog er wirklich alle Register. Sogar die Wir-können-doch-über-alles-sprechen-Masche, obgleich mit großer Verspätung, wenn man bedachte, wie viele Jahre – Jahrzehnte! – er sehr gut ohne *offenen Austausch* hatte leben können.

»Eine Hose und eine Jacke ist kein *offener Austausch*, Heinrich. Dir diese zu geben, wäre bestenfalls ein Gefallen. Den ich dir aber nicht tue!« Und damit knallte sie ihm das Fensterchen endgültig vor der Nase zu.

Vom Küchenfenster aus, im Sichtschutz der Gardine, verfolgte sie Heinrichs weiteres Vorgehen. Zunächst eilte er zum Tor und lugte auf die Straße. Natürlich, er musste überprüfen, ob der Lexus tatsächlich nicht mehr da stand, wo er ihn gelassen hatte. Dann kam er zurück, hielt drei Meter vom Haus entfernt inne und schaute um sich. Zur Haustür – nein, die hatte sich nicht auf wundersame Weise geöffnet –, zum Küchenfenster – Berti zog flink den Kopf zurück –, zum Badfenster im ersten Stock, zum Geräteschuppen. Er kaute auf der Unterlippe, schien seine Optionen abzuwägen. In zerrissenen Boxershorts und einem *Zimmerli of Switzerland*-Unterhemd, an den Füssen ein Paar überdimensionierte Filzpantoffeln, ließen sich keine großen Sprünge machen.

Ja, Heinrich hatte ein Problem.

Berti ging zurück ins Wohnzimmer, wo sich ihr eine neu arrangierte Szenerie präsentierte: Lara stand am Seitenfenster und schaute, allen den Rücken zugewandt, in den Palmengarten. Juliane und Sabrina saßen am Tisch und besprachen irgendetwas im Flüsterton, während Martha das Geschirr zusammenräumte. Sylvia und Ruedi Moser bereiteten ihren Aufbruch vor. Das Ganze, da fast ohne Worte, hatte den Hauch eines existenzialistischen Bühnenstücks.

Nichts deutete darauf hin, dass man mit der Demütigung Heinrichs eigentlich erfolgreich das Ziel der Zusammenkunft erlangt hatte. Sabrinas Auftritt, die damit verbundene Offenbarung und Eskalation der Umstände, waren im Programm nicht vorgesehen gewesen.

»Wir machen uns mal auf den Weg ins Hotel.« Sylvia fummelte an den Knöpfen ihrer Strickjacke. »Das hat ja nun wirklich einen unerwarteten Abschluss gefunden«, fügte sie verlegen hinzu. »Wer hätte das gedacht.«

Ja, wer hätte das gedacht.

Ruedi Moser nickte stumm. Offenbar fehlten ihm die passenden Worte für das ausgekochte Treiben seines Kanzleivorgängers.

Die beiden verabschiedeten sich, und Berti sorgte dafür, dass die Haustür hinter ihnen umgehend ins Schloss fiel.

Von Heinrich war zwar nichts mehr zu sehen, aber sie wollte sichergehen.

Inzwischen hatte sich im Wohnzimmer die Szenerie neuerlich verändert, wie zu Beginn eines neuen Akts. Sabrina redete leise auf ihre Mutter ein, während Juliane und Martha Spiess zusammen auf der noch immer sonnenbeschienenen Terrasse standen und allem Anschein nach gerade den Bergen auf der anderen Seeseite Namen zuordneten. »Kommt bitte rein!« Berti eilte zu ihnen. Auf keinen Fall durfte es Heinrich gelingen, sich noch mal Zutritt zum Haus zu verschaffen. Schließlich war nicht klar, was er vorhatte und wo er abgeblieben war. Sie hatte noch beobachtet, wie er sich den Kaschmirpullover ausgezogen und als Lendenschurz umgebunden hatte, um dann durch das versteckte Seitentörchen zwischen dem Bambus auf die Straße zu verschwinden. Aber wusste sie, was er im Schilde führte? Ihn trieb die Gewissheit, nur noch mit Unverzagtheit gewinnen zu können.

Kaum hatte sie Martha und Juliane wieder in den Raum komplimentiert, schloss Berti die Terrassentür hinter den beiden.

Jetzt musste die Frau entfernt werden, die nicht nur im Wohnzimmer, nein, im ganzen Haus, in ihrem gesamten Umfeld unerwünscht war.

»Würdest du bitte gehen, Lara?« Nein, eine Frage oder Bitte war das nicht. Das wussten sie beide. Auch wenn ihre *Freundin* – was für ein Hohn – noch einen letzten, ungeschickten Anlauf unternahm. »Wenn du wüsstest, wie oft ich es dir sagen wollte, aber … irgendwann war es dann zu spät dafür. Es tut mir sehr leid. Ich …« Mit den Fingerspitzen berührte sie Bertis Handgelenk, zog ihre Hand aber gleich wieder zurück

Berti wandte sich dem von Martha Spiess zuvor zusammengestellten Geschirr auf dem Tisch zu. »Geh! Jetzt!«, sagte sie, ohne nochmals aufzusehen. Das fiel sehr laut aus. Und an Juliane und Sabrina gerichtet, wieder moderat: »Könnt ihr bitte Lara zur Tür begleiten und dafür sorgen, dass die Haustür keine Sekunde länger offen steht als diese …«, Kanaille wollte sie sagen, unterdrückte aber den Drang nach Derbem, »Dame benötigt, das Haus zu verlassen?«

»Frau Fischer, ich glaube, es ist besser, wenn ich jetzt auch gehe. Sie wollen heute gewiss niemanden mehr um sich haben«, sagte Martha leise.

»Nein, Martha, im Gegenteil«, protestierte Berti. »Ich wäre froh, wenn Sie bis morgen blieben. So, wie wir es abgemacht haben. Und bitte, nennen Sie mich doch beim Vornamen.«

Zu Juliane und Sabrina gewandt, die gerade wieder den Raum betreten hatten, sagte sie: »Und ihr, was habt ihr vor?«

Die beiden zuckten zusammen. Berti war selbst ein wenig erschrocken über ihren barschen Ton.

Ihr war danach, Heinrichs Töchter wegzuschicken. Die einzige Gesellschaft, die sie sich im Moment vorstellen konnte, war die der diskreten, ruhigen Martha. Andererseits hatten ihr die jungen Frauen nichts getan. Im Gegenteil, durch ihr Auftauchen war einem lange, viel zu lange andauernden Spuk ein Ende bereitet worden. Gewiss, ein unsanftes.

»Ist es okay, wenn wir noch ein bisschen hierbleiben?«, fragte Juliane und trat einen vorsichtigen Schritt auf Berti zu. Synchron dazu zog Sabrina aus ihrer Umhängetasche eine Flasche und hielt sie Berti mit einem entwaffnenden

Lächeln entgegen. »Für Sie! Grappa aus meiner Heimat. Könnten wir jetzt vielleicht alle gebrauchen.«

Damit hatte sie zweifellos recht.

58

Mit Sicherheit hatte sie ihn vom Küchenfenster aus beobachtet. Hielt sich wohl für besonders schlau, diese Berti.

Heinrich war zwar auf die Straße getreten, hatte aber kurz darauf wieder kehrtgemacht. So schnell ließ er sich nicht entmutigen. Er wollte einen Blick in den Schuppen werfen und nach etwas Brauchbarem suchen. Zunächst etwas, womit er seine Blöße bedecken konnte. Aber der alte Parka, den er hin und wieder bei seinen eher seltenen Arbeiten im Garten getragen hatte, hing nicht mehr an seinem Haken. Er schaute sich um. Brennholz für den Kamin, ein Laubrechen, der Rasenmäher. Bertis Fahrrad, in dessen Reifen schon lange niemand mehr Luft gepumpt hatte. Wahrscheinlich waren die auch porös vom langen Rumstehen. Nichts konnte ihm dienlich sein. Sein Blick fiel auf einen Spaten. Und wenn er die Tür damit aufbrach? Er verwarf den Gedanken. Schließlich war er ein Mann der geistigen Finesse, nicht der brachialen Gewalt. Gerade wollte er den Schuppen wieder verlassen, als sich die Haustür öffnete. Sylvia und dieser Moser traten nach draußen. Wer auch immer sie zur Tür begleitet hatte, wahrscheinlich Berti, schloss diese umgehend hinter den beiden.

Heinrich manövrierte sich so lautlos wie möglich im Rückwärtsgang wieder in den Schuppen. Vorsichtig schob er die Tür zu; allerdings nicht vorsichtig genug. Einer der herunterhängenden Ärmel seines Kaschmirpullovers verklemmte sich im Türschlitz. Ob die zwei das Stück sahen? Er zerrte vorsichtig, erreichte aber lediglich, dass der Ärmel riss, die Wolle auftrullerte und er auf die untere Ärmelhälfte verzichten musste.

Flink stieg er auf einen ausrangierten Gartenstuhl und lugte durch das ovale Fenster, links oben neben der Tür, auf den kiesbedeckten Vorplatz, in dessen Mitte Sylvia und ihr Galan stehen geblieben waren. Sylvia kicherte und Moser schüttelte, ein unausstehliches Grinsen im Gesicht, wiederholt den Kopf. Zweifelsohne ging es um ihn. Nackter Zorn stieg in ihm auf. Über Heinrich Fischer mokierte man sich nicht! Überhaupt hätte Sylvia ein wenig Bestürzung über das überraschende Auftauchen seiner verheimlichten Tochter besser angestanden als dieses Geturtel und Gekichere. Jetzt, da die Sache nun mal ans Tageslicht gekommen war, erwartete er zumindest eine gewisse Erschütterung über die Offenlegung seines bewegten und von amourösen Intermezzi durchzogenen Lebens.

Die zwei scherzenden Täubchen – nein, von Betroffenheit keine Spur – gingen endlich weiter und verließen das Grundstück in Richtung Straße, wobei Moser seine linke Hand auf Sylvias Pobacke platzierte und diese sanft massierte. Heinrichs Wut verwandelte sich in grünlich bitteren Absinth. Er sprang vom Stuhl – die Meniskusläsion! – und wollte schon nach draußen preschen, um Moser von hinten am Kragen zu packen, besann sich aber noch rechtzeitig eines Besseren. Zum einen gestattete sein unrühmlicher Aufzug kein imponierendes Auftreten, zum anderen war dieser aufgeblasene Kerl um einiges größer und, ja, kräftiger als er.

Heinrich vergewisserte sich, dass er endlich freie Bahn hatte, und trat aus dem Schuppen. Es blieb ihm schlichtweg nichts anderes übrig, als sich davonzumachen. Berti in ihrer neuentdeckten, unkleidsamen Suffragetten-Manier würde ihn nicht reinlassen, das hatte sie ihm nur allzu klargemacht.

Heinrich war auf der Höhe der *Villa Leone* angelangt, dem Nachbarhaus unterhalb der *Casa Armonia*, dessen Einfahrt von einem spöttisch grinsenden Steinlöwen bewacht wurde. Das sitzende Tier schrie geradezu danach, von Heinrich einen Fußtritt verpasst zu bekommen. Das war ein Fehler. Nicht für den Löwen, der sich so wenig vom Grimm seines Angreifers beeindrucken ließ, wie er etwas für seinen provozierenden Gesichtsausdruck konnte. Nein, es war Heinrich, der aufheulte, den schmerzenden Fuß aus dem Pantoffel zog und minutenlang wie Rumpelstilzchen auf einem Bein hüpfte. Vor sich hin fluchend humpelte er weiter die Strada Collina hinunter.

Nun taten ihm Knie *und* Fuß weh. Glücklicherweise war er bei seinem unbeherrschten Anfall unbeobachtet geblieben. Eigentlich bestand die einzige glückliche Fügung darin, dass ihn bisher *überhaupt niemand* gesehen hatte.

Das änderte sich bald. Nach dreihundert weiter gehumpelten Metern hörte er ein Auto hinter sich näher kommen. Seine Eingebung, dass es sich um Lara, seine Altlast, handeln könnte, bewahrheitete sich. Das war ihr Audi. Berti hatte sie wahrscheinlich an die Luft gesetzt. Kein Zweifel, mit der dicken Freundschaft war *finito*. Geistesgegenwärtig tat Heinrich einen Schritt auf die Fahrbahn. Mit ausgestrecktem Arm gebot er ihr anzuhalten.

Lara ließ das Fenster auf der Beifahrerseite runter und beugte sich zu ihm hin. »Was willst du?«, blaffte sie, was ihm übel aufstieß. Fühlte sie sich ihm etwa moralisch überlegen? »Du siehst mies aus«, merkte er an. »Gehörst du nun auch zum Club der Geächteten?«

»Und um mir das zu sagen, hältst du mich hier auf?« Lara drückte aufs Gas. Um ein Haar hätte sie seinen lädierten Fuß überfahren.

»Stopp!«, brüllte er.

Lara fuhr die gefahrenen drei Meter zurück. Na also, ging doch. »Du musst mich mit nach Zürich nehmen.«

»Woher weißt du, wohin ich fahre?« Ihr Ton war plötzlich von trügerisch zuckriger Freundlichkeit, was ihm genauso missfiel wie ihr Blaffen.

»Egal wohin, nimm mich einfach mit. Das bist du mir schuldig.« Den letzten Satz, das wurde Heinrich auf der Stelle klar, hätte er sich verkneifen sollen.

»Nichts bin ich dir schuldig!«, keifte Lara und brauste davon.

Die Chance hatte er sich vermasselt. Was war sie aber auch gleich so zickig? War er nun der Bösewicht vom Dienst, der Sündenbock par excellence?

Missmutig hinkte er weiter. Kalt war ihm auch. Er könnte Lara wegen unterlassener Hilfeleistung belangen.

Wie er sie hasste, diese Weiber! Eine um die andere. Da flöteten sie von Sehnsucht und Liebe, konnten nicht genug von ihm kriegen, um dann beim ersten Gegenwind doch nur an sich selbst zu denken. Oder sich einem anderen an den Hals zu werfen! Beim Gedanken an die flatterhafte Sylvia, Wange an Wange mit diesem Westentaschencasanova, diesem verschlagenen, pobacketätschelnden Moser, wurde Heinrich vorübergehend sogar heiß.

Den Oberkörper über den Lenker gebeugt und den Blick starr auf den Asphalt gerichtet, zog ein trainingsbesessener Radfahrer an ihm vorbei, ohne von Heinrich Notiz zu nehmen. Glück gehabt, wenn auch nicht lange, denn nur wenige Minuten später musste sich Heinrich mit einem tollkühnen Hechtsprung ins Dickicht einer

Kirschlorbeerhecke retten, als der gelbe Porsche Cayenne mit Loredana Wenger am Steuer um die Kurve bog.

In seinem Aufputz war es für ihn schlimm genug, sich überhaupt der Öffentlichkeit preisgeben zu müssen. Wenn ihn aber jemand in diesem Moment absolut nicht sehen durfte, dann diese auf Amy Winehouse getrimmte Ziege. Im Handumdrehen wäre er *das* Gespött in seinen Zürcher Kreisen. Dafür würde sie sorgen. Wobei, zu denen gehörte er ja auch nicht mehr. Der Gedanke hatte etwas Beruhigendes. Trotzdem stand ihm nicht der Sinn danach, ihr erklären zu müssen, dass er ihr das Haus gar nicht verkaufen konnte, solange seine Frau das nicht wollte. Es wäre ihm unangenehm genug gewesen, das in Wildlederhosen und mit einem Kaschmirpullover bekleidet zu tun. Jedoch im Unterhemd, den ramponierten schwarzen Pullover wie eine Schürze vor den Lenden – Ben Hur-Stil, allerdings ohne die entsprechende Muskulatur –, notdürftig mit den Überbleibseln der Ärmel über dem Gesäß zusammengeknotet, graue Pantoffeln an den Füssen, nein, das war rein gar nicht drin.

Sie hatte ihn nicht gesehen. Zumindest dieser Kelch war an ihm vorübergegangen.

Ein entgegenkommender Mercedesfahrer verlangsamte sein Tempo und schaute neugierig zu ihm rüber, beschleunigte dann aber wieder. Weitere Autos fuhren einfach an ihm vorbei. Vielleicht hielten sie ihn für einen asketischen Sonderling, freiluftliebendes Überbleibsel der

Monte Verità-Naturbewegung, die hier zu Beginn des letzten Jahrhunderts allerlei Blüten trieb. Heinrich war es recht. Mochten sie denken, was sie wollten, solange sie ihn in Ruhe ließen.

Die *Casa Armonia* kam ihm wieder in den Sinn. Dass Berti selbst als Käuferin seines Anteils anzutreten beabsichtigte und sich dies anscheinend leisten konnte, wurmte ihn ungeheuer. Wie wollte sie das bewerkstelligen? Hatte sie etwa einen Investor gefunden oder eine wohlhabende Herrenbekanntschaft gemacht? Hier in Ascona war einiges möglich.

Das auf diese Weise wegfallende, fest in sein Budget eingeplante Sümmchen, würde ihn zu erheblichen Abstrichen zwingen.

Natürlich hatte er die Klauseln gekannt, aber hatte sich Berti jemals um solche Dinge gekümmert? Wie oft hatte er sie wegen ihrer Gleichgültigkeit in geschäftlichen Dingen gerügt. Ausgerechnet jetzt, wo ihm ihre Arglosigkeit zupass gekommen wäre, war Berti aus ihrem Dornröschenschlaf erwacht. Ha! Auch da hatte dieser Moser seine Finger im Spiel. Und alles klammheimlich hinter seinem Rücken. Was für eine Natter hatte er an seinem, nun ja, Busen genährt.

Die Schmerzen in seinem Fuß wurden stärker. Wo lief er überhaupt hin? Ob der Weinhändler in der Via Borgo ihm aushelfen konnte? Wie hieß er doch gleich, Silvio? Ja, Silvio. Die Vorstellung, in seinem Aufzug durch die belebte Fußgängerzone zu humpeln und bei diesem Silvio vorzusprechen, den er nicht mal besonders gut kannte, war niederschmetternd.

Alles war niederschmetternd. Seine Gedanken wanderten zu seinem Lexus. Wahrlich, die Krönung von Bertis Dreistigkeit. In gewisser Weise war er selbst schuld, denn hätte er sie nicht daran erinnert, dass sie den Papieren nach die Fahrzeughalterin war, sie wäre im Leben nicht darauf gekommen, den Verkauf so hinterhältig in die Wege zu leiten. Wie hatte Berti das nur angestellt? Und wer war der Käufer? Nein, dass sie so ein Luder sein konnte!

Wie eiskalt sie ihn durch das Fensterchen an der Tür abgefertigt hatte. Nicht, dass er Lust verspürt hatte, nochmals in den Hexenkessel zurückzukehren. Schon gar nicht, nachdem die leidige Lara-Sabrina-Geschichte auch noch aufgeflogen war. Wie kam Sabrina überhaupt auf die Idee, hier aufzutauchen? Mit Juliane. Da er zum geschätzten Zeitpunkt des Eintreffens der zwei bereits von Berti auf den Balkon gesperrt worden war, musste er sich diesen Teil der Geschichte selbst zusammenreimen. Aber letztlich kam es auf all das auch nicht mehr an.

Heinrich sah an sich herunter. Ihm war elend zumute. Sein schmerzender Fuß zwang ihn dazu, sich auf einem Mauervorsprung niederzulassen. So würde er es nicht bis in die Via Borgo schaffen. Und wenn, dann würde er festgenommen. Wegen Erregung öffentlichen Ärgernisses.

Fast kam ihm die Vorstellung verlockend vor. Bei der Polizei würden sie sich wenigstens um ihn kümmern.

Die Kälte der Mauer drang beißend durch den dünnen Stoff seiner Boxershorts. Vielleicht würde er ohnmächtig und die Ambulanz müsste sich seiner annehmen. Ja, warum nicht?

Halluzinierte er bereits oder war das tatsächlich wieder Laras Audi, der sich den Hang hinaufbewegte und nun in einer Einfahrt anhielt? Lara stieg aus dem Wagen und kam zu ihm herüber. Über ihrem Arm hing etwas Undefinierbares aus blauem Plastikmaterial. »Hier!« Sie streckte ihm das Zeug entgegen. »Ein Regenmantel. Den hatte ich noch im Kofferraum. Damit siehst du nicht ganz so gemeingefährlich aus.«

»Wie habe ich mir deine plötzliche Zuwendung verdient? Wenn du ein bisschen Anstand im Blut hättest, würdest du mich im Auto mitnehmen, anstatt mich mit so was abspeisen zu wollen.« Heinrich wies nachlässig auf Laras milde Gabe.

»Na gut.« Sie zog den Mantel wieder zurück. »In der Manteltasche stecken hundert Franken. Nothilfe. Ausgeliehen natürlich nur. Ein Akt der Nächstenliebe. *Nächsten*liebe wohlgemerkt, nicht Liebe.« Lara schickte sich an, wieder die Straße zu überqueren. »Aber wer nicht will, der hat schon«, sagte sie über ihre Schulter weg.

»Halt mal«, rief Heinrich, »ich nehme ihn.« Und »Danke« hängte er sicherheitshalber auch noch an. Lara drehte um, tat ein paar Schritte in seine Richtung und warf ihm die Pelerine zu.

»Könntest du mir ein Taxi rufen? Bitte«, rief er noch, bevor sie ins Auto stieg. Lara nickte. Oder bildete er sich das nur ein?

Nachdem er sich seinen Kaschmirpullover wieder der Verwendung entsprechend über den Oberkörper gezogen hatte – ein Ärmel reichte nur noch bis zum Ellenbogen –, schlüpfte er in das läppische Mäntelchen, das ihm nicht ganz bis zu den Knien reichte, über eine Kapuze verfügte und sich mit drei Druckknöpfen schließen ließ. Mit den Filzpantoffeln an den Füssen und den nackten Waden musste er noch immer aussehen wie jemand, der nicht ganz bei Troste war, aber im Vergleich zu vorher hatte er sich doch erheblich verbessern können. Heinrich setzte sich wieder auf das Mäuerchen. Fast überkam ihn so etwas wie Gelassenheit.

Von oben sah er einen Wagen mit Taxischild kommen, der verlangsamte und neben ihm anhielt. Lara hatte ihm also den Gefallen getan.

Heinrich öffnete die Wagentür. »Alla stazione di Locarno«, verkündete er dem Taxichauffeur, der aussah, als bereute er zutiefst, die Fuhre übernommen zu haben.

Er hievte sich auf den Beifahrersitz und zog den schmerzenden Fuß ächzend nach, während ihn der Fahrer, ein dunkelhaariger Mann um die vierzig, misstrauisch beäugte. »Tutto bene?«

»Si«, erwiderte Heinrich knapp. Sollte der sich doch um seine eigenen Angelegenheiten kümmern! Gab es keine Diskretion mehr? Blieb zu hoffen, dass er in Locarno gleich einen Zug nach Zürich erwischen würde. Siedendheiß durchfuhr es ihn, dass er ja nicht mal die Hausschlüssel für die Wohnung in der Weinbergstraße bei sich hatte. Nun, dafür würde er eine Lösung finden, wenn es so weit war. Heinrich überkam erneut die seltsame Ruhe, die er vorhin auf dem Mäuerchen sitzend bereits für einen Moment verspürt hatte. Er ließ sich in die flüchtige Geborgenheit fallen, die ihm die Taxifahrt bescherte, und dämmerte ein wenig vor sich hin. Bekam er etwa Fieber?

Gerade als der Fahrer in die Viale Papio einbog, erspähte Heinrich einen schwarzen Lexus auf einem der Parkplätze nahe der Post. Kein Zweifel: seine Nummer, sein Lexus. Am Lenkrad saß, gerade im Begriff loszufahren, ein ulkiger Alter, der nur wenig über das Lenkrad hinausragte. Auf dem Beifahrersitz ein voluminöser Paradiesvogel mit lila Pelzkappe.

»Mein Lexus«, rief Heinrich, nun wieder hellwach, geradezu elektrisiert. »Stopp, anhalten. Si fermi!«

Sein Ausbruch brachte ihm einen weiteren der argwöhnischen Blicke ein, von denen ihm sein Chauffeur schon einige hatte zukommen lassen. Darüber hinaus machte der aber keine Anstalten, der Aufforderung nachzukommen. »No, no. Bahnhof Locarno«, murmelte er und drückte aufs Gas.

Resigniert ließ sich Heinrich gegen die Sitzlehne fallen. Er musste die Sache wohl in einem anderen Moment klären.

Oder auch nicht.

59

Es sah so gar nicht nach Januar aus. Wären nicht die Bäume blattlos und die Wiesen ohne ihr Sommergrün gewesen, so hätten der strahlend blaue Himmel und die nur spärlich mit Schnee bestäubten Bergspitzen auch Kulisse eines lauen Frühlingstags sein können. Martha hatte sich für die Heimreise einen Regionalzug ausgewählt, der sie nun gemächlich durch die Leventina trug. Den Kopf an ihren Wollmantel gelehnt schaute sie nach draußen, ließ Dörfer, Schluchten und Bogenbrücken an sich vorbeiziehen und dachte an früher, als sie mit ihrem Reto so manche Wanderung in diesem mal freundlich hellen, mal engen und rauen Tal unternommen hatte. Nach seinem Tod hatte sie das Wanderzeug weggepackt, als dürfte sie sich die Freude nicht mehr gönnen. Seltsam eigentlich, dachte sie. Sobald sie zu Hause war, wollte sie nach dem Karton mit den Sachen schauen. Bald würde sie mehr Zeit haben und nichts sprach dagegen, sich in den wärmeren Jahreszeiten hin und wieder auf Wanderschaft zu begeben. Hier oder anderswo, allein oder in Gesellschaft.

Ihre Gedanken schweiften zurück zu den Ereignissen der vergangenen vierundzwanzig Stunden.

Nie hätte sie sich vorstellen können, dass sie für ihren Chef, den sie all die Jahre geachtet und bewundert, mehr noch, verehrt hatte, einmal so etwas wie Verachtung empfinden oder ihn mitleidig belächeln könnte. Beides war geschehen: Verachtung für die Gewissen- und Rücksichtslosigkeit, mit der er den Frauen in seinem Umfeld begegnet war. Mitleid, ja, trotz allem Mitleid, für die jämmerliche Figur, entblößt im wahrsten Sinne des Wortes, die er am Ende abgegeben hatte. Sie sah ihn noch einmal vor dem Terrassenfenster baumeln, das Geäst der Glyzinie im Stoff seiner Boxershorts verfangen, dann auf den harten Boden der Terrasse plumpsen und sich mühsam aufrichten. Die Haare zerzaust, die Shorts an einer zentralen Stelle zerrissen. Außer einem Unterhemd, einem Pullover und Socken nichts, was als Bekleidung hätte durchgehen können. Ohne Geld und ohne Telefon. Wie er wohl nach Hause gekommen war?

Und dann die Szene mit der zickigen Frau Wenger.

Nicht lange nachdem sich Berti, Juliane, Sabrina und sie in der Küche mit Grappa gestärkt hatten, hatte es an der Haustür geklingelt.

»Das muss die Kaufinteressentin sein.« Berti war aufgestanden.

»Hoffentlich nicht *noch* ein Vorstoß von Heinrich«, hatte sie wenig begeistert hinzugefügt.

Tatsächlich war anzunehmen, dass die ahnungslose Loredana Wenger, von niemandem über die veränderte Situation informiert, pünktlich zur Hausbesichtigung bereitstand.

Während Berti die Haustür aufschloss, hatten sich die beiden jungen Frauen und Martha im Sichtschutz der gelb-weißen Küchengardine in Stellung gebracht und mit gerecktem Hals nach draußen gelugt. Hätte sie jemand gesehen, sie wären wohl als eine dreistöckige Variante der Bremer Stadtmusikanten durchgegangen, mit der auf einen Hocker gekletterten Sabrina zuoberst.

Besagte Wenger war eine aufgetakelte Person mit Bienenstockfrisur, in pinkfarbenen Hosen und Zebraprint-Stiefeln, die mit ihrem Autoschlüssel klimpernd und fußwippend auf das Öffnen der Haustür wartete.

Juliane brachte noch rechtzeitig das Küchenfenster in Kippstellung, um sie in den vollen Genuss des zu erwartenden Wortwechsels kommen zu lassen.

»Ich bin mit Herrn Fischer verabredet«, quiekte der Bienenstock leicht gereizt.

»Guten Tag. Wollen Sie mir vielleicht auch verraten, wer Sie sind?«

»Wenger mein Name.« Das klang, als sei sie der Überzeugung, man habe das gefälligst zu wissen.

»Tut mir leid, Frau Wenger, Herr Fischer musste

umdisponieren und kurzfristig nach Zürich zurückfahren.«

»Das hätte er mir mitgeteilt«, gab die Wenger kund, die keine Zweifel zu kennen schien.

»Gewiss, gewiss, aber manchmal verlangen nackte Tatsachen eine Programmänderung …«, sinnierte Berti.

Ihr Gegenüber, die keinen Sinn für die Unwägbarkeiten des Lebens zu haben schien, schnalzte ungeduldig und wenig damenhaft mit der Zunge. »Dann will ich mit seiner Frau sprechen.«

»Will nicht gestört werden. Um was geht es denn?«

Nun vernahmen die Lauscherinnen so etwas wie das Schnauben eines nervösen Rennpferds.

»Um den Verkauf des Rusticos.«

»Rustico?«

»Na, dieses Häuschen hier. Wer sind Sie überhaupt?«

»Die Haushälterin. Und dieses *Häuschen* hier ist weder ein Rustico, noch ist es zu verkaufen. Auf Wiedersehen.«

Die Tür fiel geräuschvoll ins Schloss und die Zebrastiefel staksten, nach einem Moment des unschlüssigen Verweilens, wütend zum Tor.

Kurz darauf hatten sie den gelben Porsche Cayenne, den sie wohl etwas oberhalb des Hauses geparkt hatte, an der Einfahrt vorbeibrausen sehen.

Als Berti gleich darauf lächelnd in die Küche zurückkam, hatten sie sich alle wieder auf die Stühle am Kastanienholztisch sinken lassen, sich eine zweite Runde

Grappa eingegossen und ganz unsolidarisch über die gerade abservierte, zweifelsohne sehr unsympathische Geschlechtsgenossin gelästert.

»*Die*, in meinem Haus? Nie und nimmer!«

Sie hatten zusammen gelacht, als wären sie ein Grüppchen befreundeter Frauen und nicht so eine zusammengewürfelte Truppe in einem sehr eigenartigen Moment.

Es war Martha vorgekommen, aber vielleicht trog der Eindruck, als wäre bei Berti ein Zustand erreicht, in dem auch die zweifellos frappanteste Eröffnung – die Konstellation: Heinrich, Lara und die gemeinsame Tochter – sie trotz der ersten Erschütterung nicht wirklich aus der Bahn werfen konnte.

Berti hatte Sabrina keine direkten Fragen gestellt, war freundlich gewesen, wenn auch unverbindlich, fast so, als handle es sich um eine beliebige Freundin von Juliane und nicht um die Tochter ihres Mannes und ihrer vermeintlich besten Freundin. Die junge Frau traf selbst ohnehin keine Schuld an dem ganzen Geheimnis- und Lügenkonstrukt ihrer Mutter.

Nur ganz beiläufig hatte Berti Juliane gefragt, ob sie sich denn schon länger kannten. »Nein«, hatte diese erstaunt geantwortet. »Natürlich nicht. Wie denn?«

Als sich die beiden Halbschwestern, die sich verblüffend gut zu verstehen schienen, auf den Heimweg machten – nein, Berti forderte sie nicht zum Bleiben auf, auch wenn sie vielleicht darauf gehofft hatten –, setzte eine fast vertrauliche Gelöstheit zwischen ihr und Heinrichs Frau ein. Sie redeten nicht viel. Beim frühen Abendessen, einer einfachen Gemüsesuppe, hatte Berti dann ganz nebenbei bemerkt: »Sie haben davon gewusst, Martha«, was eine Aussage war, keine Frage.

Sie hatte genickt. »Allerdings nicht von Sabrina. Da hatte ich lediglich einen Verdacht und den auch erst seit kurzem.«

Berti atmete tief ein und strich sich dabei die Haare hinter die Ohren. Sie schien eher müde als erschüttert.

»Ich glaube, ich muss ein bisschen abschalten. Was halten Sie von einer frühen Nachtruhe, Martha? Ist das unhöflich, wenn ich Sie sich selbst überlasse?«

Nein, das war es nicht. Es war ihr recht.

Der Zug war in den Schlund des Gotthard-Tunnels eingetaucht. Martha lehnte den Kopf ans Polster und schloss die Augen.

Dass sie unter Heinrich Fischers Fittichen nicht mehr arbeiten würde, war längst keine Neuigkeit mehr. Unerwartet und auch willkommen hingegen war die Wendung, dass Ruedi Moser sie nun doch übernehmen wollte. Sie würde sich mit Sylvia die Arbeit teilen, während deren Mutterschaftspause sogar wieder ganztags tätig sein. Martha war froh, die verbleibende Zeit bis zu ihrer Pensionierung mit vornehmlich reduziertem Pensum angehen zu können. Ihr Leben sollte sich nicht mehr nur um die Kanzlei in der Bellerivestraße drehen, wie dies all die Jahre der Fall gewesen war. Es gab so viel anderes.

Ob Ruedi Moser ein angenehmer Chef sein würde? Sie dachte an das Gespräch mit ihm vor ihrer Heimfahrt.

Am Morgen waren er und Sylvia, die er bei der Gelegenheit als seine zukünftige Frau präsentiert hatte, noch zu einer Stippvisite vorbeigekommen. Berti und sie hatten ein kurzes Lächeln ausgetauscht. Was für ein Tempo! Die beiden ließen wirklich nicht viel Zeit vergehen.

Am Bahnhof in Locarno hatten Berti und Martha sich zum Abschied umarmt. Vielleicht war es nur die Gefühlsduselei eines Augenblicks. Letztlich verband sie seit fünfzehn Jahren nur Heinrich; für die eine der Chef, für die andere die Ehefrau. Aber in dem Moment, bevor Martha den Zug bestieg und sie sich versicherten, es nicht bei dieser Begegnung bewenden zu lassen, fühlten sie sich sehr nahe.

Tja, Heinrich hatte schließlich auch mit ihren Gefühlen gespielt, auch sie hintergangen, wenngleich auf andere Weise.

Durch die nicht ganz geschlossenen Augen nahm Martha den Wechsel von Dunkel zu Hell war. Das Tageslicht hatte sie zurück, auch wenn sich die Alpennordseite deutlich trüber und winterlicher präsentierte. Dabei trennten sie nur eine Tunnelfahrt und viel Gebirgsmasse vom Süden der Schweiz.

Sobald sie den Vierwaldstättersee erreicht hatten, wollte sie sich im Speisewagen ein Glas Weißwein genehmigen und sich selbst zuprosten, denn das noch recht junge Jahr schien weit mehr und Besseres für sie bereitzuhalten, als sie noch vor nicht allzu langer Zeit angenommen hatte.

60

»Du könntest hier in Zürich studieren.« Juliane holte mit ihren Walking-Stöcken kräftig aus. Sabrina, der diese Art der körperlichen Betätigung fremd war, bemuhte sich, mit ihrer Halbschwester mitzuhalten. Trotz der Kühle des Tages war sie ins Schwitzen geraten.

Seit einer Stunde waren sie unterwegs zu den gemäßigten Höhen des Uetlibergs, und das von Juliane in den schillerndsten Farben angekündigte Ziel, der angeblich atemberaubende Ausblick auf die Stadt und die Umgebung, wollte und wollte sich nicht zeigen.

»Vielleicht. Aber mein Deutsch müsste noch besser werden. Und meine Mutter muss wieder mit mir sprechen.«

Die vorauseilende Juliane konnte Sabrinas bekümmerte Miene nicht sehen. Tatsächlich war Lara von Ascona aus nach Zürich zurückgefahren, ohne ihre Tochter noch eines Wortes gewürdigt zu haben. Das war schmerzhaft. Sabrina hatte zwar geahnt, dass ihre Mutter über ihre eigenmächtige Entscheidung, in Ascona aufzutauchen und die Wahrheit aus dem Käfig zu lassen, nicht gerade begeistert sein würde. Mit einer heftigen Verstimmung war zu rechnen gewesen. Aber so schlimm? Trotzdem war sie überzeugt, das Richtige getan zu haben. Was für ein Leben mit so vielen Lügen! Über so viele Jahre hinweg. Nun erst konnte Neues beginnen, was auch immer das war. Das würde Lara früher oder später auch so sehen müssen. Hatte ihre Mutter sie nicht immer zu Aufrichtigkeit und Entschlossenheit ermutigt? Nun hatte sie, noch keine zwanzig Jahre alt, in diesem Sinne gehandelt. Stellvertretend für ihre in einem Spinnennetz aus Lug und Trug gefangene Mutter.

Juliane war stehen geblieben und hatte sich zu ihr umgedreht. »Das wird schon wieder werden mit deiner Mutter. Klar ist sie jetzt verärgert. Oder sie schämt sich einfach.«

»Hm, kann sein. Und was machen wir mit unserem Vater?«

Unserem Vater. Das klang seltsam. »Wollen wir ihn mal besuchen in Amerika?«

»Ja, vielleicht, wenn wir ein bisschen Zeit verstreichen lassen … Und«, ergänzte Juliane mit einem schiefen Lächeln, »wenn er mir das Studium bis zum Ende finanziert.«

Die erste Begegnung der zwei lag noch gar nicht so lange zurück. Nach einigen Telefonaten – Juliane hatte zunächst skeptisch und ablehnend reagiert – und ein paar Tassen Fencheltee an Julianes Küchentisch, hatten sie verblüfft festgestellt, dass sie ein fast identisches Schicksal verband: Vater Heinrich hatte sich für Juliane nur wenig und für Sabrina nie interessiert. Diese Erkenntnis hatte sie für ein paar Minuten in Schweigen versinken lassen, untermalt vom stetigen Tropfen des Wasserhahns des mit Geschirr vollgestellten Spülbeckens.

Sie hatten von dem unmittelbar bevorstehenden Heinrich-Tribunal in Ascona gesprochen, an dem sich Juliane eigentlich nicht beteiligen wollte. Aber sie hatte sich von Sabrinas Entschlossenheit doch noch anstecken lassen. Sie mussten, da waren sie sich alsbald einig, die Gelegenheit unbedingt für eine Tabula-Rasa-Aktion nutzen.

Und so hatten sie sich im klapprigen Volvo von Julianes Mutter auf den Weg gen Süden gemacht. Juliane am Steuer war eine ernste Herausforderung gewesen. Mehr als einmal hatte sie besorgt mit dem Zeigefinger auf die Straße gezeigt, wenn Juliane während des Gesprächs zu ihr hinübersah, als säßen sie gemütlich und ungestört zusammen auf dem heimischen Sofa.

Eigentlich hatte Juliane recht. Sie konnte sich vorstellen, in Zürich zu studieren und bei ihrer Mutter zu leben. Und vermutlich konnte Lara ein bisschen moralische Unterstützung durch ihre Tochter gebrauchen, nachdem das fragile Kartenhaus ihrer Herzens- und Beziehungsangelegenheiten gerade endgültig vom Wackelzustand zum Einsturz gebracht worden war.

Nein, sie verurteilte ihre Mutter nicht. Aber es war an der Zeit, dass so etwas wie Normalität in dieses eigenartige Lebenskonstrukt kam, in das sie selbst von klein an ohne ihr Zutun und Wissen hineingezogen worden war.

»Und, sind wir bald da? Zeit für ein Picknick, findest du nicht?« Sabrina hatte Hunger und genug von dem mühseligen Aufstieg. Leider sah der Proviant nur mäßig verlockend aus: Trockenfrüchte, Nüsse und dunkles, körniges Brot mit Gemüsepaste bestrichen. Vegan! Sabrinas Begehren nach etwas Schinken oder Salami war bei Juliane nicht gut angekommen. So wenig wie ihr Vorschlag, man könne sich doch mit der Bergbahn zum Gipfel bringen lassen.

»Aber Sabrina, an so einem Tag *müssen* wir doch laufen«, hatte sie erschrocken gerufen. Als wenn die Frage nach dem Schinken nicht schon schlimm genug gewesen wäre.

Juliane, die nun fünf Meter vor ihr stand, wies auf den sich in der Ferne lichtenden Wald. »Nicht mehr lange. Noch zehn Minuten. Höchstens fünfzehn. Komm! Nicht schlappmachen!«

»Schlapp? Was ist schlapp?«

»Müde, erschöpft.«

Die zwei lächelten sich zu. Die Blonde und die Brünette. Angestrahlt von der blassen Januarsonne, die sich ihren Weg durch das Astwerk des Waldes gebahnt hatte.

»Okay, ich komme.« Entschlossen stapfte Sabrina weiter. Nicht nur der Uetliberg erwartete sie, sondern viel Neues, wenn sie nur wollte. Ja, vielleicht würde diese Stadt tatsächlich bald ihr Zuhause sein, zumindest für ein paar Jahre.

61

IHR SESSEL WAR NOCH DA. Anstelle des kleinen Tisches stand davor jedoch nur eine gefüllte Umzugskiste. Und natürlich das blaue Sofa, auf dem Rosa Hallhuber ein letztes Mal Platz genommen hatte.

»Ich weiß nicht, ich weiß nicht. Für immer Texas?«

Das klang tatsächlich nach einer existentiellen Frage. Wer wollte schon *für immer* in Texas bleiben?

»Aber Sie haben doch alle Mittel und Möglichkeiten in die Schweiz zu kommen, wenn Ihnen der Sinn danach steht. Nichts ist *für immer*, Rosa.«

Die wiegte zweifelnd ihren Kopf von links nach rechts und von rechts nach links. Wie ein kleiner Elefant saß sie da, in ihrem grauen Flanellkostüm mit dem passenden Hütchen. Ein für Rosas Verhältnisse ungewohnt dezentes Outfit.

»Hören Sie auf Ihr Herz!« Berti zuckte innerlich zusammen. Es war wirklich an der Zeit, dass sie sich eine Coaching-Pause gönnte. Wie konnte sie nur solche Plattitüden von sich geben.

Aber Rosa schien nichts dagegen einzuwenden zu haben. »Sie sagen es, Berti. Sie sagen es. Und mein Herz sagt ja zu Richie. Er könnte hier in Zürich nicht leben. Alles viel zu eng und zu klein. Nein, er ist ein Cowboy. Und ich muss ihm in die Prärie folgen.«

Berti sah Richie auf einem feurigen Hengst dem glühenden Sonnenuntergang der Prärie entgegenreiten. Hinter ihm Rosa, nicht minder schneidig und wie immer in passender Kluft, ganz in Wildleder, auf ihrem Appaloosa.

Dass der nicht mehr ganz taufrische Richie so wenig ein Cowboy war wie seine achtsäulige Südstaatenvilla die Prärie, spielte letztlich keine Rolle. Rosa würde Zürich verlassen wie sie selbst. Berti war fast ein bisschen wehmütig zumute. Aber wirklich nur ein bisschen.

»Meine Liebe, ich freue mich so für Sie. Das Haus in Ascona für Sie alleine, mit all Ihren Plänen. Einfach herrlich. Und diesen schrecklichen Heinrich sind Sie ja nun zum Glück los.«

Der schreckliche Heinrich hatte sich nach dem Tribunal nicht gleich geschlagen gegeben. Aber sein Aufbegehren war nur kurz und fast ein wenig pro-forma-mäßig ausgefallen. Schlussendlich – das wusste er nur zu gut –

konnte selbst er nicht an der juristischen Sachlage schrauben.

Rosa hatte sich bereits wieder in ihre roten Stiefeletten gezwängt, einzige Extravaganz des heutigen Erscheinungsbildes, und war zu Berti gestöckelt. »Lassen Sie sich ein letztes Mal umarmen.« Berti versank in Rosas Flanellarmen und einer zarten Wolke von Baccarats *Les larmes sacrees de Thebes.*

Dabei hatten sie beide auch ein paar echte Tränen in den Augenwinkeln: *Les larmes véritables de Zurich en février.*

Epilog

»Und du willst ihm wirklich den Kopf abhacken?« Berti schaute mit gespielter Besorgnis auf den enormen Schokoladenosterhasen, den Lorenzo zusammen mit einer Flasche *Moet & Chandon* zum Vor-Feiern mitgebracht hatte.

Morgen würde das offizielle Einweihungsfest des *B & B Armonia* stattfinden. Eine Feier in kleiner Runde mit den Ehrengästen Rosa Hallhuber und ihrem Mann Richie, die zu dem Anlass extra aus Dallas angereist waren. Auch Martha Spiess, Ruedi Moser und seine mittlerweile kugelrunde Fast-Ehefrau Sylvia sowie Juliane und Sabrina hatten sich angekündigt.

»Das ist nun mal sein Schicksal.« Lorenzo säbelte dem dunkelbraunen Hasen gnadenlos Ohren und Kopf ab und verteilte die Schokoladenstücke gerecht auf zwei Teller. Sie hatten die Gläser und Teller auf die Terrasse getragen, die bereits großzügig von der kräftig einheizenden Aprilsonne beschienen wurde. Vier kleine Tische mit je zwei Stühlen deuteten darauf hin, dass hier bald Pensionsgäste beim Frühstück sitzen würden. In zwei Tagen wurden die ersten zahlenden Gäste erwartet, und bis zwei Wochen nach Ostern waren die zwei schon fertiggestellten

Zimmer ausgebucht. Auch für Juni und Juli gab es genügend Reservierungen. In der Zwischenzeit würden die Renovierungsarbeiten ohne Gäste weiterlaufen, bis dann alle Zimmer mit ihren En-suite-Bädern, auch das in der Mansarde, zur Vermietung bereitstanden.

»Und worauf wollen wir noch anstoßen?« Berti deutete auf die Champagnerflasche, die Lorenzo gerade entkorkte.

Pflopp! Der Korken hatte sich nicht zu einem effektvollen Knall mit weitem Flug hinreißen lassen.

Lorenzo goss die schäumende Flüssigkeit in die langstieligen Gläser. »Reicht das B&B nicht als Anlass?« Er sah sie länger und eindringlicher an, als es seine Frage erfordert hätte.

»Doch, schon. Aber da ist so viel drin.« Sie wies auf die Flasche. »Das reicht für viele *Cin Cins*.«

»Gut, dann lass uns mal überlegen!« Er lächelte und hielt Berti ihr Glas hin.

»*Cin Cin*. Auf das B&B. Und darauf, dass Heinrich weit weg ist.«

»Das ist einen Extraschluck wert.« Lorenzo trank sein Glas demonstrativ in einem Zug leer und goss nochmals nach. »Was noch?«

»Darauf, dass ich in Zukunft weniger blauäugig sein werde, wenn es um die Wahl der Menschen geht, denen ich meine Zuneigung schenke.«

»Hm, denkst du an Heinrich oder Lara?«

»An beide natürlich. Jetzt bist du dran. Auf was noch?«

»Auf«, Lorenzo schaute in sein Champagnerglas, als könne er mit der Kraft seines Willens darin die Zukunft lesen, »auf uns beide. Und darauf, dass du hoffentlich noch ein bisschen blauäugig bleibst.«

Das *Auf-uns-beide* tanzte zwischen ihnen vor sich hin, und sie schauten ihm eine kleine Weile dabei zu.

»Das ist mehr als ein *Cin Cin.*« Berti war nicht die Einzige, die das gemeinsame Schweigen brach. *Scratch-scratch.* Nicht weit weg von ihnen hatte jemand ein energisches Krächzen angestimmt. Nixon! Nachdem Heinrichs Tante Hella den Vogel doch nicht hatte behalten wollen, war er zu Berti in die *Casa Armonia* gezogen. Damit war er das einzige Anhängsel aus Heinrich-Zeiten, dessen sich Berti nicht hatte entledigen können. Und das war auch gut so. Zwecks artgerechter Haltung hatte er eine Partnerin bekommen, die er liebevoll umgarnte. Noch hinkte ihm Romina in Sachen Eloquenz hinterher. Außer einem schüchternen *Ciao amore* – Sabrina hatte die Beo-Dame in Genua besorgt –, das wie *tschamorre* klang und vielleicht gar nicht die zärtliche Liebesbekundung war, die sie heraushörten, hüllte sie sich weitgehend in Schweigen.

»Wir haben ja Zeit«, sagte Lorenzo leise, ohne dabei Berti aus den Augen zu lassen.

Sie sah ihn fragend an.

»Für all die *Cin Cins*, die für uns beide bestimmt sind.«

»Com'on, com'on.« Das war wieder Nixon. Nur er selbst wusste, für wen seine forschen Worte bestimmt waren.

Berti und Lorenzo gingen auf die Voliere zu, die sie heute zur Freude ihrer zwei Bewohner in den Schatten des Magnolienbaums gestellt hatten. Ab und zu flatterten die perlweißen Blütenblätter auf das Vogelhaus, das links und rechts vom Rot und Rosé der frühblühenden Azaleensträucher eingerahmt wurde.

»Gut haben sie's«, sagte Berti, die es vorzog, erst mal nicht mehr über Lorenzo und sich zu sprechen, nicht mal mit den feinen Nuancen ihrer *Cin Cins*.

»Vielleicht wären sie doch lieber frei«, gab Lorenzo zu bedenken. Sie waren noch ein paar Schritte zum äußersten Punkt der für das B & B vergrößerten Terrasse vorgegangen, von dem aus sie einen weiten Ausblick auf den heute funkelnden See mit dem grünen Tupfer der Brissago-Inseln hatten.

»Hm. Glaub ich nicht. Nimm Heinrich, der war so frei, ins Neue und Ungewisse aufzubrechen. Ob es das ist, was ihm guttut? Keine Ahnung. Ich hingegen bin und bleibe hier«, sie wandte ihren Blick vom See zur *Casa Armonia* und schließlich zu Lorenzo, »und bin dabei so glücklich, wie ich es mir nur wünschen kann.«

Langsam gingen sie zum Haus zurück.